金田一耕助の冒険

横溝正史

角川文庫
23221

目次

霧の中の女

イヤリング

一

ひどい霧だった、その晩の東京は。ことに九時から十一時までがひどかった。

天気予報では「曇り、後、雨」と発表されていただけで、濃霧の予報は出ていなかった。それだけに、交通機関関係の狼狽《ろうばい》はひどかった。

なにしろ、数メートルさきをいくひとのすがたが見えないほどの濃霧が、すっぽりと東京都をつつんでしまったのである。ことに山の手よりも下町がひどく、電車も自動車も、その他のあらゆる交通機関も、牛の歩みのような徐行を余儀なくされた。それでもあちこちに事故が起こり、汽車のダイヤにまでそうとうの混乱が起こった。

銀座方面でこの霧が濃くなりだしたのは、八時ごろだったといわれている。八時半になると、もう西の歩道から東の歩道をいくひとのすがたは見えなかった。店頭の灯がすすけた茶色ににじんで見えるだけだった。そのあいだを、都電が神経質にサイレンを鳴らしつづけて徐行していった。

八時半ごろ、銀座四丁目にある宝飾店『たから屋』へ、ひとりの女がはいってきた。

この『たから屋』というのは、間口二間、奥行き四間ばかりの小さな店だが、銀座では古い店で、よい顧客をたくさん持っているので有名である。

そのとき、店員の牧野康夫は、気むつかしい塚本夫人の応対に弱りきっていた。塚本夫人は、このあいだあがなったダイヤ入りの腕時計が狂ってこまると、苦情をいいにきたのである。ありようは、ひどい近眼でそそっかし屋の塚本夫人は、腕時計をはめたまま入浴して、しかもしばらくそれに気がつかなかったのだが、そのことはかくしておいて、苦情のほうだけ盛大にならべたてていた。

女店員の川崎和子は、その時計を持って、店のうしろにある修理工場へいっていた。修理工場では職人の安井政雄が腕時計のうらぶたをひらいてみて、すぐ塚本夫人の過失を看破した。

「あら、そうなの」

と、川崎和子は目をまるくして、

「まあ、ひどい奥さん。そんなことはひとこともいわないで、さんざん牧野さんをとっちめてるのよ」

と、いまいましそうにくちびるをとんがらせた。

「いいよ、ほっとけ、ほっとけ。いいたいだけのことをいわせておけばいいんだ。よいおとくいさんだから、おこらせちゃ損だ」

「長いものにはまかれろというわけね。うっふっふ」

川崎和子は下くちびるをつきだすと、思いだしたようにコンパクトを出してルージュをなおしながら、

「それにしても、安井さん、ずいぶんひどい霧ねえ。こんなところまではいってきてるじゃないの」

安井政雄はそれにたいして返事をしなかった。かれはすでに塚本夫人の過失でくるった時計の修理に熱中していたのである。

と、いうわけで、そのとき『たから屋』の店頭には、近眼の塚本夫人とその犠牲者、牧野康夫のふたりしかいなかった。

そこへ問題のあの女が入ってきたのである。

はじめのうち牧野康夫はその女のことを気にもとめずに、塚本夫人のお相手をしていた。おとくいさんではなかったし、よくふらりと店の中へはいってきて、ケースの中の時計だの、装身具だのを見まわしたのち、またふらりと出ていく客が多かったからである。

だが、その女はこごえで牧野を呼んでケースの中を指さした。表のほうへ背をむけて

いた塚本夫人は、それではじめてその女に気がついた。女はストールを頭から首へまきつけて、そのうえ色眼鏡をかけていた。ストールもオーバーもぐっしょり霧にぬれているらしかった。塚本夫人はすぐその女に興味をうしなって、じぶんも立って女と反対側のケースをのぞきこんだ。

牧野は女の注文でケースの中からダイヤの指輪をとりだした。女はそれを光線にすかしてみていたが、やがてケースのうえへおくと、またケースの中を指さした。こんど牧野がとりだしたのは真珠のイヤリングだった。女はそれを手のひらにのせていたが、そこへ奥から川崎和子が塚本夫人の腕時計をもって出てきた。

「牧野さん、これ」

「ああ、そう。ちょっと失礼します」

なにしろ、気むつかしくやかまし屋の塚本夫人である。なおざりにしておいて、またごきげんを損じてはと、牧野はストールの女をそこにのこして、カウンターのほうへとってかえした。

「それでは、奥さん、これをどうぞ。こんどはもう大丈夫ですから」

と、お愛想に時計のねじを巻きながら、なにげなくむこうを見ておもわずぎょっとした。

ストールの女が足ばやに店を出ていこうとしている。しかも、ケースのうえには指輪もイヤリングもない。

牧野康夫は腕時計を塚本夫人におしつけて、いそいで女を追っかけると、ショーウインドーのまえでつかまえた。塚本夫人も川崎和子も入り口まで追って出た。

「お嬢さん、お嬢さん、ご冗談なすっちゃこまります。いまのものをこちらへ返して……」

と、そこまでいったかとおもうと、牧野はきゅうに体をエビのようにねじまげて、骨を抜かれたように霧にぬれた歩道にくずおれた。

女は身をひるがえして霧の中へ消えていった。

とっさのことで、塚本夫人も川崎和子も、何事が起こったのかよくその意味がのみこめなかった。

「牧野さん、どうしたのよオ。いまのひと、万引きなの」

と、川崎和子は牧野のうえに身をかがめたが、とつぜん、のどのおくからこわれた風琴のような声がとびだした。

「血が……血が……」

牧野康夫はへそのあたりを鋭い刃物でえぐられていた。

二

「ああ、ひどい目にあっちゃった。だれかベンジン持ってない？」

そこは『たから屋』と背中合わせの位置にある『サロン・ドウトンヌ』である。『サロン・ドウトンヌ』はガレージの二階になっている。階段をかけのぼってきた女の子が、店の中へはいってくるなり、とんきょうな声でみんなにうったえた。

「どうしたのさ、ユキ」

女の子をふたりそばにひかえて、ジン・カクテルをのんでいた肥満型のロマンス・グレーが、度の強そうな近眼鏡のおくで目をしわしわさせながらわらった。

「どうもこうもないわよ、ハーさん。霧の中でもろにポストに抱きついちゃったら、憎らしい、そのポストというのがペンキ塗りたてじゃないの。ほら」

村上ユキは霧にぬれたストールをとりながら、オーバーのまえをみんなに見せた。

半照明のほのぐらさのうえに、ユキのオーバーは赤系統の色なので、みんなにはよくわからなかったが、

「どれどれ」

と立ってきた島田アキ子が、オーバーのまえを指でなでてみて、

「あらあら、たいへん、せっかく新調したばかりのオーバー、台なしじゃないの」

「だから、これ、トラジェディー（悲劇）よ。だれかベンジン持ってない？」

「なんだってまた、ポストなんかに抱きついたんだ。おまえに抱きつかれたいやつはいくらでもいるのに。ほら、ここにも……」

と、ハーさんの長谷川善三はそばにいる宇野達彦の肩をたたいた。長谷川善三はさる

保険会社の専務で、宇野達彦はその秘書である。

「いや、ハーさんたら憎らしい。冗談いってる場合じゃないわよ。だれかなんとかしてよう」

「ユキちゃんたらバカねえ。鼻を鳴らしてるひまに、奥へいってマダムに聞いてらっしゃいよ。マダムならベンジンくらい持ってるわよ。用心ぶかいひとだから」

もうひとりの女の子、花井ラン子が、脚を十文字に組んだ気取ったポーズで、タバコをくゆらしながら姉さんぶって注意した。

「なにさ、仰山そうにいって……まただれかにオーバーをねだろうという寸法だろう」

宇野達彦がどくどくしい調子でうそぶいた。

宇野は女のようなやさ男なのだが、口に毒があるので女の子から敬遠される。長谷川善三の秘書といっても、伯父が親会社の重役をしているので、無遠慮な口のききかたをするのである。長谷川善三はにやにやしながら、ジン・カクテルをなめている。

村上ユキが憎らしそうに宇野を横目でにらみながら、プイとドアのなかへはいっていくと、

「ベンジンならここにあるけど。バカねえ、ユキは……ポストにかこいがしてなかったの」

と、マダム雪枝の声がする。

「あとで気がついたらあったのよ。ところが、なにしろこの霧でしょ。ついまたいでし

まったの。しゃくだわ。プンプン」

そういうふたりの会話をききながら、長谷川善三がにやにやわらっているところへ、またひとり、女の子が階段を駆けのぼってきた。

「たいへんよ、たいへんよ、ちょっとみんないらっしゃいよ」

「どうしたんだい、キミ子。こんやはいやに〝たいへんよ〟がはやるじゃないか」

「ハーさんたら、そんなのんきなことといってる場合じゃないわよ。いま人殺しがあったのよう」

江藤キミ子はじだんだを踏むようにいって、霧にぬれたストールもとらない。

「人殺しってどこで？」

と、島田アキ子と花井ラン子がはじかれたように立ちあがる。

「ついそこよ。ほら、表の『たから屋』のまえよ。あそこに牧野さんてひとがいたでしょ。この店へもちょくちょく来ていた……あのひとがいま殺されたのよう」

「牧野さんが殺されたって？」

と、奥からマダムとユキが駆けだしてきた。ユキはオーバーを胸に抱いたまま、青白んだ顔をこわばらせている。

「キミちゃん、それ、ほんと？」

と、ユキの声はうわずっていた。

「ほんとよ。しかも、たったいまのことよ。死骸《しがい》、まだ道にころがってるわよ。警察からひとがくるまで、そのまんまにしとくんですって」

「いったい、どうして殺されたの、けんかでもしたの」

「ううん、そうじゃないの。万引き女をつかまえたんですって。そしたら、その女がいきなり刃物で牧野さんの下腹をえぐったんですって。出血がひどくって、医者が駆けつけてきたときにはもういけなかったんですって。そいで、医者の注意で死骸はまだそのまんまにしてあるの。ひょっとすると、あたし、その女と霧の中ですれちがったかもしれないのよ」

　と、江藤キミ子はまたじだんだをふんだ。

たぶんにヒステリー気味である。

「あたしいってくるね」

　と、マダムが奥からオーバーとストールを持って駆け出してきた。

「牧野さんならちょくちょくごひいきになってたんだし、ユキちゃん、あんたもいかない？　牧野さん、いちばんあんたにご執心《しゅうしん》だったんじゃない」

「あたし、いや」

　ユキがすねたようにそっぽをむいたひょうしに、宇野と視線がバッタリあって、その意地悪そうな笑顔に気がつくと、

「オーバーがないんだもの、いけないわ。マダム、いってきて」

　ユキはそのまま奥へかけこんだ。

「あたしもいくわ」

「マダム、待って、あたしもいくから」

「宇野さん、あなたもいかない」

「さあ、どうしようかな。専務さん、あなたは……？」

「おれはよすよ、バカバカしいから。君、いってきたまえ」

「それじゃ、ハーさん、お留守番たのみます。宇野さん、それじゃいきましょう」

こうして、『サロン・ドウトンヌ』の連中は、長谷川とユキのふたりをのこして、みんな霧の中へ出ていった。ヒステリーの発作にとりつかれたような江藤キミ子をせんとうに立てて……。

十月二十三日の晩のことである。

三

霧の夜のこの殺人事件は、銀座かいわいに大きなショックを投げかけた。ことに、犯人が女だけに、その思いきった行動からうけるショックのかんじは深刻だった。

しかも、この事件はたぶんに迷宮入りしそうなにおいがつよかった。ただふたりの目撃者、塚本夫人も川崎和子も、ほとんどその女を見ていなかった。

その女が『たから屋』の店先へはいってきたとき、塚本夫人は表のほうへ背をむけていた。牧野がそのほうへいったとき、夫人ははじめてその女に気がついたが、ストールを頭から首へまきつけて、色眼鏡をかけた女……という印象しかのこっていない。オーバーの色さえおぼえていなかった。

川崎和子も同様だった。彼女が奥からでてきたとき、その女はすでに店から出ていこうとしていた。塚本夫人とふたりで入り口まで追っってでて、犯行の現場を目《ま》のあたりに見ていたのだが、それは濃い霧の中での出来事で、影絵のようにふたりがもつれるのを見ていただけだった。彼女もまた、オーバーの色もストールの形も識別してはいなかった。

なんにんかの人物が、銀座の歩道でこの女とすれちがったにちがいない。しかし、それはすべて霧の中の出来事である。この恐ろしい女は、霧の中へ、霧のように消えてしまったのである。

ただ、警察が唯一の頼みとするところは、女が贓品《ぞうひん》を始末した場合のことである。さいわい女が持ち去った指輪もイヤリングも店の帳簿に記載されていて、その形状がはっきりわかっていた。

指輪のほうは四分の一カラットのダイヤをちりばめた十八金だが、ダイヤを抱いた台座のデザインに特徴があった。イヤリングのほうはさらに印象的で、大、中、小と三つの真珠をプラチナ製の朝顔の蔓《つる》がつないでおり、そういうデザインはちょっとほかに類がないだろうと思われた。

このふたつの贓品の出現だけが、警察にとって犯人捜査の唯一の頼みの綱だった。しかし、犯人が賢明ならば、おそらくこれは出てこないだろう……と、そう思われたにもかかわらず、案外これがはやく出現したのである。しかも、思いもよらぬ場所で、思いもよらぬ状態のもとに……。

四

十一月七日……それは木曜日だったが、正午ちょっとまえに金田一耕助が、警視庁の捜査一課、第五調べ室、等々力警部担当の部屋へ、れいによってれいのごとく、二重回しのまえをはだけたまま、飄々《ひょうひょう》としてはいっていくと、

「あっ、金田一さん、ちょうどよいところへ……あなたもいっしょにいきませんか」

と、警部は興奮の色をおもてに走らせて、いましも出掛けようとするところだった。

「警部さん、なにか事件でも……」

「ええ、銀座の『たから屋』の店員殺し……あの事件の端緒がつかめそうなんです」

「ああ、あの霧の夜の事件ですね」

「ええ、そう。いま報告がはいったばかりで、これから出掛けようとしていたところなんです。あなたもいっしょにいらっしゃい」

「ああ、そう。それでは……」

と、表に待たせてあった自動車にのったとき、

「それにしても、そいつはラッキーだったですね」

と、金田一耕助はおもわずひくい声でつぶやいた。

金田一耕助も、あの事件については、新聞で読んでそうとうくわしくしっている。そして、犯人がヘマをやらないかぎり、こういう事件の捜査がいちばんむつかしいだろうと思っていただけに、いまの警部の言葉にはちょっとおどろいたのである。

「いま、『たから屋』事件の端緒がつかめたとおっしゃいましたが、ということは、犯人の目星がついたということですか」

「いや、そうじゃなく、あのときの贓品らしいものがあらわれたんです」

「どこから……？」

「いや、それが意外なところからなんですがね。とにかく、むこうへいってじぶんの目でみてください。わたしもいま電話で報告をうけとったばかりなんですが、『たから屋』の犯人がまたひとりやったらしい……」

「またひとりやったって？」

と、金田一耕助は目をみはって、

「それじゃ、また殺人事件……？」

「ええ、そう、その現場から『たから屋』事件の贓品らしきものがあらわれたという報告なんですがね」

自動車は吾妻橋をわたって向島へはいっていった。吾妻橋をわたったところに、所轄《しょかつ》の警官がオートバイをとめて待っていた。自動車をとめて、等々力警部がふたことみこと話をすると、オートバイがすぐせんとうに立って走りだした。

まもなく自動車が横付けになったのは『みよし野荘』と嵯峨《さが》ようで書いた虫食いの看板のあがったしゃれた門のまえである。温泉マークこそはいっていないが、待ち合いか連れ込み宿といった種類のうちらしい。

表にはそうとう野次馬がむらがっており、警官たちの出入りもあわただしかった。

等々力警部と金田一耕助の一行が門のなかへはいっていくと、

「ああ、警部さん、こちらへ……」

と、玄関で立ち話をしていた所轄の刑事がよってきて、玄関わきの枝折《しお》り戸のなかへ一行を案内した。枝折り戸のなかには石畳が敷きつめてあって、それを踏んでいくと、広い庭のなかに点々として、庵《いおり》づくりの風雅な離れが建っている。

これらの離れはみな母屋から独立していて、まわりを竹やぶでかこまれている。竹やぶでかこまれているのは、夏場障子をあけ放っていても外部からのぞかれないためと、もうひとつは笹の葉ずれの音によって、そのなかで演じられるところの男女の演技から発するさまざまな物音や音声を消そうという趣向だそうである。

金田一耕助がかぞえてみると、これらの離れはつごう五つあり、どれもひと間かふた間のほかに、小玄関と湯殿と便所がついているらしい。

つまり、男と女が忍び会うにはおあつらえの構造になっており、そこへ閉じこもってしまえば、女中の足音を気にする必要もなく、また、さっきもいったとおり、まわりをとりまく竹やぶの葉ずれの音がものの気配を消してくれるから、どんな大胆な遊戯にもふけることができるという寸法である。

金田一耕助と等々力警部が案内されたのは、そのの離れのうちのいちばん奥まった一棟《ひとむね》である。

「被害者の身元はわかったかね」

と、みちみち等々力警部がたずねると、

「はあ、わかりました。Y生命の専務で長谷川善三という男なんです。この家とはそうとう以前からのおなじみで、かわるがわるいろんな女をつれこんでいたというから、まあ、四十八歳の抵抗族とでもいうのか、そうとう道楽者なんですね」

小玄関からうえへあがると、表の四畳半のちゃぶ台におつまみものの用意がしてあり、ビールが二本からになってころがっているところは、あきらかに男と女が差しむかいで飲んでいたことを示している。ふたつのコップにそれぞれビールが半分ほどのこっていて、気が抜けた色をしてにごっている。

「やあ、どうも」

と、さっき電話をかけてきた所轄の捜査主任、河本警部補があいさつをして、

「どうぞこちらへ」

と、あいのふすまをひらくと、そこも四畳半になっていて、なまめかしい夜具にまくらがふたつ、まくらもとの電気スタンドのそばの銀盆に水差しとコップと灰ざらと、万事用意ができていて、灰ざらのなかにはピースの吸いがらが一本。

だが、それはあとで気がついたことで、河本警部補がふすまをひらいたとたん、金田一耕助はおもわずぎょっと息をのんだ。

掛け布団をひきめくった白いシーツのうえに、寝間着姿の男が大の字にふんぞりかえって、はだけたまえから太股《ふともも》まで露出しているが、その下腹のあたりから恐ろしい血が噴きだして、ぐっしょりと寝間着をそめている。

「刺されたんだね」

「『たから屋』の事件とおなじ手口ですよ」

と、そこに居合わせた刑事がつぶやいた。

「それで……?」

と、等々力警部が河本警部補をふりかえると、

「はあ、女中の話によると、男のほうがさきにきたそうです。あらかじめ電話があったので、この離れを用意しておいたんですね。すると、八時ごろに男がやってきて、すぐにどてらに着かえて、ビールとつまみものを注文し、女中がそれを運んでくると、あとから女が訪ねてくるから、すぐにこちらへ通すように命じて、女中を遠ざけたそうです。

すると、それから半時間ほどおくれて、女がこの男を名ざしてやってきたので、女中がすぐにこちらへ案内したが、それからあとのことはしらないといってるんですがね」

「この男、ここの常連だそうだが、ここへくるといつも泊まっていくの」

等々力警部の質問はもっともだった。こういう場所は事を行なうだけが目的で、用事をすますと男も女もさっさとかえっていくのがふつうである。ことに、Y生命の専務といえば、社会的にもそうとうの地位である。そういう人物がむやみにこんな場所で一泊するとは思えない。

「いや、泊まっていくということはめったになかったそうです。たいていは用事をすますと十二時ごろまでにはひきあげていったそうですが、それでもごくまれには泊まることもあったそうです。ですから、ゆうべなども、こんやのおあいてのご婦人は、よっぽどお気に召したらしいわねえなどと、このうちでも気にもとめずにひと晩過ごしてしまったんだそうです。ところが、今朝、何時になっても起きてくる気配がないので、女中がのぞきにくるとこの始末で……」

河本捜査主任も顔をしかめている。

「ところで、どんな女だったの、それ？」

「さあ、それなんですよ」

と、河本捜査主任はいよいよ顔をしかめて、

「ストールで頭から首をまいて、色眼鏡をかけた女……と、ただそれしかわかっていな

いんです。なにしろゆうべもひどい霧でしたからね」

そうだ、ゆうべもひどい霧だった……と、金田一耕助もうなずいている。

「じゃ、女中も顔をおぼえてないというのかい」

「はあ、なんしろ、ここ一軒建ての離れになっておりましょう。だから、その女が玄関へ顔を出して、長谷川さんは……というと、女中がすぐに出てきて枝折り戸から庭づたいに、こちらのほうへ案内したんだそうです。ですから、ストールをとらなくともべつに怪しいとも思わず……なにしろ、商売が商売ですからね、女が顔をかくしたがるのも当然だし、また女中のほうでも、なるべく客の顔をみないように訓練されているんでしょう。そこへもってきてゆうべのあのひどい霧ですから、ぜんぜんといっていいくらい顔を見ておらんのですよ」

と、河本警部補の話しぶりをきいていると、女中の不注意とうかつさを弁解しているようである。

等々力警部は内心苦笑しながら、

「それで、女をここへ案内すると、女中はすぐにひきかえしたんだね」

「そうです、そうです。飲みものやなんかはさきにきた男が注文していますし、お支度のほうもととのえておいたので、女がきても女中にはもうすることはなかったので、玄関さきまで女を案内すると、そのままひきさがったといってるんです」

「で、犯行の時刻は……？」

「ゆうべの八時半から九時ごろまでのあいだだろうという話ですから、女がやってくるとすぐのことらしいんですね」

「それで、なにかね」

と、等々力警部はむつかしい顔をして、

「事を行なった形跡は……？」

「いや、ところがそれがないんですね」

と、警部補は顔をしかめて、露出したみにくい男の太股に目をやりながら、

「さっき柳井先生にそこを調べていただいたんですが……それに、この裏にバスがあるんですが、バスを使った形跡もないんです」

「それで、紛失しているものは……？」

「はあ、紙入れがありません。紙入れにどのくらいはいっていたか、これは長谷川家に聞き合わせてみなければわかりませんが……それから、女中の話によると、金側の腕時計をしていたそうですが、それも紛失しているようです」

「すると、目的は物取りかな」

「ということになりそうですね。素姓もしれぬ女にひっかかって、こんなところへ食わえこんだのはよかったが、いざというときぐさりとひと突き……色好みの男にゃよい教訓になりそうです」

と、警部補は慨嘆するようにつぶやいたが、急に思いだしたように、

「そうそう、紛失してるといえば、妙なものが紛失してるんですよ」

「妙なものって……？」

「この男のズボンとオーバーとくつが見えないんです」

「ズボンとオーバーとくつがない……？」

と、等々力警部はまゆをひそめ、金田一耕助もふしぎそうに目をしょぼつかせた。

「ええ、そうなんです。ほら、シャツからももひき、さるまた、上着やチョッキやワイシャツの類はあのとおり乱れ箱のなかに残ってるんですが、ズボンとオーバーとくつがどこを探しても見当たらないんです。これ、いったいどういうわけでしょうねえ」

「ズボンとオーバーとくつがねえ」

金田一耕助はぼんやり口のなかでつぶやいたが、その目がきゅうにかがやきだしたところをみると、この事件にたいする興味がにわかにたかまってきたのではないか。

等々力警部もふしぎそうにまゆをひそめていたが、急に思いだしたように、

「そうそう、ときに、河本君、『たから屋』事件の贓品らしいものが出てきたというのは……？」

「ああ、そうそう、失礼しました。こんなものがまくらの下から出てきたんですが……」

と、警部補がポケットの封筒から取りだしてみせたのは、大、中、小と三つの真珠をプラチナ製の朝顔の蔓《つる》でつなぎあわせたイヤリングの片方だった。

脅迫者

一

霧の中の女の二度目の犯行ほど、異常なセンセーションをまきおこした事件は近来まれだった。

彼女はまず十月二十三日の晩、銀座の『たから屋』へあらわれて、ダイヤ入りの指輪とイヤリングと……ただそれだけの品物を手にいれるために、ひとりの男の生命を奪うことも辞さなかった。彼女はじつに平然として刃物をふるった。そこにはみじんの感傷も良心のうずきもないかのようだった。

しかも、彼女はそれから二週間のち、問題のイヤリングを身につけて、向島の『みよし野荘』へあらわれて、またしてもおなじ手口で凶刃をふるっている。そして、そこに、はからずも重大な証拠となるべき問題のイヤリングをのこしていったのだ。

まえにもいったように、被害者のズボンとくつとオーバーが紛失していたが、上着やチョッキはのこっていたのだ。ところが、その上着やチョッキのどこからも、紙入れやがまぐちは発見されなかった。

被害者長谷川善三氏夫人みさ子の証言によると、長谷川氏はいつも上着のポケットに紙入れを、バラ銭をいれておくがまぐちをズボンのポケットにいれておく習慣があり、五万円はかかさず身につけていたという。その紙入れやがまぐちが紛失しているうえに、左の指にはめていた十八金のエンゲージ・リングと、ロンジンの金側腕時計が紛失していた。

だが、それらの品を総合しても、十万円とちょっとの価格のものである。霧の中の女にとっては、かくも人命は安価なものであろうか。それとも、彼女のかんがえかたでは、被害者の口を封じておくことがもっとも効果的な完全犯罪だと思っているのだろうか。

しかし、それにしてもおかしいのは、犯人はなぜズボンとくつとオーバーを持ちさったのか、なぜ上着やチョッキはのこしていったのか。彼女がもしオーバーや洋服類まで贓品のうちに勘定しようというのならば、上着とチョッキをのこしておいては意味がないのではないか。

だが、いずれにしても、それが女性の犯罪だけに、その冷酷無惨な鬼畜性が多くの問題を投げかけた。

しかし、捜査当局にとって第二の事件は非常にありがたかった。第一の事件ではひろい東京の霧の中からただひとりの女をさがしださねばならなかったのだが、第二の事件によって捜査範囲がうんとしぼられることになったわけである。

色好みの長谷川善三氏には女出入りが多かった。この『みよし野荘』へもとっかえひっかえいろんな女をつれこんだというが、ちかごろかれがもっとも熱をあげていたのが、『サロン・ドウトンヌ』だとわかると、俄然《がぜん》、捜査の焦点はこのアルバイト・サロンにむけられた。

ことに、第一の事件のあった夜、しかも牧野康夫が刺されたとおもわれる時刻の直後、ペンキ塗りたてのポストに抱きついたといってオーバーのまえを赤いものでよごしてかえった女があると聞き込んで、等々力警部は俄然緊張した。

「ああ、君だね、十月二十三日の晩、霧の中でペンキ塗りたてのポストに抱きついたというのは……？」

「はい……」

村上ユキはすっかり血色をうしなっていた。

もともと彼女は色白の膚のきれいな女で、『サロン・ドウトンヌ』でもピカ一だが、警視庁捜査一課、第五調べ室へ出頭を要請されたとき、ユキの膚は恐怖にあわ立ち、ひとみはものに憑《つ》かれたようにあやしくとがっていた。

金田一耕助はかたわらから興味ふかげに彼女の左の耳たぼをながめている。そこには新しいかすり傷のあとがある。

「村上ユキさんというんだね。ひとり？　だんなさんは……？」

「はあ、主人はあります」

「だんなさん、職業は……？」

「鉄道のほうへ勤めております。S駅の手荷物一時預かりの係で……」

「それで君をアルバイト・サロンに勤めさせておくの？」

「はあ。子供が病身なうえに、母……あたしの母がいるものですから」

「なるほど。ところで、十月二十三日の晩、『たから屋』で人殺しがあった晩、君はペンキ塗り立てのポストに抱きついたというが、それはどこのポスト？」

「銀座四丁目の角のポストでございます」

警部の合図にすぐひとりの刑事が部屋を出ていった。はたして、そこのポストが最近、塗りかえられたかどうか調べにいったのだろう。

「しかし、君はあの霧の中をどこへ出かけていったの？」

「はあ、母にたのまれておりましたので、表通りの薬局へ粉乳を買いにまいりましたので……」

「しかし、『サロン・ドウトンヌ』の連中の話じゃ、かえってきたとき君はなにも持っていなかったというが……」

「はあ。いってみると、薬局はもうしまっておりましたものですから……」

「そのかえりにポストに抱きついたの？」

「はい。深い霧でかこいが見えなかったものですから……」

「いま着てるそのオーバーがそれなの？」

「はあ」

等々力警部はおもわず金田一耕助と顔を見合わせた。ユキは気がついているのかいないのか、赤系統のオーバー地のまえにくろずんだ汚点がうすくかすかについているのを……。

「ところで、もうひとつ聞くが……」

と、等々力警部は緊張のためにうわずりそうになる声をおさえて、

「一昨々日の晩、すなわち十一月六日の晩だがね、君はサロンをやすんだということだが、どこへいってたの。家は三時ごろ出たというのに……」

ユキのおもてはとつぜん追いつめられた野獣のように恐怖にゆがんだ。彼女はあやうく失神しそうになる体をやっとデスクのはしを両手でつかんで支えると、

「なにもかも正直に申し上げます。あたし……あたし……だれかにわなにおとされたんです」

「わなに……それ、どういう意味……？」

「はい」

と、ユキは火を吹くような目できっと警部の顔を見すえながら、

「十月二十三日の晩……つまり、あの事件のあった晩、みんな『たから屋』さんの事件を見にいって、あとにはあたしとハーさん……長谷川さんのふたりきりになったんです。そのとき、ハーさん、いいえ、長谷川さんから、ふたりきりでどこかへいかないかと誘われたんです」

「ふむ、ふむ。それで……」

「あたし、いままでいちども、お客さんとそんなことをしたことはありません。謙ちゃん……主人に貞操を守りとおしてきたんです。しかし、さしあたり子供の病気のことでとてもお金がいることがあったものですから、つい、ハーさんと約束したんです」

「どういう約束……？」

「水曜日の晩は主人が宿直になります。その晩だったら、多少おそくなっても謙ちゃんに疑われずにすみます。十月二十三日は水曜日でした。しかし、すぐその晩は決心がつきかねたので、来週の水曜日の晩と……」

「そのつぎの水曜日というと、十月三十日ということになるね」

「はあ」

「その晩、長谷川氏とどこかで会ったの？」

「いえ。ところが、それがいけなかったんです」

「いけなかったとは……？」

「はあ、あの、あたしの体のつごうが……」

ユキは蒼白《そうはく》のおもてに朱を走らせた。

「ああ、生理休暇……？」

と、金田一耕助がくちびるをほころばせた。

ユキはちらとそのほうへ目をやって、屈辱のために紫色になった。

　等々力警部はそんなことにはお構いなしに、

「すると、そのつぎの水曜というと、すなわち一昨々日、長谷川氏が殺害された六日ということになるわけだね」

「はい。それですから、あたし、わなにおとされたんです」

　と、ユキはとつぜん両眼から涙をたぎらせたが、すぐぐいとおもてをあげると、

「六日の晩、あたし、ハーさん……長谷川さんと『みよし野荘』で会う約束をしていたんです。ところが、五日の日、長谷川さんからサロンのほうへ手紙がきて、歌舞伎座《かぶきざ》であおうといって、六日の夜の部の切符を一枚送ってきたんです。あたしそれをまにうけて歌舞伎座へいったんです。そしたら、いつまで待っても長谷川さんはこなかったんです。しかも、あたしのすぐ隣の席がしまいまであいていたので、あたしはそこへ長谷川さんがくることだとばかり思って、お芝居がはねるまで待っていたんです」

「座席番号をおぼえていますか」

　と、金田一耕助がそばから尋ねた。

「はあ、はの二十三番でした。二十四番がしまいまであいていたんです」

「その手紙はどうしました」

「それは破いてしまいました。うっかり謙ちゃんに見つかるといけませんから……」

　と、涙がかわいて放心したような目つきになったユキは、意味もなくデスクのうえを見つめながら、うつろにひびく声で、

「あたし、ほっとしたような気もしました。危うい瀬戸際で助かったとも思ったんです。それで、そのままうちへかえったのですが……もうご承知と思いますが、あたし小田急沿線の経堂で間借りをしております。駅からかなりはなれて寂しいところです。ところが、うちのそばまでくると、暗がりの中からいきなりどすんとひとがつき当たって、あたしのイヤリングをもぎとっていったんです」

と、ユキは左の耳たぼをかるくおさえる。そこにあるかすり傷の跡をみて、金田一耕助と等々力警部は顔を見合わせ、警部は口をゆがめてウウムとうめいた。

二

ユキの供述には一部分真実性が認められた。

銀座四丁目の角にあるポストは、十月二十三日の正午過ぎに塗りかえられ、しかも、たしかにそこにだれかが抱きついたらしい跡がのこっていた。

また、十一月六日の夜の歌舞伎座の「はの二十四番」の切符は、売れていながら回収されていなかった。しかし、「はの二十三番」の客がはじめからしまいまでいたかどうか、それがどういう人物であったかということは、だれも証言するものがいなかった。

ちなみに、長谷川善三氏が『みよし野荘』へやってきたのは八時ごろ。したがって、ストールの女がやってきたのは八時半ごろのことである。そのころ、歌舞伎座の「はの二十三番」にユキがいたかどうか、不幸にしてだれも証言しうるものはいなかった。

ことに、ユキのオーバーから検出されたのが血痕《けっこん》であることが証明されるにおよんで、彼女にたいする容疑は決定的なものとなった。ただ、ふたりの被害者、牧野康夫も長谷川善三氏もともにO型だったので、それがどちらの血痕であるかわからなかったが、その新しさからいって、おそらく後者のものだろうと思われた。

村上ユキが逮捕されたという報道は、銀座かいわいを震撼《しんかん》させた。

ユキは金にこまっていた。ユキの子供は入院を必要とするほど重体だった。ユキは入院費をかせぐ必要に迫られていた。子供にたいする愛情が、ユキをデスペレートな行為に駆りたてたのだ……。

しかし、ユキの子供は入院していない。彼女がさいきんまとまった金を手にいれたという形跡はどこにもなかった。いったい、ダイヤの指輪やロンジンの腕時計を、ユキはどう処分したのか……。

いや、ユキはまだそれをどこかに隠匿しているのだ。ほとぼりのさめるのを待って持ちだすのだ。それとも、凶行のあとになって、いまさらのようにじぶんの行為がおそろしくなって、それを利用する勇気をうしなったのかもしれぬ……。

こうして、ごうごうたる世論のうちにひと月たって、十二月八日のことである。

世間をはばかってしばらく勤めをやすんでいたユキの夫の村上謙治は、しばらくぶりにS駅の手荷物一時預かりの係へ出た。

った。

だれもかれも、謙治の顔をまともに見るのを避けた。謙治も必要以外に口をきかなかった。

だが、かれは心の中で叫びつづけている。

「負けるもんか。負けるもんか。おれの女房は潔白なんだ。おれの女房は人殺しなんかしやあしない。おう、かわいそうなユキ！　おれが意気地がないばかりに……畜生！　畜生！　おう、ユキ！　ユキ！」

かれはうんと積んである一時預かりの荷物をぶん殴った。床においてあるスーツケースをけとばした。

だれも謙治をとめるものはいない。かれの形相のあまりのすさまじさに恐れをなしたからである。

とうとう謙治は声を立てて叫んだ。

「ユキ！　ユキ！　しっかりしろ！　おれがついてるぞ。おれという亭主が……」

謙治の目から涙があふれ、かれの凶暴さはいよいよ手がつけられなくなった。

「おい、よせ、よさないか」

見るに見かねて同僚がとめにかかったが、

「なにを！」

と、最後にふるった謙治の一撃に、荷物の山ががらりとくずれて、その中のスーツケースのひとつがパックリとふたをひらき、なかから男のくつの片方がとびだした。

「それ、見ろ、乱暴なまねをするな」

同僚はぶつぶついいながら、錠前のこわれたスーツケースへ中からこぼれ出したものをしまいかけたが、とつぜん、

「あっ、血だ……」

と、たまげたような声をはなった。

「えっ！」

「おい、村上、これ、見ろ！　これ、血じゃないか、このストールについているの」

「ス、ストール……？」

村上謙治はぼうぜんとして、同僚の手にあるストールをぐっしょり染めている赤黒い汚点をながめていたが、なに思ったのか床にころがっている錠前のこわれたスーツケースにおどりかかってなかを引っかきまわしていたが、そこから出てきたのは、男物のオーバーとズボンと一足のくつ。上着とチョッキは見当たらなかった。

三

十二月十日の晩八時ごろ。

『サロン・ドウトンヌ』のマダム雪枝が、日比谷の角にある公衆電話から、どこかへ電話をかけている。

「こちら、だれだっていいじゃあないの」

と、マダムはわざと声をかえて、

「とにかく、あたしは見たのよ。十月二十三日の晩、あんたが銀座四丁目の角で、霧にぬれた歩道からなにかを拾いあげるのを……あたし、それをたしかにイヤリングだとにらんだの。あたし、声をかけようとしたんだけど、あわててそれをポケットへつっこんだあんたの素振りがおかしかったので、おやと思ってあたしは顔をそむけてしまったの。また、だれだって聞くの？　だれだっていいじゃないの、そんなこと。ほっほっほ」

口では笑っているものの、雪枝は左の指にまきつけたハンカチでしきりに額の汗をこすっている。くちびるがかさかさにかわいて、ともすれば声がふるえそうになる。

「ところが、翌日の新聞を見ると、万引き女が指輪とイヤリングを盗んで逃げたとあるでしょう。だから、あんたが拾ったもの、てっきり万引き女が逃げる途中、落としていったんだとにらんだのよ。だから、あんたがいまに届けて出るか出るかと心待ちにしていたのよ。ほとんど毎日顔を合わせながら、あんたの顔色ばかりうかがっていたのよ。そしたらどうでしょう、それから二週間たって『みよし野荘』の事件……そこに盗まれたイヤリングが落ちてたって刑事さんから聞かされたとき、あたし気が狂いそうになったわよ。恐ろしいひとね、あんたってひとは……？　え？　なに……ほっほっほ」

と笑いながら、マダムはかさかさにかわいたくちびるをなめた。しかし、その目は獲物をねらう野獣のようにかがやきはじめた。

「そんなこと、だれにもしゃべりゃあしないわよ。ひとにしゃべったら元も子もなくなるじゃないの。え？　なに？　ええ、ここ日比谷公園のすぐまえの公衆電話よ。えっ、すぐ来てくれる？　大丈夫、大丈夫、ひとにしゃべったら、金の卵をうむ鶏を殺しちまうようなものじゃないの。そうね、できるだけ人目につかないところがいいわね。そいじゃあね、交差点のところから公園へはいってまっすぐに、『松本楼』のほうへいらっしゃい。あたし途中で待っている。あんたの姿を見たら、暗がりんなかから懐中電灯を三回明滅させるわ。できるだけたくさん用意してくるのよ。ほっほっほ。じゃあ、のちほど」

雪枝はガチャンと受話器をおくと、ボックスの壁にもたれて、しばらくはあはあとあえぐような息づかいだった。

それから半時間のち、すなわち十二月十日の八時半ごろのことである。

日比谷交差点の入り口から『松本楼』へむかう道の途中の小暗い植え込みのなかに、ストールをかぶった女がひとり、ひと待ちがおに立っていた。

『松本楼』ではこんや宴会でもあるのか、さっきからひとしきり自動車の往復がはげしかったが、それもぴったりとだえると、あとはほとんどひとどおりもない。わかいアベックがひと組み手をとりあって、なにか小声でささやきながら、そこよりいっそう暗い方角へ消えていったかと思うと、あとはしいんとした静けさにつつまれてしまった。

『松本楼』の方角から潮騒《しおさい》のようにきこえてくるさんざめきや、公園のわきをとおる電車のきしる音などが、かえって女のひそんでいる植え込みのあたりの静けさを強調しているようにも思われる。

とつぜん、『松本楼』の方角から、コッコッと舗道をふむくつの音がきこえてきた。そのくつ音は、なにかをあさるように、ときどき歩調がはやくなったり、おそくなったりする。

植え込みのなかの女は、それを聞くとちょっと体をかたくした。女はあきらかに公園の入り口のほうへ気をとられていたのだが、どうやら彼女の待ち人は反対の方角からやってきたらしい。そのくつ音の、はやくなったり、おそくなったり、あるいはときどき停止したりするところをみると、くつ音のぬしはいまあきらかに大きな不安と逡巡《しゅんじゅん》にとらわれているのである。

そのくつ音が二、三メートルほどてまえまできたとき、植え込みのなかの女は、こころみに手にした懐中電灯を二、三度明滅させて合図をしてみる。

と、くつ音のぬしはぎょっとしたように立ちどまり、すばやくあとさきを見まわした。さいわいあたりに人影はない。それでもくつ音のぬしは用心ぶかく、植え込みのなかをすかしていたが、あいてが女ひとりと安心したのか、のろのろそのほうへちかづいていった。

「君かい？　さっき電話をかけてきたのは……？」

低い、しゃがれた声がすこしふるえているようである。

「ええ、そう……」

ストールのおくで女がこれまた小声でこたえたとたん、ふたりの影がさっともつれて交錯した。

「なにをする！」

叫んだのはストールの女だったが、それはあきらかにふといさびのある男の声である。

「あっ！」

と、あとからきた男が叫んだとたん、その体はたたらをふむようにまえのめりになり、やっと体勢をたてなおしたとき、右の手首にぴしりと唐手《からて》の痛撃をくらって、手にした短刀をとりおとしていた。

たたかいはそれで終了したのである。つぎの瞬間、唐手の一撃で骨折した男の右手は、左手とともに手錠のなかにあった。

「やあ、山田君、ご苦労、ご苦労」

植え込みのおくの暗がりからばらばらととび出してきたのは、等々力警部と金田一耕助。ほかに私服がふたりいる。

等々力警部が女装の山田刑事の労をねぎらいながら、手錠をはめられた男の顔に懐中電灯の光をむけると、それは金田一耕助が予想していたとおり、長谷川善三の秘書宇野達彦だった。達彦の目には、わなにかかった獣の凶暴さがギラギラとかがやいている。

四

「村上ユキが赤いペンキのポストに抱きついたこと、それから霧の路上でイヤリングを拾ったこと……このふたつが宇野達彦を誘惑して、ああいう犯罪を思いつかせたんですね」

そこは緑ガ丘町緑ガ丘荘にある金田一耕助のフラットである。その快適な応接室で、金田一耕助は後日、この探偵談の記録者であるところの筆者にむかって、この事件についてつぎのように解説してくれたのである。

「ちかごろじゃ女も打算的になってますから、若いものが女にもてるとは必ずしもいえなくなってますからね。そこへもってきて、口に毒のあるうえにどこか陰険なかんじの宇野達彦は、どこへいっても女にもてなかった。それにはんして、ロマンス・グレーの長谷川専務は、的中率百パーセントを誇っていました。そのことと、ユキを口説いてこっぴどくひじ鉄砲をくらったことが、宇野のプライドをきずつけ、心のなかでいつまでも執念ぶかくどすぐろい炎となってもえつづけていたんですね。だから、長谷川専務を殺害してその罪をユキになすくりつけようというのが、陰険な宇野達彦の計画だったわけです」

「なるほど。そうすると、敵は本能寺というわけで、宇野のねらいは長谷川よりむしろユキにあったんですか」

　筆者の質問にたいして、金田一耕助は暗い目をしてうなずいた。

「そうです、そうです。一石二鳥といいたいところですが、達彦のねらったのはむしろユキにあったようです」

「すると、『みよし野荘』へやってきたストールの女というのは宇野だったわけですね」

「ええ、そう。宇野は秘書ですからね、注意していれば長谷川の行動が手にとるようにわかるわけです。そこで、あの晩、長谷川が『みよし野荘』でユキとあいびきすることをしった宇野は、先手をうってユキを歌舞伎座へおびきだした。これはユキの身代わりをつとめようという意味と、もうひとつはユキのアリバイを不明瞭《ふめいりよう》ならしめようというふたつの目的をもっていたわけですね」

「なるほど。それじゃ殺害された長谷川が女と事をおこなった形跡がなかったのは当然ですね。あいてが女装の男じゃあねえ。しかし、金田一さん」

「はあ」

「長谷川の紙入れやロンジンの腕時計を盗んだのは、金にこまっているユキに罪をきせるつもりだったとしても、オーバーやズボンやくつがなくなったのはどういうわけです。それに、S駅の一時預かりから出てきたオーバーやズボンというのがそれだったんですか」

「そうです、そうです。宇野達彦の陰険な計画は九分九厘まで成功したんですね。もし、長谷川専務が刺されたとき、あいてのストールをむしりとらなかったら……長谷川は宇野のかぶっていたストールをむしりとると、苦しまぎれにそのストールでじぶんの傷口をおさえたんです。おかげでストールは血だらけになってしまいました。いかに達彦がだいたんな男でも、血だらけのストールをかぶって歩くわけにはまいりませんや。といってストールの下は男の地頭である。スカートにかかとのたかいくつでは歩けません。そこで、長谷川専務のズボンと、くつと、オーバーが必要になってきたわけです」

「なるほど。長谷川のズボンとくつをはき、そのうえからオーバーを着て、男にかえって逃げだしたというわけですね」

「そうです、そうです」

「そして、それらのズボンやオーバーのしまつにこまって、S駅へ一時預けに預けっぱなしにしておいたというわけですか」

「ええ、そう。だけど、それがユキの亭主によって発見されたというのはいささか小説めいておりますが、世の中にはままこういうこともあるもんですね。ぼくはそのスーツケースのなかから血まみれのストールが出てきたとき、犯人は女装の男だったんじゃないかと、はっきりしるにいたったというわけです」

「そうすると、ユキに歌舞伎座の切符を一枚送ったり、ユキの帰途を待ちぶせてイヤリングをむしりとったりしたのも宇野なんですね」

「そうそう。そして、そのとき、さっき『みよし野荘』で殺してきた長谷川の血をユキのオーバーになすくりつけておいたんですね。ところで、歌舞伎座の切符ですが、二枚買って一枚をロスにしたところがうまいですね。それによって、ユキをいまくるかいまくるかと終演まで歌舞伎座にひきとめておくことができたんですからね」

「そうすると、宇野のところへマダムの雪枝が脅迫の電話をかけたのは……？」

「いや、あれは等々力警部と相談のうえ打ったお芝居なんです。ああでもしなければきめてがなかったもんですからね。宇野があの霧の晩にイヤリングを拾ったのであろうというのは、たんにぼくの想像にすぎなかったんですから」

　筆者はちょっと唖然《あぜん》として金田一耕助の顔を見ていたが、

「ところで、金田一さん、『たから屋』の万引き殺人はどうしたんです。いまのお話じゃ、第二の事件と関係はなかったんですか」

「あっはっは、いや、おっしゃるとおりで……」

　と、金田一耕助は白い歯を出してわらいながら、

「だから、さいしょに申し上げたとおり、霧の路上でイヤリングを拾ったことが宇野達彦を誘惑して、こういう犯罪を思いつかせたんですね。あのイヤリングを利用して『たから屋』の事件と関連性をもたせておけば、たとえユキを罪におとすことに失敗しても、じぶんに疑いがかかってくることはあるまいというのが、宇野の考えかただったんです。『たから屋』の事件のばあい、宇野はりっぱなアリバイがありますからね。ところが……」

と、金田一耕助は渋い微笑をうかべて、

「ここにおもしろいのは、この事件が箴《しん》をなして、『たから屋』の事件もそれからまもなく解決しましたよ。つまり、第二の事件の犯人が意外にも女装の男だったので、ひょっとすると『たから屋』の事件もそうじゃないかってことになり、その方針で捜査していったところが、とうとう鉄火のテッちゃんという男娼《だんしょう》がつかまりましたよ。そいつが『たから屋』のほうの犯人だったんです」

洞《ほら》の中の女

一筋の毛髪

一

その家は半年あまりも空き家になっていた。

月に四、五回は家を探しているひとが周旋屋の案内で見にくることはくるのだが、値段が折り合わないのか、それとも日当たりでもわるいのか、あるいはどこか使い勝手の悪いところでもあるのか、いつも話がまとまらずに、去年の八月ごろからこの二月まで、空いたままになっていた。

去年の八月までこの家に住んでいたのは、日疋《ひびき》隆介といって、銀座裏で『ドラゴン』というキャバレーを経営している男であった。

やせぎすの、目つきの鋭い、男っ振りは悪くはないが、腕のどこかに彫り物でもありそうな、ちょっとすごみな人物であった。キャバレーへ出入りする客の話によると、もと満州ゴロかなにかであったという。

日疋隆介がこの家を売りに出したのは、べつに子細あってのことではない。

だいたい、かれはこの家が気にいって買ったわけではなく、終戦直後の昭和二十二年ごろ、満州から引きあげてきたかれは、家でさえあればどこでもよく、またどんな家でもかまわなかった。だから、多少いんきで、使い勝手の悪い家だと思ったが、そのかわりに値段も安かったので手にいれたのである。

その後、かれは何度もこの家に手をいれたが、家というものはさいしょの設計が間違っていると、手をいれればいれるほどかえってへんになるものである。妻の兼子のごときはそれをしっていて、いつも夫をいさめていたが、日疋にはちょっと普請道楽みたいなところがあって、口では面倒くさがりながらも、毎年かならず一度は大工がはいって、家のどこかをいじっていた。

ひとつには子供のいない夫婦のさびしさから、せめて家のふんいきにでも変化を求めていたのかもしれない。

ところが、とつぜん、去年の春、妻の兼子が心臓マヒで急死してから、日疋はにわかにこの家にいやけがさしてきた。かれはかくべつ感傷家ではなかったから、その家のすみずみに亡妻の思い出がこびりついているのを苦痛にかんじたというのではない。

ただ、妙にいじくりまわしたこの家が急に醜くかんじられたらしい。ちょうど小じわをかくすためにいやにおしろいをぬたくった四十女の顔でも見るような嫌悪感《けんおかん》をいだきはじめたのである。

それに、まだ四十八歳にしかならぬ日疋は、そのまま独身でとおすわけにはいかなかった。キャバレーというような派手なしょうばいをしているかぎり女に不自由はしなかったが、やはり家庭をもつ以上、妻というものが必要だった。

それには、居は気をうつすともいうし、さいわい手ごろな家も見つかったので、しんきまきなおしで出直すつもりで、吉祥寺のほうへ移っていった。そして、そこへ移るとまもなく、『ドラゴン』のナンバー・ワン、珠子という女を妻として家へいれた。むろん、珠子とは兼子が生きているじぶんから関係があり、そのために、兼子ともちょくちょく問題を起こしていたようである。

さて、問題の家というのは、小田急沿線の経堂のはずれ、赤堤というところにあるのだが、キャバレーのほうで収益がたくさんあるのか、日疋はその家をそれほど売りいそぎはしなかった。ひとに足元を見られるのがきらいな日疋は、安くたたかれると意地にでも手放す気にはなれなかった。

それでも、とうとうその家に買い手がついた。

その家を買ったのは根岸昌二という小説家で、周旋屋を通じて商談が成立したのだから、それまでぜんぜん日疋と交渉のない男だった。根岸の一家は、三月のはじめごろ、霜解けの道をぬからせて引っ越してきた。昌二の妻は喜美子といって、夫婦のあいだにことし七つになる和子という娘がひとりある。根岸はこの二、三年急に売りだしてきた大衆作家である。

根岸の一家が移ってきてから半月ほどたってから、喜美子の友だちの岡沢ハルミが遊びにきたが、喜美子の顔を見るなり、

「ああら、やっぱりこの家だったわ。あたし、この家なら、まえにも二、三度あそびにきたことがあるのよ」

と、まゆをひそめるようにしていった。

二

ハルミのそのいいかたに妙にかげがあったので、喜美子はなにかドキリとしたものをかんじずにはいられなかった。それでもさりげなく座敷へとおすと、

「ハルミちゃん、それじゃあんた、この家のまえの持ち主しってるの」

「ええ、ちょっとね」

と、ハルミは鼻の頭へしわをよせると、妙にてれくさそうな笑いかたをする。ハルミと喜美子は、昭和二十五、六年ごろ、銀座裏のおなじバーに働いていたことがある。

喜美子はその後、根岸という男をつかまえて、当座は生活にも困ったけれど、ちかごろでは流行作家の妻として一軒の家までもてるような身分にもなったが、ハルミのほう

はいまもって、バーへ出てみたり、人のめかけになってみたり、不安定な生活をしている。

　ちかごろはまた男と別れて、銀座裏のバーへ出ているのである。

「この家のまえの主人、『ドラゴン』というキャバレーの経営者だったって話だけど、そんな店、銀座にあったかしら」

「そうね、あんたはしらないかもしれない。あんたが働いてたころはちっぽけな店だったからね。ちかごろは隣を買って店をひろげたり、そうとう盛大にやってるわ」

「あんた、そのひとしってるの。ここへ二、三度遊びにきたことがあるっていうと……

……？」

「うん」

　と、ハルミはまた鼻のうえにしわをよせ、

「泊まってったこともある」

「まあ。それじゃ奥さんなかったの」

「奥さんあっても、心臓が弱くて、寝たり起きたりだったからね」

「あんた、そのひととなにかあったの？」

　と、喜美子はべつにひとの情事にふかい関心をもっているわけではない。わけても、この友達の無軌道にはもう慢性になっている。しかし、一応好奇心はうごくのである。

「ひどいやつよ、日疋って。ひどいっていうより、すごいやつかな」

「うっふっふ、食い逃げされたのね」

「まあ、そんなもの。それがさ、二度あそびにきて三度目よ。しかも、そのときは友達と三人、つまりマージャンに誘われたのさ。おそくなって泊まってけでしょう。友達と三人だから大丈夫と思ってると……」

「なにかあったの……？」

「三人が順繰りよ」

「まあ」

「ひどいやつ、あさましいやつと思いながら、それがどうにもならないのさ。なんだかすごくて……まあ、いってみれば春の突風に襲われたみたいなものね。あれよあれよというまに、三人ともおもちゃにされちまったの」

「それで……」

と、さすがに喜美子は息をのんで、

「奥さんはそのときどうしてたの。なんにもしらずに寝てたの？」

「さあ……ほら、そのむこうに離れがあるでしょ」

「ええ。いま主人が書斎にしてるわ」

「そのはなれでの出来事よ。奥さんはこの座敷に寝てたはずなんだけど、そんなに遠方というわけじゃなし、三人がなにされるあいだしらないというはずはないわ。やはり亭主が怖かったんじゃないかしら」

「それで、ほかのふたりはどういうひと」

「うっふっふ」

と、ハルミはまた鼻のうえにしわをよせてわらうと、

「そのうちのひとりがいまの日疋の奥さまよ。それを機会に因縁をつけていったのね。日疋としては、もうひとりのほうに興味があったようだけど」

「もうひとりというのは……？」

「田鶴子《たずこ》って、そのひと、だんなさまのあるひとだったの。あたしたちの仲間、だんなさまがあったってそんなこと案外平気だけど、そのひとはそうじゃなかったらしく、それからまもなくお店をよしたわ。それが打撃だったらしく、だんなさまとも別れたっていってたけど……」

「いつごろのこと、それ？」

「去年の春の話よ。それからまもなく、奥さんが心臓マヒかなんかで死んだって話」

そこへ娘の和子がけたたましい声で庭先へやってきた。

「ママ、ママ、ちょっときてごらんなさい。へんなとこから毛が生えてるわよ」

三

この家の庭のすみっこには、三抱えもあろうと思われる大きなケヤキの木が、からか

さをひろげたように枝を張っている。

いまはまだ春も浅いから、枝ははだかのままだが、太い根はタコのように三間四方にまで脚をひろげている。しかも、その根元は大きなうつろになっているのだが、そのうつろにはギッチリとセメントがつめこんである。

この家を下見にきたとき、根岸昌二は周旋屋にむかっていった。

「これはまたずいぶん無粋なことをやったもんだね。洞《ほら》にしておいたほうがよっぽど風流でよかったろうに」

「いや、まあ、ものをお書きになるようなかたはそんなふうにおかんがえになるでしょうが、風でも吹いたら危ないですからね。それで、せんのだんながそんなふうにセメントをつめこんだんでしょう」

「風が吹いたら危ないからって、これだけ根を張ってるんだもんな」

と、根岸昌二はとんとんと大地を踏んでみたが、むろんそんなことでびくともすることではなかった。

「そんなにこのセメントが気におなりになるんでしたら、お取りこわしになったらいいじゃありませんか。なんなら、そのうちにわたしが仕事師をつれてきてこわしてあげてもよろしゅうございますよ」

周旋屋はこの土地のもので、当然この経堂へんでは顔役だった。

「じゃあ、そのうちにそうしてもらうかもしれない」

根岸昌二はじっさいそのセメントは掘りかえしてしまうつもりだったが、移ってきてからまだ半月、なにかと身辺がごたごたしているので、そこまでは手がまわらなかったのである。

いま、このセメントづめにされた洞のまえに、ふたりの女とひとりの少女が、漂白されたような顔をして凝然と立ちすくんでいる。

なにかしら不吉な思いが喜美子とハルミの頭をかすめるらしく、ふたりとも息をひそめて、まじまじとその薄気味わるいものを見つめている。まだ七つにしかならない和子には、そのことのほんとの恐ろしさは理解できなかったけれど、母と母の友達の凝結したような表情におびえて、これまた体をかたくして、喜美子の腕にまつわりついている。

ふたりの女のおびえているのは、洞をつめたセメントの表面から、一本ふわりとはみ出した黒い長い髪の毛である。それはたしかに人間の髪……それも、その長さからして、女の黒髪にちがいなかった。

そのまがまがしい黒髪は、おりからの微風をうけて、ふわりふわりとそよいでいる。

「喜美子さん！」

と、ハルミは息をのむように、

「この洞のなかに、だれか女の死体がつめられているんじゃない？」

「いや、いや、そんなこと！　ハルミちゃんのバカ！」

「だって、セメントから髪の毛が生えるはずがないじゃないの。きっと、だれか殺されて、この洞のなかにつめこまれているのよ。どうせ日疋のことだもの」

「そんな、そんな……ハルミちゃん、あんた、あたしたちの家にけちをつける気？」

「まさか、そうじゃないけどさ。でも、いっぺんこのセメント掘りかえしてみる必要があるわ」

「ええ、そりゃ根岸もそういってるんだけど……」

その一本の髪の毛のむこうに女の死体がつながっているという連想は、喜美子をこのうえもなくおびえさせて、彼女はくちびるの色まで真っ青になっていた。

ちょうどそこへ外出さきから根岸昌二がかえってきた。

根岸もふたりの女から話をきき、げんにセメントから生えている一本の髪の毛をみると、さすがにぎょっと顔色をかえた。

「あなた、周旋屋さんとこのセメントの話をしたとき、この髪の毛に気がつかなかったの」

「いや、あのときは雨あがりで、このセメントがぬれていたから、おそらく髪の毛もぴったり吸いついていたんだろうね。それに、このとおり薄ぎたなくよごれているからな」

じっさい、その髪の毛は、ふわりふわりと風になびいていなければ、ちょっと気がつかなかったであろう。

「とにかく、喜美子、おまえすぐ原田に電話をおかけ。セメントをこわすんだから、すぐ仕事師をつれてくるようにって」

原田というのは周旋屋のことである。

その日の夕方、原田がつれてきた仕事師が洞のなかからセメントを掘り出したとき、怖いもの見たさでうしろからのぞいていた喜美子は、きゃっと叫んで夫の腕に倒れかかった。彼女はただ人間の手らしきものを見ただけだったが……。

それに反して、岡沢ハルミはなにか思いあたるところでもあるのか、しいんとひとみをこらして、そのまがまがしいものを凝視していた。

セメントづめのうつろのなかから掘りだされたのは、一糸まとわぬ全裸の女の死体であったが、顔はもとより、体のほうも発掘作業がおわるまでにはそうとう毀損《きそん》されてしまって、どこのだれとはっきり断定することはむつかしそうであった。

四

「ところがねえ、警部さんも金田一先生も」

そこはこの事件の捜査本部となった所轄警察の取り調べ室なのである。捜査主任の下山警部補がデスクのうえから顔をしかめて身をのりだした。

「その家の以前の持ち主日疋隆介という男ですがね、そいつはいまもいったとおり満州がえりだそうですが、これがそうとうすごいやつらしいんですね」

「すごいというと……？」

「いえね、警部さん、そいつがまだ問題のうちに住んでいるじぶんの話だそうですが、こんなことがあったというんです。日疋の家内というのは、そのころながの病気で寝こんでいたそうですが、ある晩、マージャンにことよせて招いた三人の女を、病気の細君が寝ているおなじ棟《むね》の下で、日疋のやつが順繰りに犯したというんですね」

「ほほう」

と、等々力警部は目をまるくして、

「で、いったいどういう連中なんだい、その……順繰りに犯された女というのは……？」

「それがいずれもキャバレーやバーの連中だそうですが、マージャンでおそくなったもんだから、日疋が、まあ泊まってけとかなんとかいって引き止めたんですね。女連中にしてみれば、こっちは三人だし、奥さんもいることだから、まあ大丈夫くらいに思ってたんだそうです。それで、離れにまくらをならべて寝てたところが、真夜中ごろ日疋のやつがはいこんできて、三人の女を順繰りに席巻《せっけん》しちまったというんだから、まあ、そうとうすごいやつにはちがいありませんね」

「しかし……」

と、金田一耕助はれいによってスズメの巣のようなもじゃもじゃ頭をかきまわしながら、

「いったい、だれがそんなことといってるんです。まさか日疋隆介じしんがみずからそん

なこと吹聴《ふいちょう》してるわけじゃないでしょうねえ」

「いや、そのとき犯されたひとりに岡沢ハルミというのがいて、それがきのう問題の家へあそびにきたんです。問題の家のげんざいの住人は、さっきも申し上げたとおり根岸昌二という小説家なんですが、その小説家の細君というのがやっぱりもと銀座裏のバーかなんかに出ていて、そのじぶんハルミと朋輩《ほうばい》かなんかだったらしいんです。それで、ハルミがきのう遊びにきてみると、かつてじぶんたちがおもちゃにされたことのある家だもんだから、つい小説家の細君にむかって問わず語りに話したのを、ご亭主の小説家がなにかの参考にもとわれわれに報告してくれたってわけです」

「なるほど」

と、等々力警部はうなずいて、

「で、そのときおもちゃにされたあとのふたりというのは……？」

「いや、それがおもしろいんですよ。そのとき犯されたあとのふたりのうち、ひとりは珠子というんだそうですが、そいつがいまでは日疋隆介夫人だそうです」

「ふうむ」

と、等々力警部は思わず太い吐息をもらすと、金田一耕助のほうをながしめに見て、

「それで、もうひとりのほうは……？」

「いや、もうひとりのほうはまだよくわからないんです。名前は田鶴子といって亭主もちだったそうですが……それ以上のことは小説家の細君もハルミから聞いていないんで

すね。だから、そのへんのところはもういちどハルミという女によく聞いてみようと思ってるんですが……」

「なるほど」

と、等々力警部はおもっくるしくうなずくと、

「それじゃハルミの話はそれくらいにしといてと……被害者の身元はまだよくわからんといったね」

「はあ……推定年齢二十四、五歳……と、ただそれだけなんです。さいわい、セメントづめにされていたので、すっかり腐乱しつくしているというわけではなかったんですが、相好の識別はもちろんむりです」

「それで、死後どのくらい……？」

と、これは金田一耕助の質問である。

「だいたい半年くらいではないかといってるんですがね」

「それじゃ、肉体的になんかひととかわった特徴があったかなかったか、ちょっと調査するのはむりでしょうなあ」

「ところがねえ、金田一先生、盲腸を手術した跡があるんです。つまり、盲腸が切りとってあるんですね」

「しかし、ちかごろじゃ盲腸の手術はざらだからな。そいつはあんまり決めてにはならないんじゃないか。もちろん、大いに参考にはなるだろうがね」

「はあ。ところがね、警部さん」

　と、下山警部補はデスクから乗りだして、

「ここにもうひとつ、これが被害者の身元を決定するんじゃないかと希望がもてる節があるんです。それというのが、医者の話によると、被害者の両脚の中指が両方ともふつうの人間より少しながいというんです。ここらあたりから被害者の身元が割り出されるんじゃないかと楽しみにしてるんですが……」

「なるほど。それと盲腸の手術の跡と……ふたつ結びあわせればね」

　と、等々力警部もいくらか納得がいったらしかった。

「ところで、死因は青酸カリとかおっしゃいましたね」

「はあ、これはもう間違いないそうです。青酸カリの痕跡《こんせき》がれきぜんと残っているそうで、かなり強い反応があったそうです」

「そうすると……」

　と、等々力警部が小鬢《こびん》をかきながら要約した。

「被害者がだれであるにしろ、犯人はその女に青酸カリをのませて、ころして、素っ裸にしたあげく、ケヤキのうつろにセメントづめにした……と、そういうことになるんだね」

「はあ、いまのところそういうことになっております」

「それで、日疋じしんはそれについてどういってるんだね。日疋のほうにもだれかやったんだろうねえ」

「はあ、それはもちろん。春日《かすが》刑事がいったんですが、春日君の話によると、日疋はこの話をきくとひどくびっくりしたそうです。思いもよらぬといわぬばかりにね。ただし、それが真実のおどろきであったか、それともお芝居であったか、それは保証のかぎりにあらずというんですが……それはともかく、日疋のいうのに、じぶんがあの家をひきはらうまでケヤキの洞はセメントづめになんかされていなかった、洞のまんまだったというんです。だから、だれかが空き家をさいわいに、死骸《しがい》をもってきてセメントづめにしていったんだろうって……なにしろ、半年以上も空き家のまんま放置してあったもんですから、そういう逃げ口上もいちおう成り立つことは成り立つんですね」

「しかし、日疋が引っ越すとき、その洞がからっぽだったという証人はありますか」

「ところがね、金田一先生」

と、下山刑事がまゆをしかめて、

「そこがむつかしいところでしてね。日疋があの家をひきはらったのは、去年の八月十五日のことなんです。ところが、その当時の女中がいまも日疋の家にいるんですが、その女中の証言によると、去年の七月の終わりごろまではたしかにうつろのまんまだった。しかし、それ以後はしらないというんです。そうとうひろい庭のすみっこで、ちょっと用のない場所ですからね。それじゃ去年の七月の終わりごろにはうつろのまんまだったということをどうしてしっているかといえば、そのじぶんケヤキの木のすぐ外にある板《いた》塀《べい》が倒れたので、大工がはいって修繕したことがあるんだそうで、それで覚えているんだそうです。これは大工を調べればすぐわかりましょう。しかも、それ以来、だんなさまはいうにおよばず、だれもうちのなかでセメントいじりをしたものはなかった……と、この点、日疋にとっては有利な証言なんですがね」

金田一耕助もうなずいて、

「じっさいまた、そんな物騒な証拠をあとにのこして引っ越すというのもどうですかね」

「いや、とにかく、金田一先生、そのケヤキのうつろというのを、これからひとつ見にいこうじゃありませんか」

「ああ、そう。それじゃご案内しましょう」

と、下山警部補が席を立ちかけたときである。受付が面会人をつげてきた。

「品川良太さんてかたが、経堂赤堤の事件について、担当者のかたにお目にかかりたいといっておみえになっておりますが……」

「赤堤の事件について……？」

下山警部補ははっと等々力警部や金田一耕助と顔見合わせると、

「いくつぐらいの男……？」

「はあ、三十前後のひとですが……」

「ああ、そう。それじゃともかくこちらへ通してくれたまえ」

受付が出ていくと、下山警部補はふたりに目くばせをした。

「ひょっとすると、被害者の身元がわれるかもしれませんよ」

五

受付の案内でその殺風景な取り調べ室へはいってきたのは、ぼさぼさの髪を額に垂らして、もみあげをながく伸ばした男である。真っ赤なとっくりセーターのうえにコールテンの上着をきて、ラバーソールのくつをはいているところは、いかにもキャバレーやバーに縁のありそうな男だが、用心棒としては肉体的に貧弱だし、ぐれん隊としては目つきに鋭さが欠けている。青白い皮膚の底に不健康な生活のよどみが沈潜していて、長いもみあげや薄化粧しているのではないかと思われる顔が、たぶんに女性的な倒錯を思わせる。

「ああ、品川良太君かね。ぼくが経堂赤堤の事件の捜査主任、下山警部補だが……」

と、警部補はあいての頭のてっぺんから足のつまさきまでじろじろ観察しながら、

「まあ、そこへ掛けたまえ」

と、デスクのまえのイスを指さした。

「はあ」

品川良太と名乗る男は、ちらと上目づかいに部屋のなかを見まわしたのち、下山警部

補の指さすイスに腰をおろした。なんとなく座り心地が悪そうである。

「品川良太……というんですね。それで、君、失礼ながら職業は……?」

「はあ、あの……」

良太はちょっともじもじしたのち、

「艶歌師《えんかし》なんですけれど……」

「エンカシイ……?」

下山警部補はとっさにその意味がわからなかったらしく、まゆをひそめて聞きなおすと、

「はあ……キャバレーやバーを流して歩く……」

「ああ、あの艶歌師……ギターやアコーディオンをもって歌って歩く……?」

「はあ」

良太はおずおずと顔をあげたが、そこにはなんとなく女性的な卑屈さがあった。

「ああ、そう。いや、これは失敬した。ときに、なにか経堂赤堤の件についてわれわれに聞かせてくれることがあるとか……」

「はあ、あの、それが……」

と、良太はさぐるように三人の顔を見くらべながら、

「まだはっきりしないんですけれど……」

「はっきりしないとは……?」

「はあ」

と、良太は上目づかいにちろちろ警部補の顔を見ながら、

「あの……それより、ケヤキのうつろにセメントづめになってたってひと、そののち身元がわかったんでしょうか」

「いや、それがわからなくって弱っているんだが、君のほうになにか心当たりでも……？」

「はあ、それが……」

と、良太はなんとなく気になるふうで、まぶしそうに目をすぼめて金田一耕助のもじゃもじゃ頭を見やりながら、

「ひょっとすると、その女、山本田鶴子という女じゃないかと思うんです」

下山警部補はちらと等々力警部や金田一耕助のほうに目くばせすると、

「山本田鶴子……？　山本田鶴子というのはどういう婦人なんだね」

「はあ、銀座裏のキャバレー『ドラゴン』というのに勤めていたダンサーなんですが……」

下山警部補はまたふたりのほうに目くばせすると、

「それで、君とはどういう関係……？」

「はあ」

良太はまたちらと上目づかいにあいての顔をぬすみ見ると、すぐまたその視線をほか

へそらせて、

「いちじ同棲《どうせい》していたことがあるんです。もちろん、ほんとの夫婦ではありません。内縁関係というやつですが……」

「なるほど」

下山警部補は目をすぼめて鋭くあいてを凝視しながら、

「しかし、君はこんどの事件の被害者を、どうして山本田鶴子という女だと考えるのかね」

「はあ、ぼく、今朝の新聞を見てなんだか気になったもんですから、ちょっとあの家を見にいったんです。死骸が発見された経堂赤堤の家というのを……そしたら、ぼくの思ってたとおり、あの家、もと日疋隆介というひとの家だったんです。そして、その日疋隆介というのがキャバレー『ドラゴン』の経営者なんです」

「なるほど、なるほど」

と、下山警部補はうなずいて、

「しかし、ただそれだけの理由で、あの家から出てきた死体を山本田鶴子と断定するのは、根拠がうすいように思うが……」

「はあ。いや、ところが……」

と、良太はうすいくちびるを舌でなめながら、またちらりと上目づかいに一同の顔色をさぐっている。女性的な卑屈さの裏側に、なにかしら油断のならぬものを感じさせる目つきである。

「日疋さんと田鶴子とがひところ関係ができていたんです。なにしろ、日疋さんというひとは、女にかけてとても強引なひとですから、ぼくなどとてもかないませんや。それで、ぼく、あきらめて田鶴子とキッパリわかれたんです」

「つまり、田鶴子という内縁の妻を、日疋隆介氏に譲ったというわけかね」

「譲る……？」

と、良太はちょっと目をまるくしたが、すぐくすんというような微笑をうかべて、

「そんなおおげさなもんじゃありませんけど……とにかく、お互いに面白くありませんから、田鶴子と話し合いのうえで別れたんです。今後お互いの行動についてはいっさい干渉しないという約束で……」

「そのとき、君は日疋氏に会ったかね」

「いいえ、そのことで特別に会ったことはありません。会ったところで、とてもぼくなど太刀打ちできるあいてではありませんから」

「そりゃまたひどくあっさりあきらめたもんだね」

「はあ……」

と、さすがに良太も屈辱をかんじたのか、ちょっとほおをそめて、恨めしそうに警部補の顔をみると、

「あなたはそうおっしゃいますけれど、ぼくにとってはあいては大物です。もし、日疋

さんが同業者に手をまわして、品川良太という男を店へ入れちゃいけないなどということになったら、それこそ、ぼく、おまんまの食いあげですものね」

「なるほど、長いものには巻かれろというわけか。それで、その後、田鶴子君はどうしたんだね」

「それがちょっとおかしいんです」

ここではじめて良太はきらりといくらかすごみをみせて目を光らせると、

「ぼくたちが別れてからまもなく、日疋さんの奥さんが亡くなったんです。それでてっきり田鶴子が日疋さんの奥さんになるんだろうと思ってたんです。そしたら、意外にも珠子……さんといって、やっぱりキャバレー『ドラゴン』で働いてたひとが日疋さんの奥さんになっちゃったんです。そのときはぼくもおやおやと思ったんです」

「それで、その後、田鶴子君は……?」

「そうそう。去年の九月ごろでした。日疋さんが珠子さんといっしょになってからですね。日疋さんに会ったとき、田鶴子のことを聞いてみたんです。そしたら、大阪のほうへいってるはずだというんです。ぼく、それ以上聞きませんでした。田鶴子はどちらかというと内気なほうでしたから、日疋さんに捨てられて、友達やなんかに顔を合わせるのもきまりが悪いとか、面目ないとか、とにかくそんなことから大阪へ落ちていったんだろうくらいに、きょうまで、まあ、思っていたわけです。ところが……」

「それが、こんど以前日疋氏の住んでいた家から女の死体がでてきたと聞いて、ひょっとすると田鶴子という女じゃないかと思ったんだね」

「はあ……だれがそんなことをしたのかしりませんが、なんだかそんな気がしてならなかったもんですから……」

「いや、わざわざありがとう。それじゃもうひとつ尋ねるが、田鶴子という女の体に、どこか目印になるようなところはなかったかね。手術をした跡があるとか……」

「ああ、そうそう」

と、良太は目をかがやかせて、

「ぼくと同棲しているじぶん、田鶴子は盲腸の手術をしたことがあるんです」

「ああ、なるほど。そのほかにもなにか特徴はなかったかね。たとえば、足の骨がどうかしたとか……？」

「あっ！」

と、良太はひとみをすえて、

「それじゃ、やっぱりあの死体は田鶴子なんですね」

「いや、まあ、いいから……足の骨についてなにか心当たりがあるんだね」

「はあ。そういえば……」

と、良太は落ち着きのないようすで薄いくちびるをペロペロ舌でなめまわしながら、

「田鶴子のくつ下は、いつも中指のところから破れるんです。それで、田鶴子もいつかいってましたけれど……あたし、中指が少し長過ぎるのかしらんて……」

どうやら、被害者というのは、いま日疋の妻となっている珠子や岡沢ハルミとともに犯されたもうひとりの女、山本田鶴子であるらしかった。

毒殺二重奏

一

経堂赤堤の根岸昌二の住まいまできてみて、金田一耕助も、なぜこの家が住宅不足のきょうこのごろ去年の八月から半年あまりもふさがらなかったか、その理由がわかるような気がした。

敷地はちょうど三百坪だそうだが、となりは寺の墓地になっており、反対がわは孟宗《もうそう》の竹やぶ、もういっぽうは畑である。閑静といえば閑静だが、寂しいことにかけてはこのうえもない。そのうえに、経堂の駅からもかなり距離があった。

となりに墓地があるのも平気でこの家へ移ってきた喜美子だったが、おなじ邸内からむごたらしい女の変死体が出てきたとあっては話はべつとみえる。

金田一耕助と等々力警部が、所轄警察の捜査主任、下山警部補の案内でケヤキの洞を見にきたとき、喜美子は布団をひっかぶってふせっていた。

ちょうどさいわい、死体発見に立ちあったというところからこの事件に強い好奇心をもっているらしい岡沢ハルミが見舞いにきて、そのまくらもとに座っていた。

「いやあ、とんだものがとび出したもんで……」

と、大衆作家の根岸昌二は面白そうに笑っているが、しかし、かれがいかに作家とはいえ、多少うすきみわるくないはずはない。

「根岸さんは探偵《たんてい》作家でなかったことをくやしがっていらっしゃるんですよ。じぶんが探偵作家だったら、さっそくこれを材料に傑作をものするんだがとおっしゃってね」

と、下山警部補が紹介した。

「いやあ、主任さん、はじめはああいって強がってみせましたがね。やはり夜ともなると多少気味が悪いですよ。それに、ワイフが気味悪がりますからね、出来るだけはやくあの木をきり倒したいと思っています。主任さん、一日もはやく事件を解決して、犯人をつかまえてくださいよ」

「はっ、承知しました。それでは警部さん、金田一先生、ご案内いたしましょう」

「それじゃ、あたしもいっしょにいこうっと」

すでにいちど下山警部補に会っている岡沢ハルミは、面白いものでも見にいくように立ち上がった。主人の根岸昌二もついてきた。

ケヤキの洞はさんたんたる様相を呈している。洞の内部にはまだセメントがひとかたまり大きくこびりついているが、ところどころどすぐろいしみがにじんでいる。

洞の周囲にはセメントのかけらの山ができているが、そのかけらにもおなじしみがこびりついている。

「ちょいと、あんた」

と、岡沢ハルミはなれなれしく金田一耕助の肩をつついて、

「あのしみがなんだかわかる？　みんな死骸からしみ出した脂なのよ。あんた気味悪くない？」

「いや、大いに気味が悪いですな」

金田一耕助は洞の中をのぞいてみたが、べつだん新しい発見もなかった。かれもこの洞は新聞の写真でみているのである。

「ところで、岡沢君、ちょっとあんたと話をしたいんだが……根岸先生、恐れ入りますが、あなたちょっと……」

下山警部補の要請に、

「ああ、そう。どうも失礼いたしました」

根岸昌二が立ち去るうしろ姿を見送って、

「岡沢君、きのうあんたが話してた山本田鶴子という女ね、去年の春、この家であんたやなんかといっしょに日疋という男にいたずらされたという……」

「ええ、田鶴子さんがどうかして？」

「いや、その田鶴子という女、その後どうしたかしりませんか」

「さあ……」

　とハルミは、首をかしげて、

「あのことがあってからまもなくお店をよしたんで、てっきり日疋さんにどこかへかこわれているんだろうくらいに思ってたんですの。だんなさんの品川良太ってひと……そのひと、バーやキャバレーへまわってくる艶歌師なんですけれど、そのひととも別れたって話でしたから。ところが、去年の秋、珠子さん……そのひともいっしょにいたずらされたひとりですわね……その珠子さんが日疋さんの奥さんになったんで、おやおやと思ったんですの」

「それで、八月以後、田鶴子という女にあったことは……？」

「いいえ、五月ごろお店をよしてからいちども」

　といってから急に不安そうに、

「田鶴子さんがどうかしたとおっしゃるの。まさか、あの死骸、田鶴子さんだったんじゃ……」

「いや、あんた、田鶴子さんの体になにか特徴があったのを気づいちゃいなかった？　指が長かったとか短かったとか……？」

「いいえ、べつに……」

　と、ハルミは首をかしげたが、

「あら、あそこへ日疋さんと珠子さんがやってきたわ」

二

「あら、ハルミちゃんじゃないの。あんたその後どうしてるの？」

いまや日疋夫人におさまっている珠子の調子にはどこか傲然《ごうぜん》たるところがあり、ハルミを眼下に見くだすような口ぶりである。器量からいっても、また服装からいっても、いまやふたりのあいだには格段の相違がうかがわれる。

ハルミはくやしそうにちょっと肩をそびやかして、

「あいかわらずよ。日疋さん、その後しばらく」

「なあんだ。ハルミか」

と、日疋はまゆげひと筋うごかさず、冷然たる調子で、

「いや、主任さんも警部さんもご苦労さま。きょうはこちらへお見舞いかたがた様子を見にきたので……いやはや、どうもとんだおみやげをおしつけたもんで……」

日疋は皮のジャンパーを着て、おなじく皮の防寒帽をかぶっているが、いかにもひとくせありげな面魂である。眉間《みけん》にうすく傷あとがのこっているのは、満州時代の冒険のなごりだろうか、いっそう人相を険悪にしている。

「いや、日疋さん、ここでお目にかかったのはちょうどさいわい。あなた山本田鶴子という女をご存じでしょうねえ」

「山本田鶴子……？」

と、日疋はじろりとハルミを見ると、

「ええ、その女なら去年までうちのキャバレーで働いていた女ですが……」

「あなた、その女と交渉……つまり、肉体的交渉をもっておられたそうだが……」

日疋はまたじろりとハルミの顔を見て、

「ええ、まあ、そういうこともありましたな。男と女のことですからな。あっはっは」

と、不敵な笑いに腹をゆすると、

「しかし、田鶴子がどうかしましたか」

「その婦人は、去年の五月ごろおたくのキャバレーをよしたそうですが、その後どうしてるかご存じじゃありませんか」

「そうですなあ」

と、日疋はあきらかに珠子の目をはばかるらしく、腕組みをした右手であごをかきながら、

「あの女はどういうものかわたしを怖がりましてね。たしか去年の七月のおわりごろでしたか、もう二度と会わないという手紙をわたしのところへよこしたきり、姿をくらましてしまったんです。たしか、上方のほうへいくというような意味のことが書いてありました」

「それじゃ、キャバレーをよしてからもあなたと関係はつづいていたんですね」

「ええ、まあね」

日疋はまぶしそうに珠子の視線をさけているが、その珠子は冷然としてうつくしい。

そのとき、金田一耕助がそばからくちばしをさしはさんだ。

「失礼ですが、そのときの田鶴子さんの手紙というのをいまでもお持ちでしょうか」

日疋はジロリと不遜《ふそん》なまなざしを金田一耕助にむけると、

「だれが女からきた愛想づかしの手紙をだいじに持っているもんですか。その場でズタズタに破いてしまいましたよ」

「いや、ごもっとも」

金田一耕助がペコリと頭をさげたのを、小バカにされたとでも誤解したのか、日疋はギロリと凶悪な目を光らせた。しかし、金田一耕助はすました顔で、

「それじゃ、こんどは奥さんにちょっとお尋ねいたしますけど、あなた品川良太君というひとをご存じでしょうね」

「品川良太さんとおっしゃいますと……？」

と、珠子はいぶかしげにまゆをひそめたが、そのときそばからハルミの痛烈なことばがとんだ。

「あらまあ、珠子さんも白ばっくれるのがお上手ね。田鶴ちゃんがお店をよしてから、あんたしばらく品川と関係がつづいてたじゃないの。かくしてたってちゃんとしってるわよ」

珠子のほおには一瞬さっと怒気がのぼって、つめたいひとみに凶暴な火花がちったが、すぐまたもとの冷然たる調子をとりもどすと、

「しかし、警部さん、田鶴子さんがいったいどうしたとおっしゃるんですの」

「いえねえ、このあいだこのケヤキの洞から出た女の変死体ですがね、かつて同棲していた品川良太君の訴えによると、どうやら山本田鶴子らしいんですがねえ」

珠子のひとみは一瞬大きく見開かれた。

その目はなにをきいたのか理解に苦しむというふうだったが、とつぜん、さっと恐怖の色が走ったかと思うと、反射的に夫のそばから二、三歩うしろへとびのいた。

三

その日、かえりに所轄警察へ立ちよった金田一耕助と等々力警部は、その後部下の調査によって判明した事実を下山警部補からきいた。

「これは根岸家のとなりにある寺の寺男、益田源一という男の話なんですがね。去年の八月の何日だか、益田は日まではおぼえていませんでしたが、たしか日疋が引っ越していった日の夜だったそうです。引っ越しのトラックが出払ったあと、八時ごろから九時ごろまで、一台の自動車がいまの根岸家のまえに止まっていたそうです。そして、庭のほうにあかりが見えて、セメントをこねるような音がきこえていたというんです。しか

し、なにしろ昼間の引っ越しさわぎのあとだし、それがあまりおおっぴらだったので、益田もべつに怪しみもせず、なにかまだ引っ越しの仕事がのこってるんだろうくらいに思っていたが、そういえばその音はたしかにケヤキの根元からきこえていたというんですね」

金田一耕助と等々力警部はおもわず顔を見合わせた。

「それで、その寺男は自動車のぬしは見なかったんだね」

「はあ、べつに怪しみもしなかったくらいですから、すがたを見に出ようともしなかったんですね。第一、いつきていつかえったのか、それさえもはっきりしらないで、ただ一時間ほど自動車が止まっていたこと、セメントをこねるような音がケヤキの根元からきこえていたこと、ただそれだけしかしらないんです」

等々力警部と金田一耕助はまた顔を見合わせた。

「金田一さん、そうすると、犯人は日疋の転宅していった直後をねらって、死骸をはこんできたということになるんでしょうか」

「とすると、犯人は、日疋の転宅することと、転宅の日をしっていたことになりますね。しかも、あのケヤキの根元に大きな洞があるということまで」

「あのケヤキは庭のすみっこにあり、ちょっと用事のない場所だから、座敷へあそびにきたくらいの客では気がつかないでしょうから、そうすると、犯人は日疋とそうとう密接な関係があるということになりますね」

「警部さん」

と、下山警部補は身を乗りだし、

「それ、日疋じしんだったとかんがえたらどうでしょう。日疋なら自家用車をもっておりますし、きょうなんかもじぶんで運転してきたじゃありませんか」

金田一耕助はかんがえぶかい顔つきになって、

「日疋はさっき、去年の七月のおわりごろ田鶴子から絶縁状がやってきて、それきり田鶴子にあわないといってましたね」

「だから、そのときやったんですぜ。そして、死体をいったんどこかへかくしていたのを、そこじゃ危ないというので空き家へはこんできて……」

「主任さん」

と、金田一耕助はうなずいて、

「田鶴子がその前後に殺されたのだろうというおことばには賛成です。だから、七月のおわりから八月十五日まで、田鶴子の死体がいったいどこにかくされていたか、それをさがしだすのが先決問題ですね」

「金田一さん、それについてなにかおかんがえは……?」

という等々力警部の質問に、

「さあ、いまのところべつに……」

と、金田一耕助はぼんやりともじゃもじゃ頭をかきまわしている。

「それにしても、珠子はなぜ品川良太のことを白ばっくれようとしたんでしょう。やっぱり、亭主のまえでばつが悪かったせいでしょうかねえ」

「それに、あの女、変死体が山本田鶴子だとわかると、とても亭主を恐れていたじゃありませんか」

「とにかく、日疋というやつはすごみなやつだな。満州ではそうとう荒っぽいことをやってきたにちがいありませんぜ」

と、等々力警部は憮然《ぶぜん》としてあごをなでていた。

四

そこは中央線の沿線、吉祥寺のおくで、もはや練馬にちかいあたりである。

終戦直後には、まだこのへんは、あちらに一軒、こちらに二軒というふうに、ちらりほらりとしか家がなく、武蔵野の面影をとどめる防風林や竹やぶがまだあちこちに残っていたものだが、この二、三年ですっかりかたちを改めた。

防風林や竹やぶはきりはらわれたうえに、整地された土地はこまかく分割されて、土地会社の手によって分譲された。そして、そこに建ったのは主として、リビング・キッチン風のしゃれた小型の近代住宅で、どの家にもサロンエプロンをかけた若奥様ふうの近代女性の姿が見られるようになった。

しかし、その日——正確にいえば山本田鶴子の死体が発見されてから五日のち、すなわち三月二十五日の夕方ごろ、等々力警部が金田一耕助とともにふたりの部下をともなって訪れたのは、そういう戦後出来のしゃれた小型住宅ではなくて、そうとうどっしりと時代のついたお屋敷である。

大谷石《おおやいし》を組みあわせてつくった門柱には、高井啓三という表札があがっている。

高井啓三というのは戦前さる大財閥の幹部だった人物だが、戦後はパージで第一線を退いたうえに、昭和二十二年ごろ脳出血で倒れて、いまも病床についたきりである。したがって生活も苦しいらしく、奥さんがお茶やお花の先生をしているうえに、裏の離れをひとに貸している。

甲野珠子は去年の九月に日疋と結婚するまでここの離れで暮らしていたのである。

「さあ、甲野さんのところへどういうお客さんがこられたかとおっしゃっても……」

高井啓三の妻の千代子は、思いもよらぬ警察官の訪問をうけて、玄関へひざをついたまま、いかにも当惑そうな顔色である。

腐ってもタイというが、さすがに大財閥の重役だったひとの邸宅だけに、広い玄関にはひんやりとした空気がただようていて、夫人の背後にある一枚板に花鳥の彫りのあるついたても、おそらく由緒あるものなのだろう。

「あのかたに離れをご用立てするとき、裏のほうにべつに入り口をつくりましたから、みなさんそちらのほうから出入りなさいますし、それに子どもたちにもできるだけ、離れのほうへいったり、また、のぞいたりしないようにと申しつけておきましたものですから……」

　千代子夫人は五十前後か、しぶい結城《ゆうき》のきもののよく似合う人柄で、細面の眼鏡をかけた顔に一種の気品があり、いかにもお茶やお花の先生にふさわしいものごしである。しかし、そのおもてはいま恐怖と警戒心のためにきびしくひきしまっている。

「ところで、いまその離れにはどなたか……？」

「はあ、小堀さんとおっしゃって、高校の先生をしてらっしゃるかたのご夫婦がお住まいでございますけれど……」

「妙なことをお尋ねするようですがねえ、奥さん」

　と、等々力警部は玄関に立ったまま、かんがえぶかい目つきを千代子夫人の眼鏡をかけた顔にそそぎながら、

「去年の夏の七月のおわりごろから八月の十五日ごろまでにかけて、離れのほうでなにか変わったこと……これはおかしいとか、これは妙だとかいうような、なにかそんな気配をお感じになったことはなかったでしょうか」

「さあ、これといってべつに……」

　と、千代子夫人の不安とおびえの色はいよいよふかくなってくる。夫人は眼鏡のおくでひとみをすぼめて等々力警部と金田一耕助の顔を見くらべていたが、思い出したように、

「さあ、さあ、どうぞお掛けになって……立ち話もなんでございますから」

「いや、いや、どうぞお構いなく……」

と、金田一耕助も立ったまま、

「ときに、奥さん」

「はあ」

「妙なことをお尋ねするようですが、このへんのお宅にはゴミ箱が見当たらないようですが、塵芥《じんかい》はどういうふうに処理していらっしゃるんでしょうか」

「まあ！」

と、千代子夫人はあきれたように目をみはって、

「それはあの……」

と口ごもりながら、

「みなさん、お庭のすみへ穴を掘ってそこへ捨ててらっしゃいます。そして、それがいっぱいになると埋めてしまって、またべつのところへ掘るわけで……こう申し上げるとまことに非衛生的だとお思いになるでしょうけれど、ゴミ箱をそなえつけてもなかなか清掃にきてくれませんし、それに、まあ、都心とちがってどちらさまでもわりと敷地が広うございますから……」

「ああ、そう。それじゃ、こちらさんや離れにお住まいのかたも、やっぱりそうしていらっしゃるんでしょうねえ」

「はあ、それはもちろん……」

「それじゃ、もうひとつお尋ねしたいんですが、去年、裏の離れにお住まいだった甲野珠子さんですがね、そのひと、去年の七、八月ごろゴミための穴を掘りなおすとかなんとかそんなことはなかったでしょうかねえ」

「まあ！」

と、眼鏡のおくで大きくみはった千代子夫人のひとみには、いよいよおびえの色がふかくなる。

「それ、あの、どういう意味でございましょうか」

「いや、どういう意味といって……」

と、等々力警部もはっとしたような顔色で、そばから体をのりだした。

「いまのところまだはっきりとは申し上げかねるのですが、いまこちらがおっしゃったような事実があったかどうか、ひとつ思いだしていただきたいんですが……」

「はあ、あの、そうおっしゃれば……」

と、千代子夫人はおどおどとたもとのはしで額の生えぎわをおさえながら、

「あれはたしか七月のおわりごろでございましたわね。ほら、去年はつゆが長くて、七月の二十日ごろまでびしょびしょと降りつづきましたでございましょう。そのつゆが明けてからのことでございますけれど、ゴミためがくさくてかなわないからとおっしゃって、お友達にお頼みになって……もちろん男のお友達でございますけれど、そのかたに

お頼みになって、古いゴミためを埋めておしまいになったんです。それから、こんどはわたしどものほうでお世話した植木屋さんがまた新しくゴミためを掘っていたようでございますけれど……」

等々力警部はちらと金田一耕助のほうに目くばせをすると、するどく千代子夫人の顔に目をそそぎながら、

「それが去年の七月のおわりごろだとおっしゃるんですね」

「はあ。でも、それがなにか……」

と、千代子夫人はくちびるの色まで白くなっている。

「いや、それより、奥さん、あなたそのとき……つまり、甲野珠子の男の友達がゴミためを埋めているところをごらんになったんですか」

「はあ、ちょうどそのとき離れにちょっとご用があったものでございますから……ふだんは女中をやることにしているんですけれど、ちょうどそのとき女中が留守だったもんですから、あたくしが出向いていったんでございますの。そしたら、おふたりでゴミためを埋めていらっしゃるものですから、ずいぶんご精が出ますのねえ、そんなこと植木屋にお頼みになったらよろしいのに……と、あたくしがそう申し上げますと、あんまり臭くてかなわないからとおっしゃって……でも、結局全部は埋めきれないで、あたくしが頼んでさしあげた植木屋にあとはおまかせになったようでございますけれど……」

「奥さん！」

と、等々力警部は鋭い、しかしあたりをはばかるような声で、

「あなたそのゴミためのあったあたりをおぼえておいでになるでしょうねえ」

「はあ、それはだいたい見当がつくと思いますけれど……」

「それじゃ、ひとつわれわれにそこを掘らせてくださいませんか。表に部下をふたり待たせてあるんですが……」

「まあ……」

千代子夫人はいよいよ顔色をうしなって、

「いったい、甲野さんがどうしたとおっしゃるんですの。いえ、あの、それはあたくしは構いませんですけれど、小堀さんの奥さまがなんとおっしゃるか……」

「ですから、小堀さんの奥さんにあなたからお言葉添えをお願いしたいんですが……」

「いますぐでございますか」

「はあ、なるべく早いほうがいいんですが……」

「それじゃ、ちょっとお伺いしてまいりましょう」

千代子夫人が立ちあがろうとするのを、

「ああ、ちょっと、奥さん」

と、金田一耕助が呼びとめて、

「警部さん、奥さんに写真を見ていただいたらいかがです。ひょっとすると、警部さんの持ってらっしゃる写真のなかに、去年ゴミためを埋めるのを手伝った甲野珠子さんの

男友達というのがいるかもしれませんよ」

「ああ、そうそう。それじゃ、ちょっと奥さん」

と、警部が取りだした数枚の写真のぬしというのは、いずれもなんらかの意味で山本田鶴子と交渉のあった男たちで、むろん日疋隆介や品川良太の写真もそのなかにまじっていた。

「奥さん、いかがでしょう。このなかにゴミためを埋めるのをてつだった甲野の男友達というのはまじっておりませんか」

「さあ、そうおっしゃられても……」

と、千代子夫人は当惑したように顔をしかめて、

「たったいちどお目にかかったきりのかたでございますから……」

「でも、この写真をごらんになると思い出されるかもしれませんよ。いや、ぜひとも思い出していただきたいんですがね」

千代子夫人はよんどころなさそうに一枚一枚写真を手にとってながめていたが、案外簡単に、

「ああ、このかただったんじゃなかったでしょうか」

と取りあげたのは、品川良太の写真であった。

五

「さいわい、離れの住人の小堀夫人というひとが案外ものわかりのよいひとでしてねえ」

　と、例によって、それからさきは金田一耕助のなぞの解明である。

「ものわかりもものわかりだが、好奇心も大いに手伝ったんでしょうねえ。古いゴミためのあとを掘らせてほしいというわれわれの申し出にたいして、しごくあっさり許可をあたえてくれたんですよ」

「それで、そのゴミためのあとからなにか出てきたんですか」

　と、これはこの記録を担当している筆者の質問である。

「はあ、まあ、いろいろとね」

　と、金田一耕助は顔をしかめて、

「珠子という女も大胆なやつです。いったん埋めたゴミためは、ゴミが腐ってしまうまで掘りかえされることはないと思ったんでしょうねえ。殺されたとき田鶴子の着ていたワンピースがズタズタに切りきざまれてゴミの底から出てきましたよ。田鶴子が殺されたのは七月十八日の晩だったそうですから、着ていたものも薄地の布でしたからね。ゴミが腐るじぶんには、布地もくさってしまうだろうとたかをくくっていたんでしょうねえ。その布地から田鶴子とおなじ血液型の血痕《けっこん》や、青酸カリ反応のある汚物の跡などが発見されたので、一も二もなかったんです」

「すると、田鶴子は珠子の借りているその離れで殺されたんですか」

「ええ、そう。なにか口実をもうけて田鶴子を呼びよせ、青酸カリをのませて殺してしまったんですね。とにかく、珠子という女はすごいやつでしたよ」

「それで、動機は……?」

「もちろん、物質的な強い欲望……日疋の妻になりたいという欲望からですね。三人まくらをならべて日疋にもてあそばれた珠子と、田鶴子と、岡沢ハルミ。その三人のその後のなりゆきが、そのまま三人の性格を反映しているようです。あんまり利口でないハルミはおもちゃにされっぱなし、おとなしくて、ああいう稼業《かぎょう》の女としては珍しく良心的だった田鶴子は、亭主に捨てられたうえ殺されてしまう。いちばんすごい甲野珠子が、田鶴子を殺して日疋の妻の座を獲得したというわけです。ということは、去年の春のケース以来、日疋の関心は田鶴子にいちばん注がれていたので、珠子がいちはやく競争者を倒してしまったというわけです」

「そうすると、日疋が受け取った田鶴子の絶縁状というのは……?」

「それはやっぱり田鶴子の筆だったらしいんです。日疋と妙な関係になって以来、田鶴子はたえず品川にすごまれていたので、いちじ東京を離れようと思っていたらしいんですが、この品川の脅迫というのがやっぱり珠子の使嗾《しそう》によるものらしい……」

「なるほど、品川に脅迫させて、田鶴子を東京にいられないようにしむけ、田鶴子が日疋に別れ話の手紙を書いたところをすかさずじぶんの住まいへ招いて毒殺したというわけですか」

「そういう順序になるようですね」

「それで、死体をいちじじぶんの住まいのゴミためのなかにかくしておいたというわけですね」

「ええ、そう」

「それを掘りだして赤堤へはこび、ケヤキの洞にセメント詰めにしたのは……？」

「むろん、品川良太ですよ。つまり、珠子と品川のあいだにはこういう契約ができていたそうです。日疋がじぶんと結婚してくれなければ、復讐《ふくしゅう》のために日疋を罪におとしてやろう。もしまた日疋がじぶんと結婚しても、いつか日疋を罪におとして、死刑にでもなったら日疋の財産をすっかりじぶんのものにして、そこであらためて良太と結婚しようという相談なんです」

「そりゃまた遠大な計画ですね」

「といってまあ良太をつってたわけでしょう。どちらにしても、犯罪もだんだん手がこんできますね」

「ああ、なるほど」

と、筆者ははじめて気がついて、

「そうすると、一本の毛髪がセメントからはみだしていたというのも、過失や偶然ではなく、それまた日疋を罪におとすための計画の一部だったわけですか」

「そういうこともいえるでしょうねえ」

「それで、品川良太もつかまったんでしょうね」

「いや、ところが、それがつかまりませんでした」

「どうして？」

「警察の手がのびたとき、青酸カリをのんで死んでいました。珠子は自殺したんだろうなんてうそぶいていましたが、むろん一服盛ったんですね。変死体を田鶴子であると証言させると、あとに用事はなかった。そこで、ちかごろはやりことばの、じゃま者は殺せ、というわけですな。あっはっは」

鏡の中の女

リップ・リーディング

一

「増本先生、どうかしましたか」

　増本女史の一種異様な視線に気がついて、金田一耕助はけげんそうに紅茶をかきまわすスプーンの手をやすめた。

「いえ、あの、ちょっと……」

と、増本女史は青白くこわばったほおをひくひくけいれんさせながら、卓上にある花《か》瓶《びん》にさしたダリヤの花ごしに、一心に前方を見つめている。

　金田一耕助が不思議そうにその視線をたどっていくと、増本女史が見つめているのは、向こうの壁に張りつめた大きな鏡であるらしかった。いや、その鏡にうつっているふたりの男女の映像らしかった。

男と女は、白布におおわれたテーブルを中に、額をつきあわせるようにして話をしている。女は豪奢《ごうしゃ》なテンの毛皮らしいオーバーにくるまり、帽子から鼻のうえまでベールをたらしているので、顔はよくわからなかった。しかし、姿かたちからして、年齢は二十代だろう。

タバコをつまんだ右の指にダイヤらしいものがきらめいている。

本物のダイヤとすると、相当高価なものだろう。男はでっぷりとした肥満型のからだをあらいスコッチの背広にくるんでいるが、これはうしろ姿なので顔はもちろん見えなかった。

ときどき、猪首《いくび》の頭をふりながら、なにか熱心に女と話をしている。いや、話をしているというよりは、ふたりのかっこうからして、ささやきかわしているらしいといったほうが当たっているだろう。

金田一耕助は思わずうしろのほうをふりかえった。しかし、鏡にうつったふたりの男女の実体そのものは見えなかった。

そこは『アリバイ』という妙な名のついたカフェの中なのである。

時刻は夜の八時ごろ、あらかたのイスは客でふさがっているが、鏡にうつった男女の席は、金田一耕助のいるテーブルからは、突き出した壁でさえぎられて直接見ることはできなかった。

金田一耕助はまたその視線をもとにもどして、鏡面にうつったふたりの男女と、その男女を見まもっている緊張した増本女史の顔を等分に見る。鏡にうつった焦げ茶色のオーバーの女は、いまイスから半身乗り出すようにして、なにか熱心に男に話しかけている。

とつぜん、増本女史は、

「あっ！」

とひくくつぶやくと、胸のポケットからシャープペンシルを抜きとった。そして、あちこちポケットをさぐっていたが、適当な紙が見当たらなかったのか、テーブルのうえに立てかけてあるメニューをとって、それを裏返しにしてじぶんの目のまえへおいた。そして、食いいるようなまなざしで鏡面の女の顔を凝視しながら、まず、

「ストリキニーネ」

と、ふるえる指でメニューの裏に書きとめた。

金田一耕助はぎょっとしたような顔色で、増本女史の指先から、むこうの鏡に目を走らせる。

わかった、わかった。

増本女史はベールの女のくちびるの動きを読んでいるのだ。増本女史は聾唖《ろうあ》学校の先生なのである。彼女にはリップ・リーディングができるのだ。すなわち、声をきかなくともくちびるのうごきによって話している言葉がわかるという読唇術《どくしんじゅつ》を心得ているのだ。

いま、その特異な才能を利用して、ただならぬ鏡面の女の不穏な言葉を読みとろうとしているのである。

金田一耕助はきっと緊張した目をとがらせて、鏡面の女のくちびると増本女史の指先を交互に見くらべている。

しばらく間をおいて、女のくちびるがまた動いた。と、増本女史の指先がすばやく動いて、

「ピストル？　だめよ、音がするから」

金田一耕助はテーブルをおおった白布の端を握りしめたまま、まじろぎもせずに鏡面の女のくちびるを見つめている。いつかその手のひらがぐっしょりぬれているのにも気がつかなかった。

それでいて、その晩は五月としてはかなり寒かったのだ。女が毛皮のオーバーにくるまっているのでもわかるように……。

女のくちびるがまた動いて、増本女史のペンシルがメニューの裏にかそけき音を走らせる。

「やっぱり、ストリキニーネね」

それからしばらくの間をおいて、

「ジュラルミンの大トランク」

増本女史はそう走り書きをすると、シャープペンシルを握った指をけいれんするよう

にわなわなとふるわせる。

「金田一先生」

と、おしひしゃがれたような声をのどのおくにひっかからせながら、

「なんのことでしょう、あのひと、たしかにこんなことをいってるんですけれど……あっ、ちょっと」

増本女史はまたいくらかとび出した目を光らせながら、一心不乱のまなざしで鏡の中の女のくちびるを見つめていたが、やがて息をはずませながら、

「三鷹駅がいいわ」

と、ふるえる指でそこまで書くと、

「もういや！　もうよすわ、こんなこと！」

と、思わずヒステリックな声を甲走らせたので、隣のテーブルにいた中年の婦人がびっくりしたようにこちらをふりかえった。

二

金田一耕助はさっきから気がついていたのである。その婦人も、さっきからそれとなく視線を走らせて、おりおり鏡の中の女をぬすみ見ているのを。そして、その視線のなかにただならぬ憎悪の色がかぎろうているのを……。

婦人は金田一耕助と視線があうとすぐにはっと目をそらして、スプーンをとって卓上の紅茶カップをかきまわすまねをする。しかし、金田一耕助はしっているのだ。そのカップはさっき鏡の中の女を見ながら底までのみほしたはずである。

栄養のよさそうな、あごが二重にくびれるほども小太りにふとった女である。これまた豪奢な毛皮のオーバーにくるまり、無意味にカップをかきまわす赤ん坊のようにまるまるとした指にもダイヤがきらきら光っている。髪の毛にいくらか白いものがまじっているところを見ると、もう年齢は五十ちかいのだろう。しかし、小じわひとつ見えない膚はつやつやとして、まだ衰えぬ女の精力を示している。

その女が金田一耕助をはばかるようにしてまたちらりと鏡に目を走らせたとき、鏡の中では男と女が立ちあがった。このカフェから出ていくには、いやでも金田一耕助のテーブルのそばを通らねばならぬ。

増本女史はすばやくメニューを裏返し、栄養佳良の精力婦人はテーブルのうえに右ひじをつくような姿勢で出てくるふたりから顔をかくした。

ベールの女の手をとるようにして突き出した壁のむこうからきた男は、一見して好色な重役といったタイプである。帽子はかぶらず、左の腕にスプリングをかかえている。年齢は五十五、六というところだろう。きちんと左分けにした顔の小鬢《こびん》にちらほらと白いものをまじえて、これまた栄養のよさそうな、つやつやとしたあから顔である。

男は金田一耕助の視線にたいしてギロリと鋭い一瞥《いちべつ》をくれると、無言のままテーブルのそばを通りすぎ、入り口のレジスターに金を払って、そのまま女とともに『アリバイ』から出ていった。

金田一耕助はとなりの女がどうするかとそれとなく様子をうかがっている。

増本女史も金田一耕助の素振りからとなりの女の存在になにか異様なものを感得したのだろう、無言のまま体をかたくこわばらせている。

となりの女はちょっとためらいの色を見せたが、それでも卓上の伝票をとりあげると、オーバーのまえをつくろいながら、わざと落ち着き払って立ち上がった。

増本女史はその女が『アリバイ』から出ていくのを見送って、

「金田一先生」

と、おしひしゃがれたような声でつぶやいた。

「あのひと、さっきのふたりを尾行しているのでしょうか」

「どうもそうらしいですね」

ロマンス・グレーの抵抗族とその愛人、それから嫉妬《しっと》に狂うロマンス・グレー氏の奥さんと、月並みな三角関係を想定してみて、金田一耕助は苦笑した。

「だけど、増本先生」

と、金田一耕助は卓上にあるメニューをとって裏返すと、

「これ、どういう意味なんですか」

と、いくらか詰問するような調子である。

と、増本女史はハンカチをひきちぎらんばかりに両手でもんでいる。

「あなた、あのふたりをご存じないんですか」

「いえ、あの、全然……」

「あなた、あの女……ベールの女のくちびるの動きを読んだんですね」

「はあ、あの、つい習慣になっているものですから……」

金田一耕助はもういちどメニューの裏に目を落とす。

「ストリキニーネ」

「ピストル？　だめよ、音がするから」

「やっぱり、ストリキニーネね」

「ジュラルミンの大トランク」

「三鷹駅がいいわ」

五行にわけてふるえているシャープペンシルのあとを見ると、金田一耕助はなにか背筋が寒くなるようなものをかんじずにはいられなかった。

これではまるで人殺しの相談のようではないか。だれかを殺して、ジュラルミンの大トランクに詰める。そして、それを三鷹駅から発送する……。

いや、いや、ひょっとすると三鷹駅へ送りとどけようというのかもしれない。

「あっはっは！」

と、金田一耕助はのどのおくでかわいた声をおしころすと、

「まさか……」

と、もじゃもじゃ頭をかきまわす。

「まさか……？　なんでございますか？」

と、増本女史はある種の金魚のようにとびだした目で金田一耕助を凝視する。このひとは相当ひどい近眼なのだ。それにもかかわらず、容貌《ようぼう》をそこなうことを気づかって、眼鏡をかけることをおそれている。だから、なにかを見つめるとき、怒ったような目つきになるのだ。

「まさか、銀座のまんなかで……」

「まさか、銀座のまんなかで……？」

と、増本女史は押しかえす。しんねり強い調子である。

「……の相談でもないでしょう」

「なんの相談とおっしゃいますの？」

「人殺しの……」

と、金田一耕助はちょっとあたりを見まわしたのち、ひくい声でささやいた。

増本女史はかすかに体をふるわせると、

「もちろん、あたしもそう思います」

と、キッパリといいきったあとで、

「しかし、あのひと……ベールの女はたしかにそういう言葉を吐いたんですのよ」

金田一耕助はいつかの事件で増本女史に協力を仰いだことがある。それはリップ・リーディングの技術を身につけたひとの協力が必要だった事件である。そのとき、金田一耕助は、増本女史の協力で、みごとに事件を解決したのだ。だから、かれはこのひとの読唇術の能力について疑いをさしはさむものではない。

しかし、今夜、銀座の舗道でばったりあって、お茶でものみません？　と誘われて入ってきたこの『アリバイ』で、このような奇妙な会話の断片を拾いあげようとは思わなかった。

「先生、もう出ましょう、ここを……」

増本女史はなにかふきげんらしい様子である。卓上においたハンドバッグをとりあげると、プイとイスから立ち上がった。金田一耕助がじぶんの技術を信用しないらしいのに、誇りを傷つけられたのかもしれない。

金田一耕助は当惑したようにもじゃもじゃ頭をかきまわしながら、テーブルのうえにあるメニューの裏を見ていたが、やがてそれをメニューを立てる金具にかえして、伝票を手にじぶんもイスから立ちあがった。

それから三分ほどのちのことである。金田一耕助と増本女史が『アリバイ』から出ていくのを見送って、さっきの栄養満点夫人が入ってきた。

彼女はなにか忘れものでもしたようにきょろきょろしながら、金田一耕助と増本女史のいたテーブルへくると、すばやくあたりを見まわしたのち、メニューをとって裏をながめた。

「ストリキニーネ……ピストル？　だめよ、音がするから……やっぱり、ストリキニーネね……ジュラルミンの大トランク……三鷹駅がいいわ」

メニューを持つ女の手がぶるぶるふるえて、色つやのいい顔面から血の気が退潮のようにひいていった。

三

それから二週間ほどのち、すなわち五月十六日のことである。

金田一耕助はとほうに暮れた面持ちで、いま目のまえによこたわっているジュラルミンの大トランクのなかをにらんでいる。

ジュラルミンの大トランクの中には女の死骸《しがい》がきゅうくつそうな姿勢をつくっているのだが、ミンクのオーバーにくるまっているその女は、たしかにこのあいだの鏡の中の女、すなわちベールの女なのである。服装もだいたいこのあいだとおなじらしかった。

しかも、ここは三鷹駅ではないか。

「金田一さん、あなた、なにかこの女についてご存じなんですか」

と、等々力警部はさっきからトランク詰めの死体よりもむしろ金田一耕助の顔色に注目している。それほどそのときの金田一耕助のようすには異様な動揺があらわれていた。

三鷹駅でトランク詰めの死体が発見されたという報告が入ったとき、金田一耕助は警視庁捜査一課、等々力警部担当の第五調べ室に来合わせていたのだが、それが三鷹駅であり、しかもそのトランクがジュラルミン製だときいたとき、金田一耕助は電撃的なショックをうけたといってもいいすぎではなかったようだ。

「金田一さん、金田一さん」

と、等々力警部が強い調子で、

「あなたはこのトランク詰めの女をご存じなんですか」

と、重ねて念をおすように尋ねると、

「えっ？　ええ、はあ、ちょっと……」

と、はっと気がついたようにあたりを見まわす金田一耕助の顔には、まるでベソをかく子供のような表情がうかんでいる。

そこは三鷹駅の宿直室で、部屋の中央にひらかれたジュラルミンの大トランクがギラギラとまだまあたらしい底光りを放っている。その大トランクを取りまいて、鑑識課の連中がしきりにパチパチ写真機のシャッターを切っている。

三鷹署の捜査主任古谷警部補をはじめとして、私服や制服の警官が数名、緊張した目をとがらせて、トランクのなかの女の死体と、金田一耕助の顔を見くらべていた。

「金田一先生」

と、古谷警部補もきびしい顔色で、

「ご存じだったらお教えねがえませんか。どういう女なんです、これは……？」

「いえ、あの、ほんのちょっと行きずりの女で……もちろん名前もしらなきゃ、どういう身分素姓のものであるかもしらないんです。でも、そのことはあとで申し上げましょう」

金田一耕助はまだこの事態が信じきれないようすである。

ジュラルミンの大トランク……三鷹駅……鏡の中の女……と、ただそればかりをくりかえしながら、金田一耕助の返事はうわのそらだった。

それにしても、これはどこかで間違っている。事件全体がどこかで食いちがっているとしか思えない。人殺しの相談をしていたのはこの女なのである。共同謀議者のそのひとりが、あべこべに死体となって現れるとは……？

金田一耕助は『アリバイ』の夜のことを思い出している。この女となにか熱心に話しこんでいた重役タイプの五十男と、少しはなれてそのふたりを監視していたらしい栄養満点夫人と……。

「警部さん」

と、金田一耕助は遠くのほうから死体を見ながら、

「それにしても、死因はなんでしょうねえ。こうみたところ出血の跡も見当たらないようですが……」

「絞殺でもなさそうですね。のどのまわりになんの痕跡《こんせき》もない」

「毒殺じゃありませんかねえ。ストリキニーネかなんかで……」

「金田一さん」

と、等々力警部はまたきびしい視線を古谷警部補ととりかわして、

「あなた、どうしてそんなことがいえるんです。ストリキニーネなどと……あなたこの事件についてなにかご存じなんですか」

「いや、いや、いずれいつかお話ししますが、ぼくにもひとつがてんがいかんので……」

と、そこで金田一耕助は古谷警部補をふりかえると、

「ときに、どうしてこのトランクあけてみる気になったんですか」

「いや、その答えならわたしからしましょう」

と、そばから返事をひきとったのは、駅長の制服を着た恰幅《かっぷく》のよい人物である。

「この荷物、牟礼《むれ》の山口良雄さん行きとなってるんですがね、ところが、該当番地にそういう人物がいないんです。それで、配達するにも配達ができず、といってすぐ送りかえすのもなんだからと、しばらくようすを見ていたんです。そのうちに引き取り人があらわれやあしないかと思って……ところが、二、三日まえからいやな臭気が立ちはじめたので、そこできょう交番へとどけてでて、お巡りさんやなんか立ち会いのもとに開いてみたってわけなんです」

「発送駅は逗子《ずし》ですね」

と、金田一耕助がトランクに結びつけられた名札を見ているうちに写真の撮影もおわって、いよいよ死体がトランクのなかから取り出されることになった。

はたして、女の死体には外傷はなく、すでに腐敗をはじめている膚に薄気味悪い斑点《はんてん》が点々としてくろずんでいるところをみると、死因はあきらかに毒殺らしい。断末魔の苦悶《くもん》を表現して、顔はおそろしくゆがんでいるが、その顔はやっぱりこのあいだのベールの女、鏡の中の女にちがいない。これはひとつ増本女史にも鑑定してもらわねばならぬと、金田一耕助は心のなかで考えている。

「主任さん、これいったい何者でしょうねえ。そうとう豪奢《ごうしゃ》な服装をしておりますが、シロウトじゃありませんね」

「キャバレーのダンサーかなんかじゃありませんかね。このまゆのそりかたやなんか……」

金田一耕助も刑事たちの品定めに同感だった。まゆをほそくそりこんで口紅の濃いその化粧は、『アリバイ』で会ったときもただのねずみではないとにらんでいたのである。美人であることはいうまでもない。

「なにか身元を証明するようなものを持っていないかね。よく調べてくれたまえ」

古谷警部補に命じられるまでもなく、刑事たちはものなれた手で女の着衣をしらべている。オーバーの内ポケットから女持ちの紙入れがでてきた。紙入れのなかから出てき

た名刺に、

〇△産業専務取締役

河　田　重　人

と、いうのがあり、名刺の左下に住所と電話番号が刷りこんである。住所は吉祥寺であった。

「しめた！　だれかここへ電話をかけてくれたまえ。かんたんに事情を説明して、すぐだれかにここへきてもらうんだね」

言下に刑事のひとりが部屋からとび出していった。

「ほかになにか……？」

「べつにこれといってありませんね。金を八千円ほど持っているところをみると、物取りではありませんね」

しかし、金田一耕助は気がついていた。このあいだ鏡の中で見たときには、この女は大きなダイヤの指輪をはめていたのだが、それがいまはないのである。どの指にも指輪は一本もはめていなかった。指輪ばかりではない、装身具らしいものは一切《いっさい》紛失しているらしい。

それに……と、金田一耕助が小首をかしげているところへ、遅ればせに医者の川口先生がかけつけてきた。

医者はひとめ女の死体をみると、ふうむとくちびるをへの字なりにまげている。

「先生、これ、毒殺でしょうねえ」

と、古谷警部補がそばから尋ねると、

「そうさな。ほかに死因が見当たらんとすると、まあ、そういうところだろうかな」

「毒殺としてどういう毒が用いられたか、これだけじゃおわかりにならんでしょうなあ」

と、金田一耕助を横目に見ながら質問するのは等々力警部である。

「そりゃ解剖の結果を見なければはっきりいえんが……」

と、等々力警部は金田一耕助の耳に口をよせて、

「金田一先生」

「もし、これがストリキニーネだったら、あんたただではすみませんぜ」

と、にやりと笑った。

なお、ついでにここでいっておくが、解剖の結果判明したところによると、死因はやはりストリキニーネによる中毒死だったのである。

それはさておき、刑事の電話によって河田家からひとが駆けつけてきたのはそれから三十分ほどのちのことだったが、自家用車らしいのを乗りつけて、運転手とともにこの宿直室へ顔をのぞけた人物の顔を見ると、金田一耕助は俄然《がぜん》、がりがりばりばり、めったやたらと頭のうえのスズメの巣をひっかきまわしたものである。

それが興奮したときのこの男のくせなのだが、なんとそこへ駆けつけてきた人物とい

うのがだれあろう、このあいだカフェ『アリバイ』でみかけた二重あごの、あの栄養満点夫人ではないか。

夫人の背後には三船敏郎ばりの、若い、いい男の運転手がつきそっていた。

条件がそろい過ぎていた

一

二重あごの栄養満点夫人は、ひと目女の顔を見ると、

「あっ、やっぱり倉持タマ子！」

と、大きく息をはずませて、思わずそばにいた私服のそでにしがみついた。

「奥さん、この女をご存じですか」

三鷹署の捜査主任、古谷警部補は、さっと緊張した目つきになる。

金田一耕助は等々力警部とすばやく目を見かわすと、大きく騒ぐ女の乳房の隆起を見ている。このあいだとちがって派手な和服姿の夫人の胸は、きつく締めた帯のために乳房がくびれて、いっそう大きくふくらんで見える。夫人が切なくあえぐたびに、乳房の隆起がブルンブルンとふるえて躍った。

金田一耕助はまじろぎもせずに夫人の顔色を見ているが、おおげさなその身振りがこのひとの身についた習性なのか、それともそこに技巧的なものが加わっているのかわからなかった。

「はあ……あの……以前、たくに奉公していたもので……あたしの遠縁にあたる娘でして……」

夫人の顔の生えぎわやこめかみには、ぐっしょりと汗がうかんでいる。その汗のひとつぶひとつぶが窓からさしこむ日をうけてきらきら光るのが印象的だった。

「あなたは河田重人さんの……」

と、古谷警部補が名刺を出してみせると、

「ああ、それをこの娘が持っていたんですね」

といってから、すぐその視線を警部補の顔にうつして、

「はあ、あの、河田の家内でございます」

ようやく落ち着きをとりもどしたのか、かなりキッパリとした調子でいい、それからはじめて気がついたように、

「あら、失礼しました」

と、取りすがっていた刑事の腕から手をはなし、一歩うしろへさがると、いそいで衣《え》紋《もん》をつくろい、すそをなおした。しかし、赤ん坊のようにまるまるとふとった指はまだわなわなとふるえており、二つのひとみには恐怖の色がみなぎっている。

「失礼ですが、お名前は……？」

「トキ子と申します」

「トキ子とは時間の時ですか」

「いいえ、登はノボル、喜はヨロコブでございます」

「ああ、なるほど。ところで、この娘の名は倉持タマ子というんですね」

「はあ」

「あなたの遠縁のもので、おたくに奉公していたとおっしゃいましたが、それはいつごろまで……？」

「はあ、あの、一昨年の秋まで……」

「自分のほうから出ていったのですか、それともおたくのほうからお暇を出されたのですか」

「はあ、あの、それが……」

登喜子夫人は追いつめられたような目つきをして警部補の顔を見つめていたが、その視線を部屋の入り口にうつすと、観念したように目を閉じた。

金田一耕助はさっきから気がついていたのだけれど、そこには若い美貌《びぼう》の運転手が、蒼白《そうはく》にこわばった顔をして立ちすくんでいる。年齢は三十前後だろう。三船敏郎ばりの苦み走った好男子である。

しばらく目をつむっていたのちに、登喜子は苦痛と恐怖にみちた目をあげると、

「それは、こちらから暇を出したのでございます」

「なにか不都合なことでもあって……？」

「はあ、あの、それが……」

夫人は運転手のほうへ一瞥《いちべつ》をくれると、いよいよ切なげに指でまいたハンカチで額の生えぎわをこすっている。

「奥さん、どうぞこれへお掛けなすって」

刑事のひとりが気がついたようにイスをすすめると、

「はあ、それでは……」

と、ギーッとそれをきしらせて腰をおろすと、

「主人とのようすがなんだかおかしいように思えたものですから……」

と、消え入りそうな声を聞いたとき、一同の目にさっと緊張の色が光った。

「ご主人と関係があったと……？」

「はあ……」

「それで、タマ子といううこの婦人はおたくを出てからなにをしていたのですか」

「はあ。銀座かどこかでキャバレーのダンサーかなにかしていたようで……元来がそういうたちの娘でしたが……」

「それで、その後もご主人との関係は……？」

「つづいていたようでございます」

そういう声は切なくふるえ、しかも、深刻な憤りと怨恨《えんこん》が心をえぐるようにもえていた。

「奥さんはそれをどうしてご存じだったのですか。ご主人が告白なすったんですか。それとも、この娘にあわれたのですか」

「いいえ、うちを出てからタマ子にはいちども会ったことも見たこともございません」

どういうわけか登喜子夫人はここでひとつうそをついた。

二

「それでは、どうしてそのことをご存じだったのですか」

「それは……」

と、夫人はまた切なそうに息をあえがせて、

「杉田さん、あんたから申し上げて」

と、そのままハンカチのなかに顔を埋めて嗚咽《おえつ》する。

「はっ」

と、兵隊のようにしゃちこばった運転手の返事に、なかにははじめてかれの存在に気がついたものもあった。

古谷警部補などもそのひとりで、

「ああ、君は運転手だね。名前は……」

美貌の運転手もようやく落ち着きをとりもどしていたらしく、杉田豊彦、年齢は三十歳とテキパキと答えたのち、

「それはこうなんです。奥さまがご主人のようすを怪しく思われて、このぼくに尾行を命じられたのです」

「ああ。すると、ご主人はべつに自動車を持っていられるのかね」

「いいえ、そうではございません」

「というと？」

「はあ、それはこうなんです。ご主人の外出のとき、以前はいつもぼくが運転していたんです。ところが、去年の春ごろから、ちょくちょくごじぶんで運転していかれることがあるんですね。だんなも免許証を持っていらっしゃいますから……つまり、奥さまはそれをおかしいと思われたんです」

「ああ、なるほど。それで、そういうときのご主人を君が尾行したわけだね」

「はあ、さようで」

「それで、女と会っているところをつきとめて、奥さまにご報告申し上げたというわけか」

古谷警部補の口ぶりは、吐きだすようなにがにがしさである。

「はあ、それはもちろん。奥さまがあまりお気の毒ですし、タマ公のやつが憎らしかっ

たものですから」

すっかり落ち着きをとりもどした運転手の杉田は、しゃあしゃあした口ぶりだった。

「タマ公……？　ああ、そうか。君も倉持タマ子をしっていたんだね。で、どこのキャバレーで働いていたんだね」

「西銀座の『ランターン』というキャバレーでしたね、その当時は……」

「すると、いまは……？」

「だんながよさせて囲っておいたんでさ、渋谷の『松声館』という高級アパートに。ぼく、いちどその『松声館』へいって、奥さまがお気の毒だから別れたらどうかって忠告したことがあるんですが、大きなお世話だと鼻のさきでせせらわらやあがった。とにかく、悪い女です。恩をあだでかえすとはあのこってすね」

杉田の声には真実憎悪のひびきがこもっている。紫色に変色したタマ子の死体の横顔に目をやると、ちょっと口のうちで舌を鳴らした。

古谷警部補は杉田の顔からその視線をハンカチに顔を埋めている登喜子のほうへうつすと、

「奥さん、ご主人のほかにご家族は……？」

「はあ……」

どういうわけか、家族のことを聞かれると登喜子夫人はいよいよ切なげにせぐりあげて、

「娘がひとりございます」

と、なぜか悲痛にひびく声だった。

「お名前とお年をどうぞ」

捜査主任はけげんそうにまゆをひそめて、それでも質問をつづけていく。

「はあ、名前は由美、年はかぞえで十九でございます」

「かぞえで十九とおっしゃいますと、いま高校三年ですね」

「はあ、あの、ところが、去年の秋、学校をよして……」

「どこかお体でも悪くって……？」

「いえ、あの、退校になりまして……あまり不行跡が目にあまるものですから……」

「それというのも、タマ公のせいなんです。以前はそんなお嬢さんじゃなかったんです」

るるとつづく夫人の悲痛のむせび泣きに、一同が一瞬しいんと静まりかえったとき、杉田豊彦が吐き出すようにつぶやいた。火のように熱いものが、憤りにもえる声音のなかにこもっていた。

金田一耕助はそこに悪いひとりの女のために破壊された家庭の見本を見せられたような気がして、暗然たる気持ちだった。等々力警部もおなじ思いなのだろう、無言のまま、しきりに耳たぼを引っ張っている。

「ときに、このトランクは逗子から発送されてるんですが、なにかお心当たりは……？」

「逗子……？」

　はっと顔をあげて杉田と顔を見合わせた夫人の目には、またさっと恐怖の色がつっ走った。杉田もギクッとした顔色だった。

「ああ、なにかお心当たりがあるんですね。どういう……？」

「はあ……杉田さん、あなたから申し上げて……」

「逗子にはうちの……河田家の別荘があるんです。しかし、夏場しか使わないので、ふだんは奉公人もいず、閉鎖されているんですが……」

「ところで、ご主人はいまどちら……会社のほうにいらっしゃるんですか」

「それが……それが……」

　と、夫人の声はいよいようわずって、

「五日ほどまえからかえらないんです。あちこち問い合わせてみてもいどころがわからないので、きょうあたり捜索願いを出そうかと思案をしているところへ、さきほどこちらからお電話がございまして……」

　一同はまたさっと緊張したように顔を見合わせる。

「五日ほどまえとおっしゃいましたが……」

　と、金田一耕助がはじめてそばから言葉をはさんだ。

「正確にいうと何日ですか。きょうは五月十六日ですが……」

「五月十一日でした」

と、杉田運転手が答えをひきとって、

「その朝、ぼくが会社まで運転していったんです。ところが、夕刻お迎えにあがると、もうすでにおかえりになったとかで……それきりおかえりにならなかったんです」

「ちかごろではそういうこと珍しくございませんので、一日、二日、三日ぐらいまでは気にしなかったんですけれど……でも、タマ子……タマさんもアパートにいないようだと杉田が申しますものですから、いっしょに旅行でもしているのか、それともどこかでただれた生活でもしているのかと、捜索願いを出すのもはばかられて……」

五月十一日といえば、増本女史がリップ・リーディングであの恐ろしい会話を読んでから約十日後のことである。あれはたしかに五月二日の晩だったから。

「ときに、奥さん」

金田一耕助はのどのおくの痰《たん》を切るような音をさせると、

「失礼ですが、あなた銀座の『アリバイ』という妙な名前のカフェをご存じじゃありませんか」

登喜子夫人はそのとたんはじかれたように顔をあげると、金田一耕助の顔を見た。そして、もじゃもじゃ頭によれよれのセル、ひだのたるんだ袴《はかま》をはいた特異な姿に、彼女もあの夜のかれを思い出したにちがいない。

「あっ！」

というような短い鋭い叫びをあげると、つとイスから腰をうかしかけたが、つぎの瞬

間、

「危ない！」

と叫んで駆けよった杉田豊彦の腕に抱かれて気をうしなっていた。

三

ジュラルミンのトランク詰めの死体事件は、逗子にある河田家の別荘を捜索するにおよんで、俄然、大事件の面貌《めんぼう》をおびてきた。

夫の失踪後《しっそうご》、登喜子夫人ももしやと思って、いちおう運転手の杉田をやって別荘のほうを調べさせたという。

すると、十一日の晩に河田重人氏と愛人の倉持タマ子が別荘へやってきたらしいことはわかったが、それからあとの消息がわからなくなっていたのである。登喜子夫人にしろ杉田にしろ、こんな恐ろしいことになっていようとは思わなかったから、別荘のなかを掘りかえそうなどとはゆめにも思わなかったといっている。

ところが、トランク詰めの死体の一件から、ひょっとするとここで殺人が行われたのではないかという想定のもとに、警察の手で入念に別荘の内部が調査されたところが、庭のすみの落ち葉だめの底から、なんと河田重人の死体が掘り出されたのである。

河田の死因もタマ子とおなじくストリキニーネだった。そこで、逗子の警察で調べたところが、だいたいつぎのような事実が判明したのである。

いったい、河田家の別荘は、べつに留守番というようなものはおいてなかった。すぐ背中合わせの位置にSホテルというのがあって、管理は万事そこに一任してあった。だから、別荘へ出向いて泊まるときには、あらかじめSホテルへ電話しておけば、夜具一切の準備をしておいてくれることになっているし、食事などもホテルのほうから取りよせることになっている。

五月十一日午後四時ごろ、そのSホテルへ、東京の河田重人氏から電話がかかってきた。こんやふたりづれでいって一泊するから、別荘のほうを万事よろしくとのことだった。だいたいそちらへ着くのは八時ごろになるだろうが、軽い食事とウイスキーぐらいを用意しておいてほしいという注文であった。

このへんまでは杉田豊彦の調査でもわかっていたというのだが、それからさきを警察の手で入念に調べていったところが、つぎのような妙な事情がわかってきた。

午後八時ごろ河田氏からSホテルへ電話がかかってきて、いまついたから用意の食事をもってきてほしいということであった。この電話へ出たのはホテルの支配人高山嘉助という人物だったが、電話の声はたしかに河田重人氏だったとのちに証言している。

ところが、問題はそれからあとなのだ。高山支配人の命令で別荘へ食事をはこんでいったのは、藤本文雄というまだわかいボーイだったが、このSホテルと河田家の別荘は背中あわせに建っている。だから、裏木戸をあけると庭つづきになっていた。庭はどちらも相当広いのである。

ところが、藤本ボーイが岡持《おかも》ちをさげて庭木戸のところまでいくと、そこに若い女が懐中電灯をもって待っていたというのである。

八時すぎのことだから、もうあたりはまっくらであった。だから顔かたちはよくわからなかったけれど、頭にネッカチーフをまき、大きな鼈甲《べっこう》ぶちの眼鏡をかけ、風邪でもひいているのかマスクをかけていた。しかし、サロンエプロンをかけ、サンダルをはいているその風体からして、ボーイの藤本はてっきり河田氏が東京からつれてきた女中であろうと思ったというのである。

わかい女は藤本の手から岡持ちをうけとると、明日午前十時ごろ取りにくるように、岡持ちは台所のほうへ出しておくからというのである。

そのとき藤本が、だんなはいったいだれときているのだ、またあのキャバレーのダンサーといっしょかというような意味のことを尋ねると、ネッカチーフの女はただうっふっふと笑っただけで、岡持ちをさげてさっと別荘の勝手のほうへいってしまった。そこで藤本もそのままホテルへひきかえしたのである。

さて、その翌朝、すなわち五月十二日の午前十時ごろ、別荘の台所へいってみると、はたしてそこに岡持ちが出してあり、なかのさら小ばちなどきれいに洗ってあった。

しかも、別荘にはもうだれもいないらしいので、念のために座敷へいってみると、きのう昼間河田氏から電話があったのちホテルから運んでおいた夜具やねまきの類がていねいにたたんですみのほうにつんであり、河田氏はもとよりのこと、倉持タマ子もネッカチーフの女の姿もみえなかった。そこで、藤本はホテルから女中をよんで、夜具の類をもって帰った……というのである。

なお、ホテル側の証言によると、以上述べたようなことはいままでたびたびあったことなので、だれもべつにおかしいとは思わなかったのだが、ただ問題は藤本が会ったというネッカチーフの女のことである。

藤本はそれを、河田氏が東京からつれてきた女中か、あるいは愛人の倉持タマ子のお供できた女中であろうくらいに考えていたのだが、これだけが従来なかったことであった。

そこで、河田家の本宅のほうを調べてみると、登喜子夫人はもちろんそんな女に心当たりはなかったし、また殺された倉持タマ子はアパート住まいで、もちろん女中などいなかった。第一、男と女があいびきをするのに女中づれというのはおかしいと、あとになって藤本文雄をはじめとしてホテルの連中も気がついたのである。

では、そのネッカチーフの女とはいったい何者か。いや、いや、彼女がいったい何者にもあれ、河田重人と倉持タマ子に毒を盛るチャンスをもっていたのはその女しかないと思われる。

おそらく、彼女は藤本にたいして河田家の女中のごとく振る舞っていたと同様に、河田重人や倉持タマ子にたいしてはSホテルの女中のごとくよそおっていたのではあるまいか。そして、ホテルから取り寄せた料理のなかにストリキニーネを盛って、ふたりを殺害したのではあるまいか。

もしそうだとすると、ネッカチーフの女はホテルの女中として、河田重人と倉持タマ子のふたり……いや、少なくともそのひとりと顔をあわせているはずである。それでいてあいてがなんの疑惑もいだかなかったとすると、ネッカチーフの女はふたり、あるいはそのうちのひとりにとってまったく未知な人物だったということになる。ここにこの事件のむつかしさがあった。

それはさておき、犯人はその晩被害者のひとりを庭のすみに埋め、あとのひとりをジュラルミンのトランクに詰めて運び出しているのだが、それを運び出した運転手もすぐわかった。

それは五月十三日の朝のこと。駅前にある逗子ガレージへひとりの女がやってきた。女はレインコートを着てフードをまぶかにかぶり、鼈甲ぶちの大きな眼鏡をかけ、おまけに感冒よけの大きなマスクをしていたので顔はほとんど見えなかった。

女はじぶんといっしょにきてトランクを運びだしてほしいというのであった。そこで女を乗っけていったのが河田家の別荘であった。せまい町なので運転手もその別荘のことはよくしっており、主人がときどき女をつれて泊まりにくることも聞いていた。

さてはこの女なのか、ひとつ顔を見てやろうと思ったが、あいてもさるもの、とうとう最後まで顔を見せなかった。

河田家の玄関には大きなジュラルミンのトランクがおいてあった。女の指図でそれを自動車につみこむと、女もいっしょに乗って逗子駅までいった。

　女はそこからトランクを三鷹市牟礼の山口良雄あてに発送して、それきりいずくともなく立ち去っているのだが、駅員のなかにもその女のことをおぼえているものがあった。ただし、はっきり顔をみているものはだれひとりなかったのだが……。

　さて、いっぽう、この事件に関係があると思われる自動車がもう一台発見されている。河田家の別荘から大きなジュラルミン製のトランクが運び出されたその前日、すなわち五月十二日の夕方、鎌倉駅前にあるK・Kタクシーの車に、女がひとりジュラルミンのトランクをもって乗っている。その車は逗子の河田家の別荘へ乗りつけたが、女の外《がい》貌《ぼう》風《ふう》采《さい》は、その翌日、河田家からトランクを運びだした女とそっくりで、しかもそのときのトランクは、重さからいって明らかにからであったと運転手が証言している。

　以上のような事実をつなぎあわせてみると、だいたいつぎのようなことになるらしい。

　五月十一日の夜、正体不明の女は、Sホテルのボーイ藤本文雄にたいしては河田家の女中になりすまし、河田重人や倉持タマ子にたいしてはSホテルの女中をよそおうて、たくみにふたりに一服盛った。そして、河田氏の死体のほうは庭の落ち葉だめのなかへ埋め、タマ子の死体はいったんどこかへかくしておいた。

　そうしておいて、その女はいったん逗子を立ち去ると、その翌日、どこからかジュラルミンの大トランクを手に入れてきて、鎌倉から逗子へ運んだ。そして、その翌朝、倉持タマ子の死体をそのトランクに詰め、逗子駅から三鷹あてに発送し、じぶんはどこかへ姿をかくした……と、だいたい以上のような順序になるらしいのである。

だが、そうなるとわからないのは、なぜタマ子の死体だけを運びだしたのか。それには大きな危険が伴うであろうのに、なぜ危険を冒してまでタマ子の死体だけ運びださなければならなかったのか。タマ子の死体も河田の死体と同様に、庭のすみへ埋めておいてはなぜいけないのか……。

それはさておき、三角関係のふたつの角が殺害されたとなると、当然、疑惑の目がむけられるのは、残るひとつの角である。残るひとつの角とはいうまでもなく登喜子夫人だ。しかし、ジュラルミンのトランクを運んだ女の体つきや年ごろからして、それが登喜子夫人であるらしい可能性はうすかった。

となると、つぎにうかびあがってくるのは、タマ子によって家庭の平和を破壊され、それがもとでぐれてしまったという娘の由美はどうなのか……。

逗子と三鷹の両地区にまたがる捜査活動は、こうして俄然活発になってきた。

四

五月十八日——すなわちこの事件が発見されてから二日ののちの夕方のこと。

三鷹署にもうけられた捜査本部にはなにかしら異様な緊張の気がみなぎっていた。金田一耕助がこの事件に関する重要な証人をつれてくるという電話が、さっき捜査主任の古谷警部補にかかってきたからである。

「警部さん、あなた金田一先生のつれてくるという重要証人なる人物をご存じですか」

「いいや、わたしはまだなにも聞いていない」

「金田一先生は、しかし、なにかこの事件についてご存じなんですね」

「いや、しっているというよりはこういう事件が起こるであろうということをあらかじめ予測していたんじゃないかね」

「ほほう」

　というように一同は耳をそばだてて、

「それはまたどうして……？」

「いや、どうしてだか、それをきょうは聞かせてもらおうと思ってるんだ」

「しかし、警部さん」

　と、小沼という敏腕の刑事はいくらかおもてに朱をそそぎ、いささか憤然とした調子で、

「あらかじめこういう事件が起こるとしっていたら、なぜひとことわれわれにそれを耳打ちしておいてくれなかったんです」

「だから、それをきょうは聞かせてもらおうじゃないか。金田一先生、何時にくるという電話だった？」

「きっちり五時にこちらへくるというお電話でしたが……」

「もうかれこれ五時だが……」

その金田一耕助は約束の時間より五分ほどおくれて捜査本部に到着した。連れというのは四十前後のじみなグレーのスーツを着た婦人で、髪がおそろしくちぢれている。容貌もあんまり美しいとはいえず、ことに目がある種の金魚のようにとび出しているのが印象的だった。

「こちら増本克子先生、聾唖学校で読唇術を教えていらっしゃるかたです」

「ドクシン術……？」

と、古谷警部補が目をみはったので、

「くちびるを読む術……すなわちリップ・リーディングですね」

と、金田一耕助が説明を補足すると、

「ああ、その読唇術……」

警部補もやっと了解したようだったが、なおけげんそうにまじまじと増本女史の顔を見まもっている。

金田一耕助はそこにいるひとりひとりを増本女史に紹介すると、

「それじゃ、増本女史、恐れ入りますが、あなたから、今月の二日の晩、銀座のカフェ『アリバイ』で見聞なすった事実について、みなさんに説明してあげてくださいませんか」

「はあ」

さすがに増本女史も一同の視線を浴びてちょっともじもじしていたが、それでも持ちまえのひとにものを教えるときのような調子で、カフェ『アリバイ』でリップ・リーディングをしたときのいちぶしじゅうを語ってきかせたが、それを聞いた一同の驚きは非常なものであった。

「それじゃ、そのとき男と女が殺人の相談をしていたというんですか」

と、古谷警部補は目を細めて、鋭くあいての顔を見すえた。

「いいえ、あたしそうはっきりと断言することはできませんの。男のほうのくちびるの動きはぜんぜん読めなかったんですから」

「しかし、女はいったんですね。ピストル？　だめよ、音がするから……やっぱり、ストリキニーネね……ジュラルミンの大トランク……三鷹駅がいいわ……と」

「はあ」

と、増本女史はあいかわらず出目金のような目をしわしわさせながら、古谷警部補にむかって正面を切っている。

「金田一先生、まちがいはございませんね」

「ああ、いや、それは……」

と、金田一耕助はちょっとのどの痰《たん》をきるような音をさせながら、

「その女がそういったかどうかぼくにはわかりませんよ。残念ながら、ぼくにはリッ

プ・リーディングというような特殊技能はないんですから。しかし、あの晩、増本先生が女のくちびるのうごきを見ながらそう書きとられたことはたしかです。それに、ぼくは増本先生のリップ・リーディングの技能については絶対に信頼をおいてるんですが……」

「なるほど」

と、等々力警部はむつかしい顔をして、

「それで、増本先生、その会話をしていたふたりの男女というのをあなたはご存じですか」

「いいえ、そのときまでは全然」

「というと、いまでは……？」

「はあ、ちかごろ新聞にのっているジュラルミンのトランク事件のふたりの被害者……あのふたりじゃなかったかと思うんですけれど」

「しかし、増本先生」

と、古谷警部補はデスクのうえから身を乗りだして、

「それじゃ、なぜもっとはやくそのことをわれわれにしらせてくださらなかったんですか」

「はあ、それと申しますのが……」

と、増本女史もあらかじめそういう質問があることを予期していたかのように、ぐっ

と上体を反らせると、

「新聞をみましたとき、あたしはっとしました。三鷹でしょう。それにジュラルミンのトランクでございましょう。でも、もうひとつあたしのふに落ちないのは、被害者としてそこに写真ののっている倉持タマ子さんというのが、あの晩の女のひとのように思えたんです。それももうひとつ写真がハッキリしなかったんですけれど……しかし、こうなると話が全然あべこべになってまいりますわねえ、殺人を計画してたひとが殺されるなんて……それと、もしこんどの事件がほんとうにあのリップ・リーディングの会話に関係があるようだと、きっとここにいらっしゃる金田一先生からなにかお話があるだろうと思ったものですから……」

「なるほど、よくわかりました」

と、等々力警部が会話をひきとって、

「ところで、今朝の新聞をごらんになったでしょうが、河田重人という倉持タマ子のパトロンの死体が逗子の別荘から発見されているでしょう。河田の写真も新聞にのっておりますが、いかがですか。『アリバイ』でタマ子といっしょだった男というのは初老の男だったとあなたはいまおっしゃったが、もしやそれ、河田重人じゃ……」

「ところが、あたし……」

と、増本女史は例によって出目金のような目をしわしわさせながら、

「男のかたのほうはあんまりよく見ていなかったんです。鏡の中ではこちらに背をむけ

ておりましたし、かえりにあたしどものテーブルのそばを通ったときには、あたしなんだか悪いことをしたような気持ちで、ろくに顔もあげられなかったもんですから……」

「金田一先生、あなたいかがですか」

「はあ、たしかに河田氏でしたよ、あのときタマ子といっしょだったのは……」

「そうすると、金田一先生」

と、古谷警部補が身をのりだして、

「今月の二日の晩、河田重人と倉持タマ子は、銀座のカフェ『アリバイ』で、だれかをストリキニーネで毒殺してその死体をジュラルミンのトランクに詰めて三鷹駅へ送る……と、そういう相談をしていたとおっしゃるんですね」

「いや、明確にそういえるかどうかわかりませんが、増本先生が読みとられた会話の断片から推していくと、そういうことになってきますね」

「ところが、そこになんらかの手違いがあって、殺人を計画していたふたりのほうが、ぎゃくにじぶんたちの計画どおりに殺されたというわけですか」

「いや、ところが、主任さん、ここにこういう話があるんですがね」

と、金田一耕助がカフェ『アリバイ』で倉持タマ子と河田重人氏を監視していたらしい婦人のことを話し、しかものちにその婦人というのが河田夫人の登喜子であることに気づいたことを打ち明けると、一同の興奮は絶頂に達した。

「金田一さん」

と、等々力警部もきびしい目をして、

「それじゃ、河田夫人はじぶんの夫とその愛人が殺人計画をもっていることをしっていたのではないかとおっしゃるんですか」

「はあ、じつはそれについてもお話があるんですが……」

と、金田一耕助はそこで増本女史をふりかえると、

「増本先生は覚えていらっしゃるでしょうが、あの晩、鏡のなかにうつっていたふたりを監視していた婦人がありましたね。よく肥えた、いかにも金持ちの奥さんらしい女が……」

「はあ……」

「あれが河田重人氏の奥さんだったんですよ」

「まあ！」

「ところが、あなたはご存じですかどうか。われわれはカフェ『アリバイ』を出るとすぐわかれましたね。だから、あなたお気づきになったかどうですか。われわれと入れちがいに河田氏の奥さんがひきかえしてきて、あなたがメニューの裏に書きつけたあのリップ・リーディングの会話の断片、あれをひそかに読んでいたんですよ」

「まあ！」

と、増本女史はおびえたように目をすぼめる。

「あなた、それに気がおつきじゃございませんでしたか」

「いいえ、あたくし存じません。カフェのまえであなたにお別れすると、あたくしまっすぐかえりましたから……」

「金田一さん！」

と、古谷警部補は息をはずませて、

「それじゃ、河田夫人はほんとにカフェにひきかえして、メニューの裏を読んでいったんですか」

「ええ、そう。河田夫人はちょうどわれわれのとなりのテーブルに座っていたんですね。そして、そこから鏡にうつる夫と倉持タマ子のようすを監視していたらしいんですが、そのうちにわれわれのようすに気がついたらしいんです。増本先生がリップ・リーディングをなすったということを……夫人はわれわれよりひと足さきに店を出たんですが、われわれがあとから店を出ると、なにか忘れものでも探しにかえったようなかっこうで引き返してきて、増本先生がリップ・リーディングして書きつけたメニューの裏の会話の断片を読んでいましたが、いや、そのときの夫人の顔色ったらなかったですねえ」

「わかった！」

と、テーブルをたたいて叫んだのは古谷主任だ。

「河田夫人は増本女史のリップ・リーディングを読んで、夫が倉持タマ子と共謀してじぶんを殺そうとしていることをしったんだ。そこで先手をうって、あべこべにふたりを毒殺したにちがいない！」

五

「じっさい、これはむつかしい事件でしたねえ」

金田一耕助はふかぶかと安楽イスに体をうずめて、いかにもものうげな顔色だった。

「むつかしい事件とおっしゃると……？」

と、例によってこの事件簿の記録者である筆者が質問すると、

「いえね、河田夫人の登喜子はたしかにメニューの裏を読んだと告白したんです。そして、夫が情婦と共謀してじぶんを殺そうとしているのではないかという疑いをもったこともじじつだというんです。しかし、それだからといって、じぶんのほうから先手をうったなんて、そんな覚えはぜんぜんないと否定するんですね」

「あなたはさっき、河田夫人は栄養満点の肥満型だとおっしゃいましたね。それで、Sホテルのボーイの藤本文雄や、ふたりの運転手が目撃した鼈甲《べっこう》ぶちにマスクをかけた女はどうなんです」

「いや、藤本文雄とふたりの運転手が目撃した女ですがね、これは完全におなじ女らしいんです。ところが、三人の証言によると、河田夫人とはぜんぜんタイプがちがっているというんですね。背の高さはだいたい河田夫人くらいで、女としてはいかり肩のがっちりとした体をしていたが、河田夫人ほどぶくぶく太ってはいなかったし、それに、た

しかにもっと若い女だったと、これは三人が三人とも口をそろえていっているんです」

「それじゃ、娘の由美はどうなんです。タマ子のために家庭を破壊されて、それがもとでぐれてしまったという……」

「いや、ところが、このほうは河田氏に似たんでしょうかねえ。背が五尺三寸五分もあって、すらっとした姿をしているんです。ところが、問題の女は五尺二寸あるかなしだったろうというんです。つまり、全然体つきがちがっているうえに、由美にはれっきとしたアリバイがあったんです。十一日の夜も、十二日の晩も、彼女は数名のボーイフレンドとキャバレーやバーを飲み歩いていた。しかも、それには多くの証人もあったんです」

「とすると、運転手の杉田豊彦という男は……？　三船敏郎ばりの好男子とすると、女装はちょっとむりでしょうが、その男か、あるいは夫人の知り合いの女が夫人の依頼をうけて……」

「いや、捜査当局もその線がいちばん臭いとねらいをつけていたんです。それというのが、由美の口から、夫人と杉田とのあいだにいまわしい関係があることが漏れたんですね」

筆者は思わず息をのみ、金田一耕助の顔を見つめた。

金田一耕助は暗いため息をついて、

「いや、狂いはじめるとどこまで狂うかわからないものですね。夫が夫人の親戚《しんせき》の娘に手をつけて、いつまでもそのくされ縁を断とうとしない。むしろ首ったけになっている。

それが夫人を狂わせて、つい杉田の誘惑にのってしまったというわけです。ひとつバランスが狂うとなにもかもめちゃめちゃですね」

「なるほど。それじゃ娘がぐれるのもむりはありませんね」

「ええ、そう。娘も杉田と関係があったんですよ」

筆者はまたぎょっと息をのんで、金田一耕助の暗い顔を見なおした。

「しかし、ねえ、先生」

と、金田一耕助はちょっと体を乗りだすと、

「河田夫人が杉田と共謀して、あるいはそれに娘も荷担《かたん》して河田重人とその愛人を殺害したとしても、なんのためにタマ子をトランク詰めにして三鷹駅へ送りとどけたんです。しかも、ごていねいにジュラルミン製のトランクで……それこそ野球でいえば無用の投球というやつと同じじゃありませんか。まさか、夫やタマ子がじぶんを殺してジュラルミンのトランク詰めにしようとしているから、その腹いせというのじゃ、少し児戯に類するとはお思いになりませんか」

「とおっしゃると……？」

「いえね、先生、まずつぎのことを考えてみてください。カフェ『アリバイ』で河田重人と倉持タマ子がストリキニーネを用いてひとを殺し、ジュラルミン製のトランクに詰めて三鷹駅へ送ろうと相談していたということをしってた人間は何人ありますか」

「そうですね。まず相談していた河田重人と倉持タマ子、それからあなたに増本女史、

あとから引き返してきた河田夫人、河田夫人から聞いて運転手の杉田豊彦もしってたかもしれませんね」

「そう、だいたい先生のおっしゃるとおりですね。ところが、以上のなかから河田とタマ子は被害者だから問題ないとして、河田夫人と杉田豊彦を容疑者の群れから除外すると、あとにだれが残りますか」

「それはあなたと増本女史ですが……」

「そのなかからわたしを除外すると……？」

「な、なんですって？」

と、わたしは思わず驚きの声を放った。

「そ、そ、それじゃ増本女史だったんですか」

「ええ、そう。わたしははじめから増本女史に疑いをもっていたんですよ」

「とおっしゃると……？」

わたしはまだ驚きの覚めやらぬ目で金田一耕助を見つめていた。

金田一耕助は暗い顔をして、

「鏡にうつった倉持タマ子のくちびるの動きは、わたしでさえハッキリとは見えなかったんですよ。そこはそれほど薄暗くて、また、わたしたちのテーブルからかなり距離があったんです。だから、相当ひどい近眼の増本女史に見えるわけがなかったんです。しかも、増本女史はじぶんの近眼をかくしていましたし、わたしがそれをしっているということを女史はしらなかったんです」

「金田一さん、そ、それはどういう意味なんですか。もっとはっきりおっしゃってください ませんか」

「はあ、それはこうなんです」

と、金田一耕助は遠くを見るような目つきをして、

「倉持タマ子のくちびるの動きは見えなかったとしても、その女があいての男となにか重要な相談をしていたらしいことは、鏡にうつったふたりの姿勢からでもわかったんです。それから、われわれのテーブルのとなりにいる婦人がどうやらふたりを監視しているらしいことも、われわれに察しがついていたんです。当然、そこに三角関係が想定されたわけです。夫と若く美しい愛人と、その愛人に夫の愛をうばわれて瞋恚《しんい》のほむらを燃やしている妻と……これはわたしのみならず、増本女史にも察しがついたんですね。しかも、女史はわたしの職業をしっている。だから、ひとつ金田一耕助をからかってやろうというわけで、倉持タマ子がしゃべりもしないことをメニューの裏に書きとめたんです。ひとつにはそれを読ませて嫉妬《しっと》に悩んでいる妻をいっそう苦しめてやろうという悪魔的な気持ちも手伝っていたかもしれません」

「そ、それじゃ、増本女史がリップ・リーディングをしたというのはうそだったんですか」

「そうです。第一、読めっこないんですよ。さっきもいったような状態だったし、それに増本女史の視力ではね」

「ところが、そのときわたしがもっと驚いてみせればよかったんです。いや、わたしが増本女史のいたずらにのって、真剣にその事件に乗りだせばよかったんです。そうしたら、さんざんわたしにむだ骨を折らせたあげく、じつは先生、あのリップ・リーディングはうそだったんですのよ、ほっほっほ、ぐらいですませたかもしれないんです。ところが、わたしが全然それを信用しなかった。増本女史の近眼をしってますからね。いや、いちおう信用したような顔はしてみせましたが、内心問題にしていないことをしっていたので、それが彼女のプライドを傷つけたというわけです」

「ふむ、ふむ。それで……？」

「そ、それじゃ、あなたが信用してくれないので、ヒョウタンから駒《こま》を出してみせようというわけで、そういう犯罪をやってのけたとおっしゃるんですか」

「まあ、そういっていえないこともありませんね」

「しかし、それじゃ増本女史は河田夫妻をしっていたのですか」

「いや、それが全然未知の仲だったんです。それが捜査当局を悩ませ、それだからこそ増本女史も安心していられたんですね」

「しかし、それじゃどうして……？」

「それはこうなんです。五月二日の晩、われわれが河田夫人よりひと足おくれてカフェ『アリバイ』を出たことはさっきも申し上げましたね。『アリバイ』を出るとわれわれはすぐ右と左にわかれたんですが、わたしは河田夫人が引き返してくるのに気がついて、ウインドーの外からようすを見ていたんです。ところが、そういうわたしを増本女史が道路をへだてたむこうから見ていました。わたしはそれに気がついていましたが、わざとしらん顔をしていたんです。ところが、河田夫人がびっくり仰天したような顔色でカフェ『アリバイ』から出てくると、増本女史がひそかにそのあとを尾行していったんです。それもわたしは気がついていましたが、わざとしらん顔をしていたわけです。さて、河田夫人のあとを尾行した増本女史は、河田家の乱脈、スキャンダルをすっかりしった。なにしろ、倉持タマ子がいちじ河田家で女中奉公みたいなことをしていて、近所でもしられていただけに、このスキャンダルは話題になりやすかったわけです。つまり、河田家に犯罪ロマンスを構成する条件がそろいすぎていた。それが増本女史を誘惑して、あいう恐ろしいことをやらせてしまったんです。ひとつは、河田家とじぶんとが全然未知の間柄であるという一種のかくれみのも彼女の犯罪を刺激したといえましょうね。五月三日以来、彼女はしつこく河田氏の行動を監視したあげく、とうとう十一日の晩、じぶんの筋書きどおりにことを運んだんですね」

「しかも、その動機たるや、あなたにじぶんのリップ・リーディングの技術を過小評価されたくなかったというところにあるんですね」

「それと、じぶんの近眼をかくすためにね」

筆者は啞然《あぜん》として、しばらく言葉も出なかった。

「しかし、金田一さん、この事件証明されましたか、増本女史の犯罪であるということが……」

「それがなかなかむつかしかったんです。なにしろ、Sホテルの藤本文雄も、ふたりの運転手も、顔をハッキリ見ていないんですからね。しかし、やっぱり女ですねえ。殺されたとき倉持タマ子が身につけていたダイヤの指輪ほか高価な装身具、それが決め手になりました」

「増本女史が持っていたんですか」

「ええ、そう。そんなものが目的の犯罪ではなかったんですが、いざとなったとき急に欲が出たんですね。それに、じぶんは絶対に大丈夫という確信もあったんでしょう。なにしろ、河田とタマ子を殺してしまえば、増本女史のリップ・リーディングはうそだったと証明できるものはひとりもいないわけですからね」

「だが、そのリップ・リーディングを真実化するために、ただそれだけのために、なんのゆかりもない男女を……」

「ええ、そう」

金田一耕助はゆうぜんとして、

「現代はそういう時代なんですよ。ストレス時代なんです。ひとがなにをやらかすかわからんということは、先生も毎日の新聞でいやというほど読んでいらっしゃるでしょう。先生のように筆のさきでしょっちゅう人殺しをしていらっしゃるかたは大丈夫でしょうがね。あっはっは」

傘《かさ》の中の女

赤い水玉のビーチ・パラソル

一

「あらあ、いやだあ……うっふっふ。それじゃまるで生き埋めじゃないの。身動きもできないわ」

「いいさ、いいさ、いい子だからおとなしく寝んねしていらっしゃい。これ、とっても神経痛だのリューマチだのに効くんだっていうぜ」

「いやよう、神経痛だのリューマチだのって、あたし、それほどのおばあちゃんじゃなくってよ」

「あっはっは、いまのは失言、失言、ごめんなさい。でも、どう？　胸のほう、重っくるしくない？」

「ええ、そうね。少しは……でも、とってもいい気持ち。なんだか眠くなってきちゃったわ」

「じゃ、ここでとろとろひと眠りするといいよ、今晩、また、なんだからな」

「うっふっふ、いやなひと……でも、あんた、どうする？」

「ぼく……？　ぼくはそのまにもうひと浴びしてこよう」

「そうお？　じゃ、あたし、ほんとうに寝てしまうかもしれないわよ。水からあがってきたら起こしてね」

「ああ、いいよ」

「あんた、すみません、ストロー、顔のうえにのっけていって……なんだかまぶしくて目がちかちかするのよ」

「うん。だが、そのまえにちょっと」

「うっふっふ、ひとが見てやあしない？」

「大丈夫さ」

それからしばらくしいんとしていたのち、

「じゃ、いってくるよ」

「ええ、でも、できるだけはやくかえってきてちょうだいな。これじゃ、とてもじぶんひとりじゃ起きられやしない」

「ああ、いいとも」

それは燃えるような真っ赤な地にあらい黄色の水玉模様のついた大きなビーチ・パラソルだった。

　焼けただれた海岸の砂のうえに、パンツひとつの赤裸でさっきから甲らをほしていた金田一耕助は、二、三メートル鼻さきに立っているそのビーチ・パラソルのなかからもれてくる甘ったるい男と女のささやきに悩まされつづけていたのである。ことに、女の作り声の甘ったるさたるや、恐れいるくらいのものであった。

　そんなに悩ましいのなら、ひろいこの海岸である、どこかほかへ場所をうつせばよいのに、それをしないところが金田一耕助の金田一耕助たるゆえんである。

　事件のないときの金田一耕助は、およそ無精をきわめるのである。無精をきわめるというよりは、無精をエンジョイしているのである。ネコのようにのらりくらりとして、閑暇を楽しんでいるのである。

　この無精者の耕助が、それでも海水浴をする気になったのだから感心である。もっとも、それも自発的にその気になったのではない。

「先生、少しは海へもおはいりになったらどう？　この海岸に一ヵ月ちかくも滞在していて、先生みたいに色の白いひとっていないわよ。これじゃ、先生おひとりの恥辱じゃなくて、鏡ガ浦ぜんたいの恥辱みたいなもんよ。きょうは東京から先生のいいひとがいらっしゃるんだから、少しは膚を日にやいといて、男らしいところを見せてあげてちょうだい」

と、そうホテルの女中にそそのかされて、それもそうかいなとやっとお神輿《みこし》をあげ、かくは金田一耕助、海水浴の図とはあいなったわけである。

もっとも、金田一耕助のは文字どおり海水浴であった。およそスポーツライクなことはふえてな男のことだから、水泳なんていさましいことは思いもよらない。

寄せては返す波打ちぎわで、子供のようにボチャボチャやってみたが、それもすぐにつまらなくなったとみえて、水からあがると、やれやれと腰をすえた場所がわるかった。

いまいったとおり、赤地に黄色の水玉模様のついたビーチ・パラソル、喃々喋々組《なんなんちょうちょうぐみ》のすぐ鼻先だったというわけである。

そのビーチ・パラソルは傘《かさ》のはしが砂すれすれに立ててあるので、金田一耕助には喃々喋々組の姿は見えず、むこうはむこうで傘の外にひとがいると気がつかなかったらしい。

だから、いまそのビーチ・パラソルの中から男がはいだしてきたときには、やれやれこれで助かったかと、金田一耕助は安堵《あんど》の胸をなでおろしたが、男のほうでは思いがけなくビーチ・パラソルのすぐ外にひとがいたので、ちょっとどぎまぎしたらしかった。

金田一耕助と視線があったとき、意外なところに伏兵を発見した落ち武者みたいな表情になった。

しかし、すぐに顔をそむけると、波打ちぎわまで走っていってざんぶと水へとびこむと、あざやかなクロールをみせて沖へ出ていく。ひがむわけじゃないけれど、金田一耕助にはそれがなんだかこれみよがしに見えたことである。
二十七、八の、たくましいというほどではないにしても、色の浅黒い、均斉《きんせい》のとれた体をした男だった。男振りも悪くない。
金田一耕助はしばらくその男の赤い水泳帽を目で追っていたが、すぐまた砂のうえに仰向けに寝ころがった。

さっきとちがって、赤地に黄色の水玉模様のあのビーチ・パラソルのむこうはひっそりしている。身動きひとつする気配もない。それもそのはずであろう。さっきの喃々喋々から察すると、女は身動きもできぬほど砂に埋められているらしいのである。

いったい、どんな女なのだろう。さっきの甘ったるいあの作り声は……？

金田一耕助にも多少好奇心がなくもなかったが、すぐそんなことを考えるのもバカバカしくなって、麦わら帽子を顔のうえにのっけると、いつのまにかうとうとしていた。

――それからどのくらいたったのか。あとから考えてみると半時間くらいらしいのだが、金田一耕助は夢のなかで一種異様な叫びを聞いた。ただし、それが男の声だったのか、女の声だったのか、あとから考えてみてもわからなかった。

とにかく、金田一耕助は一種異様な叫びを聞いて、はっと目がさめたのである。と、そのとたん、れいのビーチ・パラソルのむこうから砂をけるような音がして、男がひとりとび出してきた。

金田一耕助の寝ぼけ眼にも、その男が防暑用のヘルメットをかぶり、麻の夏服を着て、きちんと蝶《ちょう》ネクタイをしめているところがうつった。大きなサングラスをかけ、鼻下にひげをたくわえていることもとっさの印象として目にのこった。

しかし、文字どおり、それはとっさの印象でしかなかったのである。

男はすぐに顔をそむけると、あしばやにビーチ・パラソルのそばをはなれ、すぐ海岸の雑踏のなかに姿を消してしまった。

二

おやおや、あの男、どうしたのかな。ひどくあわてていたようだが……。

と、金田一耕助は胸のうちでつぶやきながら、雑踏のなかへ消えてしまったヘルメットの男からその目を例のビーチ・パラソルのほうへうつした。ビーチ・パラソルのなかはあいかわらずしいんとしずまりかえっている。

それは当然のようで、また当然でないような気もするのである。

さっきの叫び声はたしかにそのビーチ・パラソルの中から聞こえてきたような気がする。それが男にしろ（男だったらあのヘルメットの男にちがいない）女にしろ（女だったとしたら砂に埋まっている女だろう）ビーチ・パラソルのなかではもう目がさめていなければならぬはずである。それにしてはあまり静かすぎはしないだろうか、いかに砂に埋まっているにしろ……。

金田一耕助はよほど立ってビーチ・パラソルのむこうをのぞきにいこうかと思った。しかし、それもなんだかおとなげない気がしたので、砂のうえに起きなおったままタバコに火をつけると、ゆっくりそれをくゆらしながら、さっきヘルメットの男の消えた方角をなんとなく目でさがしていた。

時刻は午後の四時過ぎ。

東京から汽車で五時間というこの鏡ガ浦海水浴場は、いま、砂浜も波打ちぎわも、芋を洗うような混雑である。沖にはヨットが無数にうかび、浜辺にはビーチ・パラソルが妍《けん》をきそうて、まるで五色のキノコが花咲いたようである。

金田一耕助はその強烈な色彩に眩惑《げんわく》されたように目をしょぼしょぼさせていたが、そのとき、むこうからヘルメットがひとつぶらぶらこちらへやってくるのに気がついた。

おや、さっきの男がかえってきたかな……？

しかし、そうではなかった。さっきの男は麻の上着をきて、きちんと蝶がたのネクタイをしめていたのに、その男は開襟《かいきん》シャツだけである。しかも、ズボンのひざがたるんだところも、さっきの男ほどスマートではない。それに、サングラスもかけていないし、鼻下にひげもはやしていないようだ。

そのうちにその男の顔かたちがやっと視覚の焦点まではいってきたとき、とつぜん、金田一耕助の顔はにやっとうれしそうに笑みくずれた。

けさホテルの女中にいわれた金田一耕助のいいひと、すなわち警視庁捜査一課の等々力警部なのである。

警部は金田一耕助をさがしているにちがいない。寝そべっている男があると、ひとりひとり顔をのぞきこみながら、しだいにこちらへちかづいてくる。

金田一耕助は警部にたいする懐かしさが急に腹の底からこみあげてきた。と同時に、いたずら心がむらむらと頭をもちあげてくるのを覚えた。どこかへかくれていて、だしぬけにバアとやってやろうか、それとも、水のなかからおいでおいでをしてやろうか……。

しかし、どうせ無精者の耕助にはそんなマメなまねができるはずがない。そこで、できるだけすまして、スパリスパリとタバコの煙を吹いていた。

とうとう警部のほうから金田一耕助のすがたを見つけた。警部も満面笑みくずれながら、

「なあんだ、こんなところにいたんですか」

と、足早にちかづいてくる。

「なあんだとはなんです、失敬な」

「いやあ、あっはっは。でも、さっきからわたしの姿に気がついてたんですか」

「もちろん、だいぶまえから」

「それじゃ、どうして呼んでくれなかったんです。だいぶさがしましたぜ」

「まさか、熊谷《くまがい》じゃあるまいし、おうい、おういと呼べもしないじゃありませんか。だ

いいち、あなたは敦盛《あつもり》って柄じゃない」

「あっはっは。どうしたんです。いやにおかんむりですな」

と、警部は委細かまわず、どっこいしょと大きなおしりを砂のうえにおとす。

「そうですとも。警部さんはずいぶん金田一耕助という男をけいべつしていらっしゃるんですね」

「ほほう、それはまたどうして……？」

「だって、ぼく、さっきから警部さんの一挙手一投足に注目してたんでさあ。警部さん、ぼくをさがしてたんでしょう。ところが、警部さんが注意を払う相手たるや、ひとりぽっちの男に限ってたじゃありませんか。どうしてたまにゃビーチ・パラソルの中やなんかをのぞいてくれないんです。ビーチ・パラソルなんてしゃれたしろもんは、金田一耕助やからにとってははじめっから縁なき衆生だと思いこんでらっしゃるんでしょう」

「いやあ、わっはっは。そうすると、金田一先生にとってもなにかビーチ・パラソル・ロマンスの思い出がおありなんですか」

「大ありでさあ。ただし、悩まされるほうのね。さっきもじつは……」

と、れいの赤地に黄色の水玉模様のビーチ・パラソルのほうへ目を走らせようとしたところへ、むこうからパンツひとつの男が、きょときょとしながら、砂浜づたいにこちらのほうへやってきた。

　その男は金田一耕助のもじゃもじゃ頭に目をとめると、

「なあんだい、ここだったのかあ。すっかり方角を間違えちゃった」

と、ひとりごとをいいながら問題のビーチ・パラソルのなかへはいりこんでいった。

「あれ、カズ子、まだ寝てるのかい。おれな、バカみちゃったよ。これとおんなじビーチ・パラソルがむこうにもひとつあんのさ。しかも、そこに砂を掘った跡があるもんだから、てっきり君が勝手に起きだしてどこかそこらを歩いてんだろうくらいに思って、いい気になって寝ていたら、なんとそれが他人さまのビーチ・パラソルだったじゃないか。とんだ恥かいちゃった。あっはっは。それにしても、君、もう起きろよ。いつまで寝てんだい。みっともねえぜ。いかにいっしょになりたてのホヤホヤだってさ」

大声にしゃべる声がつつぬけに金田一耕助と等々力警部の耳にはいってくる。

等々力警部は思わずにやにやと笑いをかみころしていたが、そのとき、とつぜんビーチ・パラソルのむこうからあわてふためいて砂をかきまわすような気配がきこえてきたかと思うと、

「あっ、カズ子　カズ子……」

と、ちょっと息をのむような気配があって、つぎの瞬間、

「わあっ、ひ、ひとごろしだあ！」

三

金田一耕助と等々力警部は、息をのんで、いま足元によこたわっているそのむごたらしいものを凝視している。ことに、金田一耕助の目は怒りのためにギタギタとぬれたようにかがやいていた。

むりもない。さっきかれの横たわっていたところから三メートルとはなれないところで、もののみごとに殺人が演じられたのだ。金田一耕助の鼻先で、しかも、おそらくかれが見ているそのまえで……。

砂のなかから首だけだして仰向けに寝ているのは、どうわかく踏んでも三十五より下ではないだろうと思われる大年増だった。体つきは砂のなかにあるのでわからない。しかし、砂のなかから出ている顔の化粧からみて、まんざらの素人でないことがうかがわれる。長くひいたまゆ、赤くぬったくちびる、小じわをかくす厚化粧……海岸へきて水へつからない種類の女のひとりである。

女の目はかっと大きく開かれて、下からビーチ・パラソルの水玉模様をにらんでいる。くちびるがすこしねじれて、そこからくろずんだ舌がのぞいている。そして、砂からのぞいた首のまわりには細い真っ赤な絹ひもが食いいるようにまきついているのである。

金田一耕助はまたむらむらとこみあげてくる怒りをおさえることができなかった。

さっき夢うつつにきいた叫び声……あのとき、この女は殺されたのだ。じぶんはこの女の断末魔のうめき声をきいたのだ……。

「ああ、みんな、あんまりそばへよっちゃいかん。それから、だれか医者と警官を呼んできてくれたまえ」

いっときのぼうぜん自失からさめると、等々力警部はさっそくもちまえの職業意識をとりもどした。変事をきいて群がりよってくる野次馬をほどよくさばきながら、そこに立ちすくんでいる男のほうをふりかえった。

「これは君の細君かね」

と、おもわず職業的な調子になったが、すぐ気がついたように、

「失敬、失敬。ぼくは東京の警視庁のものだがね、たまたまここへ遊びにきていたのだ」

警視庁のものと聞くと、男の目にさっとおびえの色がうかんだが、すぐ悄然《しょうぜん》とうなだれて、

「はあ。これ、ぼくの家内です」

「奥さんのほうがだいぶん年上のようだが……ああ、いや、これは失敬。ときに、君、住所は？　この土地のものじゃないだろう」

「はあ、東京から遊びにやってきたんです、家内といっしょに」

「失礼だが、姓名と職業を……」

「名前は野口……野口誠也《せいや》、職業は銀座裏のキャバレー『フラ』のトランペット吹き」

「奥さんの名はカズ子さんというんだね。さっきそう呼んでいたようだが……」

「はあ」

「カズ子のカズは……？」

「昭和の和の字です」

「ああ、そう。で、奥さん、べつに職業は……？」

「いいえ、それが……キャバレー『フラ』のマダムなんです」

　等々力警部は相手の美貌《びぼう》を見直したのち、金田一耕助のほうへすばやい意味ありげな視線を送った。

「ところで、君たち、いつこちらへやってきたの？」

「ゆうべ……今夜もうひと晩泊まって東京へかえるつもりだったんです」

「それでは、この事件のことを聞こう。君は奥さんを砂のなかへ埋めてどこへいってたの」

「はあ、それはこうです」

　と、野口は急に興奮してきたのか、いきいきとした目の色になって、

「カズ子をここへ埋めておいてから、ぼくひと浴びあびにいったんです。いまから一時間ほどまえでした。ぼく、三十分か、いや、もうちょっと海の中にいたでしょう。それで、沖から引き返すときあの松の木……」

　と、砂浜の背後にある松を指さして、

「あれを目標にしてかえってきたんです。いや、目標にしてかえったつもりだったんです。ところが、むこうのほうにもこれとおんなじような松の木があり、それと間違えて

かえってきたんです。ところが、そこにこれとちょうどおなじ赤地に黄色の水玉模様のビーチ・パラソルがあったんです。しかも、パラソルのなかを見ると、だれかを埋めてあったような跡があります。で、ぼく、てっきりカズ子がじぶんでかってに砂からはい出し、そこらを散歩してるんだろうくらいに思って、いい気になってそこに寝ていたんです。ええ、少しうとうとしていたんです。そしたら、ひとに揺り起こされて……気がついたらちがうパラソルだったんです。それでほうほうの体でこちらへかえってきたら、このしまつで……」

四

等々力警部が野口にむかってなお二、三の質問をしているところへ、知らせを聞いて土地の警官があたふたと駆けつけてきた。

警官は野口の口からひととおり話を聞くと、ふしぎそうに金田一耕助と平服の等々力警部のほうを振り返って、

「あなたがたは……？」

「わたしはこういうものだがねえ」

と、等々力警部が警察手帳を出してみせると、わかい土地のおまわりさんははっとしたように姿勢をただして、

「いや、これは失礼いたしました。わたしは山村というものですが、警部さんはなにかこの事件についてこちらへ……？」

「まさか」

と、警部はにこにこしながら、

「こんな事件が起ころうとはゆめにも思っていなかったよ。そうそう、君に紹介しとこう」

と、金田一耕助をふりかえると、

「こちら金田一耕助先生といって、君はしってるかどうか、犯罪捜査にかけては天才的手腕をもっていらっしゃるかただ。わたしもいろいろご助力をいただいていて、まあ、仲よしなんだな」

「はあ……」

と、山村巡査はあっけにとられたような顔色で、金田一耕助の頭のてっぺんから足のつまさきまで見上げ見下ろしたあげく、それでもいとも丁重に頭をさげた。この蚊トンボみたいな脛《すね》をもった小男にそんな手腕があろうとは、とても信じられなかったのかもしれない。

「ところで、この金田一先生がひと月ほどまえからむこうにある望海楼ホテルに滞在していらっしゃるんだ。ぼくは先生のご招待で週末静養にやってきて、いまこの海岸へついたばかりのところで、この事件にぶつかったというわけさ。山村君といったね」

「はあ」

「それじゃ、君、まあ、しっかりやりたまえ」

「それで、警部さんはいつまでご滞在でございますか」

「そうさねえ。今晩ひと晩泊めていただいて、あしたの夕方立つか、それともあしたの晩も泊まってあさっての朝はやくここを立つことになるか……いまのところはっきりしないが、それじゃこれで……」

そのとき等々力警部は、ほんとにこの事件から手をひいて、あとは万事土地の警察にまかせるつもりだったのである。

せっかく週末の静養にきていながら、事件事件で追い立てられてはたまらない。殺人事件といったところで、それに食傷している等々力警部なのである。

金田一耕助も等々力警部のあとについて歩きかけたが、ふと思いだしたように砂のうえに足をとめると、

「ああ、そうそう、山村さん」

「はあ……」

「あとでホテルへいらっしゃいませんか。この事件について、ちょっと参考になることを聞かせてあげられるかもしれない」

「ああ、そうですか。それじゃきっとのちほどお伺いいたします。望海楼ホテルにいらっしゃるんですね」

す」

「ええ、そう。十七号室ですが、フロントで金田一耕助といってくだされればわかりま
「ありがとうございます。それじゃまたのちほど……」

等々力警部はぶらぶら現場から離れると、

「金田一先生」

「はあ」

「あなたこの事件に首をつっこむつもりでいらっしゃるんですか」

「いや、それほどのつもりもないんですが、義を見てせざるは勇なきなりですからね。それに、あの若いおまわりさん、なかなか真摯《しんし》で、好感がもてるじゃありませんか」

等々力警部はわざと意地悪そうにジロリと金田一耕助の顔を見ながら、

「あきれたもんだ」

と吐き出すように、

「それにしても、金田一さん、あなたなにかこの事件についてご存じのことがおありなんですか」

「そりゃあね、警部さん、あなたがおみえになるまで、ぼくはあそこで一時間あまりねばっていて、さんざんマダム・カズ子の甘ったるい作り声に悩まされていたんですからね」

「いや、もうあきれ返ったもんですね」

「なにが……？」

「人間至るところ青山ありというが、これじゃまるで金田一先生のいらっしゃるところ必ず犯罪ありというみたいじゃありませんか」

「おっしゃいましたね、警部さん。ひと聞きの悪いことといわんでくださいよ。それ、案外警部さんのことじゃありませんか」

「とんでもない。わたしはいたって後生のいいほうですよ。あなたみたいに前世でそんなに罪をつくっていませんからね。あっはっは」

とにかく仲のよいふたりなのである。それに、東京をはなれて避暑地へきているという気安さから、ついふたりとも口が軽くなる。冗談口をたたきながら、現場のビーチ・パラソルからおよそ二百メートルほどきたときである。

「ああ、あれですね」

と、金田一耕助が足をとめたので、

「え、なんのこと？」

と、等々力警部もつられたように立ちどまった。

「いや、野口誠也君がさっき間違えて目標にしたという松……」

「ああ、なるほど」

野口誠也がまちがえたのもむりはない。むこうのビーチ・パラソルの背後にある松とそっくりおなじかっこうをした松が、ビーチ・パラソルがいちめんに花をひらいた海岸の背後にそびえている。

　等々力警部はそのビーチ・パラソルのなかを目でさがしていたが、

「ああ、金田一さん、あれじゃありませんか。ほら、真っ赤な地にあらい黄色の水玉模様のビーチ・パラソル……」

「ああ、なるほど。野口青年がまちがえてはいりこんでいたというやつですね」

「ちょっとのぞいてみましょうか」

「あっはっは、警部さん、あなたこそいやに商売気を出すじゃありませんか」

「いや、まあね、義を見てせざるは勇なきなりですからな。あっはっは」

　そのビーチ・パラソルも、むこうにある野口のビーチ・パラソルとおなじように、傘《かさ》のふちを砂のうえにおくようにななめに立てかけてあるので、水打ち際のほうへまわらなければ傘のなかは見えなかった。

　等々力警部と金田一耕助は浜辺をぐるりとまわりみちをして、パラソルのなかをのぞいてみると、水着姿の女がふたり砂のうえに腹ばいになっている。

　どちらも二十二、三という年ごろだが、水着姿だからちょっと見ただけではどういう種類の女なのかわかりようはない。しかし、水商売の女ではなく、どっかオフィス・ガールというかんじだったが、ひとりのほうはなかなかの美人である。

「警部さん、ほら、ごらんなさい」

「え？　なに？」

「いや、さっき野口君もいってたとおり、あそこに砂埋めにした跡がありますよ」

「ああ、なるほど。それじゃちょっとあの連中に会って、さっき野口のいってたことについてたしかめてみましょうか」

「あっはっは、いよいよ商売気をお出しになりましたね。しかし、まあ、およしなさい」

「どうして？」

「ほら、むこうから山村巡査が野口君をつれてやってきますよ。田舎のおまわりさんだってぬかりはない。まあ、万事山村君にまかせておきになるんですね」

山村巡査は野口をつれて問題のビーチ・パラソルへやってくると、ふたりの女に声をかけた。

あの殺人騒ぎもまだこのへんまでは聞こえていないとみえて、のんきに砂のうえに寝そべっていたふたりの若い女は、おまわりさんに声をかけられて、びっくりしたように立ちあがった。

山村巡査はそのふたりをつかまえて野口のことを尋ねていたが、それにたいしてふたりの女の答えるところはどうやら野口青年の言葉を裏書きしているらしい。

「警部さん、いきましょう。どうせ今夜山村君が訪ねてくるでしょうから、そのときくわしい話をきかせてもらおうじゃありませんか」

「ああ、そう」

　ふたりが足を踏みだしたときである。

「あら、早苗さん、むこうから川崎さんがいらしたわ」

　と、若い女の声がきこえて、

「川崎さあん。ここよ、ここよ。あなたどうなすって？　ずいぶん遅かったじゃない？」

　と、ビーチ・パラソルのなかから手をふっているのは、きわだって美しいほうの女である。

　金田一耕助はなにげなく女の手をふっているほうへ目を走らせたが、そのとたん、おもわずギクッと息をのみこんだ。

　むこうからにこにこと手をふりながらやってくるのは、白麻の背広に蝶ネクタイをしめ、防暑用のヘルメット、大きなサングラスをかけて、鼻下に手入れのいきとどいたひげをはやした男である。

　金田一耕助はおもわず五本の指でバリバリ、ガリガリと、頭のうえのスズメの巣をかきまわしはじめた。これが興奮したときのこの男のくせであることは、諸君もすでにご存じであろう。

二人の目撃者

一

その夜、山村巡査の案内で望海楼ホテルへ等々力警部と金田一耕助を訪ねてきたのは、この事件の捜査主任、坂口警部補であった。

山村巡査とちがって坂口警部補は金田一耕助の名前をしっており、したがって大いに好奇心をもやしてきたらしかった。

あいさつがあったのち、

「ときに、金田一先生、あなた今度の事件についてなにかご存じだそうですが、それはどういうことなんでございましょうか」

と、言葉つきこそ慇懃丁重《いんぎんていちょう》だったが、そう切り出した警部補の口ぶりには、たぶんに相手を試すようなところがあった。

「ああ、そのこと……いや、それをお話しするまえに山村さんにお伺いしたいんですが、野口がまちがえてはいりこんだビーチ・パラソルですね、あのビーチ・パラソルのぬしはわかいふたりの女のようでしたが、あれはどういう連中なんですか」

「ああ、あれ……あれ、ちょっと妙なんです」

といいかけたが、山村巡査は坂口警部補に気がねしたのか、

「それについては主任さんに報告しておきましたから……主任さん、あなたからどうぞ」

「いや、いいから君から話したまえ。また聞きよりも直接のほうがいいだろう」

「はっ」

と、山村巡査はポケットから手帳を取り出すと、ちょっと緊張の面持ちで、

「ふたりのうちのひとりは川崎早苗といって、そうとう金持ちの娘らしいんです」

「ああ、あの娘、川崎というんですか」

と、金田一耕助は聞きかえす。

きょう昼間、ふたりのうちの美人のほうが、ああ、むこうから川崎さんがやってきたと、ヘルメットの男にむかって呼びかけていたのを思いだしたからである。しかも、いま金田一耕助が深甚《しんじん》な興味をよせているのは、そのヘルメットの男なのだ。

「ええ。それがなにか……？」

「いや、いいです、いいです。あとをおつづけになってください」

「はあ……」

と、山村巡査はちょっとさぐるように金田一耕助の顔を見ていたが、促されるままに、

「で、その川崎早苗という娘がこの土地に別荘を借りて女中とふたりでやってきてるん

です。ふたりといっても、東京からかわるがわる友達がやってくるので、そう寂しくはないわけですね。そこで、もうひとりの女というのがそういう友達のひとりで、このほうは職業婦人なんです。名前を武井清子といって、学生時代川崎早苗と同級だった関係でいまでもつきあいがあり、まえにも二、三度、週末の休暇を利用して遊びにきてるんです」

「なるほど」

「さて、問題の野口の供述ですが、ビーチ・パラソルをまちがえてあそこでうたた寝をしていたというのは間違いないようです。早苗も清子も海からあがってくるとしらぬ男がうたた寝をしているので起こしたら、さんざんあやまって出ていった。そして、そのひとはたしかにこのひとにちがいないと、野口をさしていうんです。ところが……」

「ああ、ちょっと」

と、金田一耕助がさえぎって、

「あのよく似たふたつのビーチ・パラソルですが、あれは各自じぶんのものなんですか、川崎と野口の……」

「いや、川崎のはじぶんのものです。野口のは貸しボート屋から借りたものなんだそうで」

「なるほど。それからもうひとつ……川崎のビーチ・パラソルの中にもだれかを埋めたような跡がありましたが、あれはだれを……?」

「さあ、そこまでは……」

と、山村巡査も坂口警部補もちょっとびっくりしたような顔色だった。

「なにか、それが……？」

「いや、なに、いいです、いいです。べつに大したことではありません。それより、山村さん、あなたの妙だとおっしゃるのは……？」

「それはこうなんです。われわれ……わたしが早苗や清子と話しているところへ、早苗の兄の慎吾という男が、いま東京から着いたといってやってきたんです。慎吾はむろん関係がないので、ただわれわれの話を聞いていました。ところが、あとで野口がいうのに、その男を野口はしってるというのです」

「しってるって……？」

と、金田一耕助の顔もちょっと緊張する。

「そうなんです。川崎慎吾という男はキャバレー『フラ』の常連だった。いや、常連だったのみならず、マダムの和子にそうとうしつこくいいよっていた男だというんです」

金田一耕助はおもわず口笛を吹きそうになり、等々力警部も目を光らせる。

「それで、川崎のほうでは野口をしらないの？」

と、等々力警部がはじめて口をはさんだ。

「はあ、気がつかぬふうでした。ほんとにしらないのか、しっていて気がつかぬふりをしていたのか、そこまではわかりませんが……」

「ところで、金田一先生、あなたのご存じだとおっしゃることは……？」

と、坂口警部補がもどかしそうにそばから尋ねる。

金田一耕助はちょっとためらいを感じずにはいられなかった。これを話すと、川崎慎吾という男にたいする嫌疑《けんぎ》は決定的になるであろう。しかし、いわずにすませることでもなかった。

そこで、かれは、きょう昼間、野口のビーチ・パラソルの外で見聞したいちぶしじゅうを話してきかせた。

女の甘ったれた作り声に悩まされた顚末《てんまつ》から、異様な叫び声にうたた寝の夢を破られたこと、そして、そのとき逃げるように野口のビーチ・パラソルからとび出していった男の人相風体を語ってきかせると、坂口警部補と山村巡査は、俄然《がぜん》、緊張を通り越して興奮状態におちいった。

「それだ、それだ。主任さん、それじゃ、あの川崎というやつがやったにちがいありませんぜ。そういやあ、川崎のやつ、いま東京から着いたばかりだといっていましたが、駅からまっすぐ浜へきたにしちゃ少し時間がおかしいと思っていたんです」

「そうすると、金田一先生、こういうことになるんじゃないでしょうか」

と、坂口警部補も興奮に目をぎらつかせ、

「つまり、川崎のほうでもやっぱりビーチ・パラソルをまちがえて野口のほうへいったのじゃないか。すると、そこに女がひとり砂埋めになっていて、顔に帽子をのっけている……これは野口の供述によるんですが、野口はビーチ・パラソルから出ていくまえに、女の顔に麦わら帽をかぶせてやったといっているんです……で、その帽子をなにげなくとってみると、これが思いがけなくじぶんのほれてるマダムだった。そこで、恋のかなわぬ意趣晴らしとばかりに……」

「しかし……」

と、等々力警部はまゆをひそめて、

「人間てそう単純に人殺しをするもんじゃないだろう」

「それに、坂口さん、あの絹ひものこともありますからね。犯人ははじめから殺意をもってやってきたんでしょうね」

「ところで、金田一さん、あなたの目撃なすったのは、たしかに川崎にちがいありませんか」

「ところが、警部さん、それをいま申し上げようと思っていたんですが、その点についちゃ確信がないんです。川崎という男にも昼間浜であいましたが、あの男だったとハッキリいいきる自信はありません。ただ、ぼくにいえることは、防暑用のヘルメットと麻の白服に蝶ネクタイ、サングラスに鼻下のひげ……と、ただそれだけのせつなの印象しかないんです」

しかし、それだけで十分じゃないかと、坂口警部補と山村巡査は目を見かわした。

金田一耕助の目撃談によって、事件は急展開をしたらしかった。

その夜のうちに川崎慎吾が挙げられたという話を聞いて、金田一耕助もあんまり寝覚めがよくなかった。

かれの目撃したヘルメットの男が川崎慎吾だったというハッキリとした認識がなかっただけに、よしないことをいい出して無辜《むこ》の人物に迷惑をかけたのではないかという自責の念も弱くなかった。

それだけに、その夜の金田一耕助の夢見はよくなかった。ひと晩じゅう、かれはマダムの甘ったたれた作り声に悩まされつづけた。虫酸の走るような甘ったたれた裏声が、耳についで離れなかった。

二

その翌日は日曜日で、鏡ガ浦のにぎわいはきのうにもまさる勢いで、海上も砂浜も文字どおり人で埋まってしまったといってもいいすぎではあるまい。

午後、金田一耕助は等々力警部に促されて浜へいったが、もとより運動神経の点においては遠く警部におよぶところではない。かれはぼんやり砂浜で甲らを干しながら、警部の練達な水泳ぶりを見ているばかりだった。もっとも、等々力警部の泳ぎというのも、ちかごろの海水浴場ではあんまり自慢にならない。

「なにしろ、わたしどもの学生時代には、クロールなんてあんまりはやらなかったんでね」

と、等々力警部もおもわず年のしれそうな述懐をもらしたが、金田一耕助はいつものようにそれをからかう気にもなれなかった。

「どうしたんです。いやに元気がないじゃありませんか」

「そう見えますか」

「ゆうべの目撃談を気にしてるんじゃないんですか。そんなに気になるんなら、どうです、ごじぶんで乗り出してごらんになっちゃ……」

といってから、等々力警部はあわててそれを打ち消して、

「まあいいですよ。警察にまかせておきなさい。田舎の警察だって、そう盲ばかりじゃないでしょう。川崎という男が無実なら無実で、そのあかしは立ててるでしょう」

その日の夕方、坂口警部補がまた山村巡査をつれてやってきた。

「やあ、金田一先生、ありがとうございました」

と、警部補は喜色満面という顔色で、

「おかげで事件も一挙解決でさあ」

「それじゃ、川崎という男が自供したんですか」

と、金田一耕助もぎょっとした顔色になった。

「いや、犯行はまだ自供していません。しかし、あのビーチ・パラソルへ迷いこんだと

いうことは認めたんです。もっとも、こちらのほうにたしかな目撃者があるんだぞということをほのめかしたので、やむなくどろを吐いたんですがね」

「それじゃ、もう十中八九間違いはあるまいね」

と、等々力警部も安心したような顔色だったが、金田一耕助はなんだか片付かぬ面持ちで、

「それで、川崎はなんといってるんですか。ひとつ、あの男のいったとおり、ここでおっしゃってくださいませんか」

「承知しました。あの男のいいぶんによるとこうなんです。駅を出ると、あの男はまっすぐにあのビーチ・パラソルへいったというんですね。というのは、妹……つまり、早苗という娘は、いつもあの場所にビーチ・パラソルを張ることにきめているんだそうです。しかも、模様もおなじビーチ・パラソル、てっきりじぶんのうちのものだとばかり思っていた。ところが、そこにだれか砂埋めになっている。顔はストロー・ハットをかぶせてあるので見えなかったが、砂からはみ出している左手のふとりかたからいっても、指にはめてる指輪からいっても、早苗ではもちろんないし、友達の武井清子でもなさそうだ。それでは、ぜんぜんじぶんのしらぬ早苗の新しいお友達かしら。それじゃ、寝てるのを起こすのも失礼だが……と、あたりを見まわしているうちに、ビーチ・パラソルに縫いつけてある『ちどり屋』……というのが貸しボート屋なんですが……そのマークに気がついた。そこではじめて、パラソルちがいだったということに気がついて、あわ

ててそこをとび出した。そして、さんざん浜辺をさがしまわったあげく、やっとじぶんのビーチ・パラソルをさがしあてた……と、こういうんですがね。どうもこりゃあね」

「すると、川崎という男は、ストロー・ハットの下の顔は見なかったというんですね」

「ええ、そうです、そうです。だから、あれが『フラ』のマダムだったとは夢にもしらなかったし、またその女が殺されているとはぜんぜん気がつかなかったというんです」

「ところで……」

　と、金田一耕助はぼんやり頭をかきまわしながら、

「早苗という娘はいつもあの場所へビーチ・パラソルを張るときめているというのに、場所をなぜまたきのうにかぎってかえたんでしょうねえ」

「さあ。それは……」

　と、坂口警部補もちょっとつまって、

「この場合、そんなことが必要でしょうか」

「さあ。なにか気になるもんですから……」

「ところがねえ、金田一先生」

　と、警部補は金田一耕助のその心配も吹きとばすような勢いこんだ調子で、

「先生は、先生の目撃した人物が川崎であったかどうか、そこに確信がおありじゃないので、そう心配なさるんでしょうが、ここにもうひとり目撃者がいるんですよ。川崎がビーチ・パラソルからとびだしてきたところを見たものが……しかも、その男は川崎慎

吾としっていて、たしかに川崎のだんなが人殺しのあったビーチ・パラソルからとび出してきたと、むこうから届け出てくれたんです」

「それはどういう男ですか」

「この町の肉屋の店員で、加藤という男なんですが、川崎家の出入りで、慎吾という男をよくしっているんですね。その男が、川崎のだんながあのビーチ・パラソルからとび出して岬《みさき》のほうへいくのを見たと、じぶんのほうから届け出てくれたんです」

「な、な、なんですって？」

とつぜん、金田一耕助がびくっとしたように体をふるわせた。

「岬のほうへいったんですって？　み、岬といえば、問題のビーチ・パラソルからみると西の方角になりますね。ねえ、そうじゃありませんか」

「ええ、そうです、そうです。しかし、それがなにか……？」

「それじゃ、肉屋の加藤君が目撃した人物と、ぼくの見たヘルメットの男とはちがっている！」

「な、な、なんですって？」

と、こんどは坂口警部補のほうが驚くばんだった。

「金田一先生、それはまたどういうわけですか」

「だって、ぼくの見たヘルメットの人物は、ビーチ・パラソルからとび出すと、岬とははんたいの方角、すなわち東のほうへ消えていったんです」

「金田一先生、それ、ほんとうですか」

と、金田一耕助の顔をのぞきこむ坂口警部補の目つきには、なんとなくうさん臭そうな色が光っている。

「いや、ぜったいにまちがいありません。ぼくがそのほうを見送っているところへ、おなじ方角から警部さんが、やはりおなじヘルメット姿でやってこられたんです。だから、ぼく、はじめはちょっとビーチ・パラソルから出ていった男がまた引き返してきたのかと思ったくらいですからね」

「そうすると、金田一さん、ヘルメットの男がふたりいるというわけですか」

「そうですねえ。おなじ男が二度ビーチ・パラソルへ出たりはいったりしたのでないとすると、そういうことになりそうですねえ」

金田一耕助の考えぶかそうな顔を見て、等々力警部がそばから坂口警部補に注意した。

「坂口君、こりゃもういちど調査しなおしたほうがいいのじゃないか。念には念をいれよということがあるからね」

三

坂口警部補と山村巡査がかえっていったあとで、金田一耕助と等々力警部は食堂へ出ると、ふたりでビールを三本飲んで食事にした。

等々力警部は酒豪のほうだが、金田一耕助はビール一本がちょうどよいところである。

食事のあと、ふたりはバルコニーへ籐《とう》イスを持ちだすと、酒にほてったほおを快く海岸の涼風になぶらせていたが、

「ときに、警部さん」

と、とつぜん、金田一耕助がいたずらっぽく目をしわしわさせながら声をかけた。

「はあ」

「あなたいやに落ち着いていらっしゃいますけれど、今夜東京へおかえりになるご予定じゃなかったんですか」

「いや、ところがねえ、金田一さん」

と、等々力警部もひとを食ったようににやにやしながら、

「わたしゃどういうものかこの鏡ガ浦というところがすっかり気にいってしまいましてな。ぜひともうひと晩お世話になりたいと思ってるんです」

「それはそれは……そうおっしゃられると、ご招待申し上げた金田一耕助としても、これ以上の面目はございませんな」

「いや、まったく」

と、等々力警部はなにに感じいったのか、太い猪首《いくび》を張り子のトラのようにふりながら、

「わたしもいろいろひとさまからご招待にあずかったことがありますが、こんどのよう

にご親切なご招待にあずかったのははじめてでございますな」

「とおっしゃいますと……？」

「なにせ、白昼、衆人環視のなかの殺人事件てえお景物までお添えくだすったですからね。こいつはいちばんもうひと晩ねばってでも、金田一先生のお手並み拝見といかなきゃ、先祖のルコック探偵《たんてい》に申し訳ございませんからね」

「こん畜生！　おっしゃいましたね」

「あっはっは」

と、等々力警部が腹をかかえて笑っているところへ、坂口警部補がボーイに案内されてやってきた。

「ああ、坂口君か。君ひとり……？」

「はあ、わたしひとりですが……なにか……」

「いや、山村君はどうしたんだい」

「山村もおっつけあとからまいりましょうが、あの男がどうかしましたか」

「いやね、金田一先生は山村巡査がお気に召したらしいんだ。あの男の真摯で実直なお人柄がな。それで、ひとつこの事件に力こぶをいれてみようという気におなりなすったんだね。だから、あの男がくるとこないとでは先生の気のいれかたがおのずからちがってくると思うんだがね」

「それはそれは……」

坂口警部補はなんと返事をしてよいものか困ったように、手持ちぶさたでそこに立っている。

金田一耕助はいささかてれぎみで、

「坂口さん、冗談ですよ。警部さん、お神酒《みき》がはいったので浮かされていらっしゃるとみえる。それじゃここではなんですから、わたしの部屋へいきましょう」

金田一耕助の部屋は二階の北側にめんした洋風のふた間で、夏場としてはいちばん上等の部屋である。トイレもバスも部屋に付属していた。

金田一耕助はボーイに命じてつめたい飲み物を取りよせると、

「ところで、坂口さん、その後の模様は……？」

「いや、それがねえ、金田一先生、肉屋の加藤の証言にはまちがいはなさそうなんです。かれが見た川崎慎吾は、ビーチ・パラソルからとびだしてビーチ・パラソルを出るとまっすぐに岬のほうへいったというんです。ビーチ・パラソルからとびだしてきたときはひどくあわてたようすだったが、それからあたりを見まわしながら、いそぎ足で岬のほうへいったというんです」

「それで、そのことについて川崎という男に当たってみたかね」

「はあ、それはもちろん」

「で、川崎はどういってるんだね」

「いや、川崎じしんもあのパラソルを出ると岬のほうへ妹たちを探しにいったといっているんですがね。それから、パラソルをとびだしたとき、あわてたふうにみえたのは当然だろう、じっさい、まちがったパラソルへはいりこんだんだから、あわてるのはあたりまえじゃないかとうそぶいているんです」

「川崎という男は、そこに砂埋めになっている女の麦わら帽はとってみなかったんですね」

「はあ、金田一先生、その点についてももういちど念をおしてみましたが、パラソルをまちがえたと気がついた以上、そんな失礼なまねができるはずがないじゃないかといきまいているんです」

「すると、川崎はそこに砂埋めになっている女がキャバレー『フラ』のマダム和子とは気づかずに、ビーチ・パラソルをとびだしたわけですね」

「じぶんではそういってます。第一、あのマダムがこの海岸へきていることすらしらなかったといってるんです」

「ところで、どうでしょう。ふつう砂埋めになってる人間が、顔のうえに帽子をかぶせられて視界をさえぎられているような場合、だれかがそばへやってくると、だあれとか、あなた……？　とか声をかけそうに思うんですが、そのときマダムは川崎にむかって声をかけるとかなんとか……？」

「いや、それもわたし聞いてみました。ところが、砂に埋められた女は、声をかけるどころか、身動きひとつしなかった。だから、てっきり眠っているんだろうと思っているうちに、パラソルのまちがいに気がついたというんです」

「いったい、その川崎慎吾という男はどういう男なんだね。東京のほうへ照会してみたんだろうねえ」

「はあ、その照会にたいする返事がついさっきあったんですが、川南商会という商事会社の専務をしているんですね。その川南商会というのは、慎吾、早苗きょうだいのおやじと、おやじの親友の南田という男が合資でつくりあげた会社で、H製作かなんかの子会社だそうです。それで、おやじの死後専務のイスについてるんだそうですが、本人のくちぶりによると、そうとうの道楽もんらしいんですね」

「道楽者というと、殺されたカズ子ともなにか関係が……？」

「いや、その点について追及してみたんです。すると、本人が笑いながらいうのに、そりゃなるほど二、三度どこかへ遊びにいかないかと誘ったことはある。しかし、どうしてもじぶんのものにしなきゃならぬというほどの執心でもなし、うまく話に乗ってくればもうけものというていどだから、それを体よく断られたからっていちいち殺してちゃ、いままでなんにん女を殺していたかしれやあしないって笑ってるんです」

「なるほど」

と、等々力警部は苦笑して、

「それで、女房子供はあるんだろうねえ。見たところもう三十二、三だが……」

「はあ、細君とのあいだに子供がふたりあるそうです。おやじは一昨年死んだそうですが、おふくろはまだ元気で、妹の早苗やなんかといっしょに暮らしてるんです。なんでも自宅は成城にあるそうです」

「しかし、細君や子供があるものが、なんだってじぶんひとりでこんなところへやってきたんでしょう」

「さあ、それです。その点も突っこんで尋ねてみたんですが、どうやら武井清子という女ですね、あれにおぼしめしがあるんじゃないかと思うんですよ。げんに、川崎家の別荘は軽井沢にあって、おふくろや女房子供はそっちのほうへいってるそうですからね」

「その清子というのは早苗の学校友達だとか……」

「はあ、K大学でいっしょだったそうです。早苗の口ききで川南商会へ勤めてるんですよ」

「なんだ。それじゃ慎吾の会社に勤めてるのかい」

「そうです、そうです。あのとおりきれいな娘ですからね、ネコにかつお節もおんなじことだとお思いになりませんか」

「なるほどねえ」

　等々力警部は猪首をふってしきりに感心していたが、坂口警部補は金田一耕助のほうへ身を乗りだして、

「ねえ、金田一先生、先生のお考えではどうなんです。やっぱりヘルメットの男はふたりいるんですか。わたしゃどうもひとりじゃないかと思うんですが……」

「ああ、そう。それじゃ、坂口さん、あなたのお考えというのをまず聞かせてくださ

い」

「はあ」

と、こうして開きなおって聞かれると坂口警部補もちょっと鼻白んだが、

「じつは、肉屋の加藤にしろ、金田一先生にしろ、ヘルメットの男をごらんになった時刻というのがもうひとつ正確でないのでわたしも困るんですが、これはこうじゃないかと思うんです。金田一先生が眠っていらっしゃるあいだに、川崎慎吾がやってきた。そして、そこに眠っているのが『フラ』のマダムだと気がついて、びっくりしてそこをとびだすと、いったん岬のほうへ立ち去ったが、考えてみるといまこそ絶好のチャンスというわけで引き返してきて……」

「絞め殺したとおっしゃるんですね」

「はあ」

「しかし、そうすると、被害者の首にまきついていた絹ひもですがね、川崎慎吾は岬のほうをさまようているうちに、あの絹ひもをどこかで手にいれてきたということになりますね。あれはふつう男が身につけているようなしろものじゃありませんから」

「あの絹ひもは被害者のものじゃないでしょうかねえ。それがあのビーチ・パラソルのなかにあったので、そいつをうまく利用した……」

「なるほど。しかし、それなら野口に聞けばわかることですね」

「はあ」

「ときに、早苗がビーチ・パラソルを張る場所をいつもとちがった場所を選んだというのは……？」

「ああ、それなら山村が調べているはずですが、まもなくここへやってくるでしょう」

その山村巡査はそれから半時間ほどしてやってきたが、かれの報告によるとこうである。

「早苗がいつもの場所とちがったところへビーチ・パラソルを張ったというのは、いつもの場所に先客があったからだそうです。しかも、それがおなじ模様のビーチ・パラソルときている。それじゃまぎらわしいというので、ずっと離れたきのうの場所へ張ったんだそうです」

「なるほど。しかし、それで早苗がきのうの場所を選定したんですか」

「いや、それは武井清子だそうです。清子がこのへんでいいじゃないかというので、あそこへビーチ・パラソルを立てたというのです。それから、あのビーチ・パラソルのなかで砂埋めになっていたのも清子だそうで、清子がみずから穴を掘って、埋めてくれというので、早苗が埋めてやったそうですが……」

金田一耕助は急にイスから立ち上がった。そして、びっくりしている坂口警部補と山村巡査に目もくれず、なにか考えこみながら、部屋のなかを行きつもどりつ歩きはじめる。等々力警部はなれているので、びっくりしているふたりを目で制しながら、金田一耕助を見守っている。

金田一耕助は悩ましげな目をして、しばらく部屋のなかを歩きまわっていたが、やがてふとその足をとめると、坂口警部補のほうをふりかえった。

「坂口さん」

「はあ」

「これはひょっとするとむだ骨になるかもしれません。しかし、いちおう手をつけてみる価値はあると思うんです。きのう事件があってからいままでのあいだに、この鏡ガ浦の駅から発送された荷物を、ひとつ調べてみてくれませんか。だれがどこへどういうものを送ったか、控えがとってあるでしょう。その控えの写しがほしいのですが……ただし、これは駅員以外にはだれにもしれないように……」

坂口警部補と山村巡査はびっくりして、さぐるような目で金田一耕助の顔をみていたが、

「坂口君、さっそく金田一さんのおっしゃるようにしてみたまえ」

と、そばから等々力警部の注意をうけて、

「承知しました。それくらいのことなら半時間もあれば用がたせましょう。控えの写しができたら、ここへ持ってまいりましょうか」

「はあ、ご面倒でもそう願えたら……」

それから五十分ののち、坂口警部補は鏡ガ浦駅からの小荷物発送伝票の写しをもってひきかえしてきた。

金田一耕助はひととおりその写しに目をとおすと、

「坂口さん」

「はあ」

「ここに武井清子がボストンバッグをひとつ両国駅止めで発送しておりますね。受け付けがきのうの午後六時になっておりますが、もうそのボストンバッグは両国へついているでしょうねえ」

「はあ、それはもうとっくに着いておりましょう」

「それで、武井清子はまだこちらに……？」

「はあ、それは川崎慎吾が拘引されているので、まだこちらにとどまっていますが……」

「それじゃ、いささか非合法的かもしれませんが、至急東京へお電話なすって、両国駅止めになっている武井清子のボストンバッグのなかみをお調べになったらいかがですか」

「金田一先生！」

と、山村巡査が目をみはって、

「武井清子がなにか……？」

「山村さん、すこし偶然が多過ぎるとお思いになりませんか」

「偶然が多過ぎるとは……？」

「いや、いつも早苗がビーチ・パラソルを立てる場所を、野口がさきに占領した。しかも、そのパラソルが早苗のとぜんぜんおなじ模様であった。そこで、早苗と武井清子はべつの場所をさがしたが、武井清子の選んだ場所というのが、野口が占領している場所の背後にある松の木とおなじようなかっこうをした松の木のまえであった。さらに、早苗のビーチ・パラソルのなかには、キャバレー『フラ』のマダムを砂埋めにしたとおなじような跡があったが、それは武井清子がみずから掘って砂埋めになったものであった……と、これでは偶然がすこし多過ぎるとお思いになりませんか」

「金田一先生！」

と、話をきいているうちにしだいに興奮してきた坂口警部補は、おもわず息をせきこんで、

「それじゃ、武井清子がこの事件になにか関係しているとおっしゃるんですか」

「坂口さん」

「はあ」

「ボストンバッグなんてものは、それほど荷になるしろものじゃありませんね。かえるときじぶんで提げていってもよさそうなものを、なぜまたひと足さきに送りだしたんでしょう。そこになにか意味がありそうじゃありませんか」

「坂口君」

と、そばから等々力警部が言葉をはさんで、

「金田一先生にはもうそのボストンバッグのなかになにがはいっているのかわかっていらっしゃるんだ。しかし、決定的な線が出るまでは、この先生ぜったいにおっしゃらないかただ。とにかく、先生のご注意にしたがって、いま両国駅にある武井清子のボストンバッグを調べてみたまえ」

四

「で、そのボストンバッグのなかからなにが出てきたとお思いになります？」

と、金田一耕助はいたずらっぽい目を、この事件簿の記録者なる筆者にむけた。

いつものとおり、緑ガ丘町緑ガ丘荘にある金田一耕助のフラットの、居心地のよい書斎でむかいあっているふたりなのである。

「いったいなにが出てきたんです」

「白麻の夏服一着とワイシャツに蝶ネクタイ。防暑用のヘルメットとサングラス。それからもうひとつ面白いものが出てきましたよ」

「面白いものってなんです」

「つけひげなんです。あっはっは。ヘルメットや夏服だけならば、清子にもなんとかいい抜けができたでしょうが、つけひげとはねえ」

筆者はおもわず目をみはって、

「それじゃ、いったい犯人は……？」

「むろん野口ですよ。和子の財産めあての犯罪で、しかも、その罪を川崎慎吾におっかぶせようというわけです。手のこんだといえば手のこんだ、間が抜けたといえば間の抜けた犯罪でしたねえ」

「というと、それ、いったいどういうことになるんですか。ひとつはじめから順序を追って話してください」

「あっはっは、つまりこうなんです。和子をのこして海へとびこんだ野口は、岬のほうへ泳いでいって、岩の穴のなかにかくしておいたボストンバッグのなかの衣類その他で川崎慎吾に変装して、じぶんのビーチ・パラソルへ引き返してきた」

「ああ、なるほど。そして、そこでマダムを絞め殺したんですね」

「いや、まあ、待ってください。そこでわざと変な声を立てて、ビーチ・パラソルのすぐ外でうたた寝をしている間抜けづらをした男……すなわちこのぼくですね、そのぼくの目をさまして、大いに注意を喚起しておいて、わざと岬から反対のほうへ逃げ、それからまもなく裸になって岬へひきかえし、ボストンバッグのなかへ変装用具をいっさい詰めておいた。それをあとから共犯者の武井清子が取りにいって駅から発送しておいたんですね」

「そうすると、武井清子と野口はなにか関係があったんですか」

「そうです、そうです。清子の告白によると、彼女は川崎慎吾に処女をうばわれたんだそうです。川崎という男は、女房子もあり、なかなか子煩悩《こぼんのう》な男なんだそうですが、うまれながらの御曹子《おんぞうし》で、あちこち女出入りがたえない男だったんですね。それはともかく、川崎は清子をつれて二、三度キャバレー『フラ』へも出かけているんです。そのうちにマダムの和子に目をつけて、二、三度箱根かなんかへ連れ出したこともあるそうです。野口にしちゃおもしろくありませんや。そこで、そのしっぺ返しというわけで、川崎の愛人清子を口説いてじぶんのものにしたってわけです」

「ああ、なるほど。恋愛合戦というわけですね」

「そうです、そうです。野口というのが色男で、そうとうのドン・ファンなんですね。そこで、清子と関係が出来るとじゃまになるのがマダムの和子、それを殺害するのに清子が片棒かついだというわけです」

「なるほど、わかりました。しかも、その罪を川崎におっかぶせようというのは、清子としてみればじぶんの処女をうばった男にたいする復讐心《ふくしゅうしん》もてつだっていたわけですか」

「まあ、そういうところでしょうねえ。こうしてふたりが計画をねりにねったわけですが、ここにふたりに誤算があったというのは、川崎がほんとうに間違って野口のビーチ・パラソルへいったということですね。しかも、それを川崎をよくしっている肉屋の店員が目撃していたということ……だから、あのとき肉屋の加藤君の証言と、ぼくじしんの目撃したところの事実とのあいだに食いちがいがなかったら、ぼくじしんもじぶんの見たヘルメットの男をあっさり川崎と思いあやまったかもしれないんです。それともうひとつ……」

「それと、もうひとつ……?」

「ビーチ・パラソルのなかから聞こえていたあの甘い虫酸の走るような女の作り声……」

「作り声がどうかしたんですか」

金田一耕助はいよいよいたずらっぽい目つきになって、

「あれは女の甘える作り声じゃなかった。男が女の声色をつかう裏声じゃなかったかと気がついたんです」

「な、な、なんですって、それじゃ、マダムが殺されたのは……?」

「そうなんです。そのときすでに女は殺されていたんです。それを野口が一人二役で声色を使っていたんですね。ということは、ビーチ・パラソルの外にいる間抜けづらをした男を後日の証人として役立てようというわけですが、あにはからんや、その間抜けづらをした男がこの金田一耕助だったというわけです。あっはっは!」

金田一耕助はいたずらっぽい目をくりくりさせながら、さもおかしそうに声をあげて笑った。

鞄《カバン》の中の女

人形の殺人

一

「ああ、もしもし……金田一先生のおたくでいらっしゃいましょうか……ああ、先生でいらっしゃいますか。どうも失礼申し上げました……はあ、あの、いいえ、こちら、まだ先生にお目にかかったことはないものでございますけれど……はあ、あの、それはかようでございますの……先生、きのうの夕刊をごらんになりまして……？　はあ、あの、ほんの小さな記事でございましたけれど……ほら、あの、街を走ってる自動車の後尾トランクから、女の脚がのぞいてたっていう……ええ、ええ、さようでございます……つまり、それで、それを目撃したひとのとどけによって、警視庁でも緊張して、全都に手配りをした……ってところまで、きのうの夕刊に載っておりましたわね……はあ、はあ、さようでございます。ところが……けさの新聞を見ますと、トランクからのぞいていたのは、脚は脚でも石膏像《せっこうぞう》……つまり人形の脚だったってことで、けりがついておりますでしょう……はあ、はあ、さようでございます。ところが、あたくし、その件について、とても心配なことがございまして……と申しますのは、あたくし、その自動車を運転しておりました片桐ってかたを存じ上げておりますの。それに……いえ、あの、とても電話では申し上げかねるんでございますが、これから先生のところへお伺いしたいんですが、いかがでございましょうか……ああ、そう、ありがとうございます。先生のおたくは、緑ガ丘のどのへんでございましょうか。緑ガ丘の駅をおりて、進行方向にむかって左側……? ああ、そう。それでは、渋谷からバスでまいりまして、線路よりてまえでございますわね……緑ガ丘荘と聞けばすぐわかる……? はあ、ありがとうございます。それでは、いまから一時間ほどかかると思いますけれど……ええ、そうでございますわね。五時までにはきっとまいりますから……では、また、のちほど……」

ながいながい電話をきると同時に、テープレコーダーのスイッチをきり、金田一耕助はほっと額の汗をぬぐった。かれははじめての人物から電話がかかるとテープレコーダーに録音することがあるが、こんどの事件ではそれがのちにものをいったのである。

陽春の妙に生暖かいけだるい午後のことである。時計を見ると四時過ぎ。

金田一耕助は受話器をにぎっていた手のひらのねばつくのを気味わるそうにハンカチでゴシゴシぬぐうと、安楽イスにからだをそらして、ふうっというように息を吐いた。

金田一耕助が渋谷からも新宿からもバスや電車で半時間ほどかかるこの郊外の静かな住宅地、緑ガ丘町に引っ越してきたのは、つい最近のことである。

さる知人の世話で、緑ガ丘荘というこのしゃれた高級アパートにかれが落ち着いてから、まだ三ヵ月とはたっていない。それだけに、ガラスをたくさんつかったこの近代的な建物と、れいによってスズメの巣のようなもじゃもじゃ頭とよれよれの袴《はかま》といういでたちの金田一耕助とでは、なんとなくそぐわぬ感じの強いのもむりはない。

本人もそれを意識しているので、はじめての客があるということになると、いつも妙に照れくさいような落ち着きのないぎごちなさをかんずるのである。

いまもやっぱりそのとおりで、安楽イスにふんぞりかえったまま、やたらにタバコの煙を吹かしていたが、急に思い出したようにぴょこんとイスから立ち上がると、部屋のすみからもってきた新聞のとじ込みをデスクのうえにひろげてのぞきこんだ。

きのうのきょうのことだから、さっきの電話の記事はすぐ見つかった。それはだいたいつぎのような事実である。

きのう、すなわち四月五日の午前九時ごろのことである。神楽坂付近にある三河屋という酒屋の小僧、安井友吉君というのが、自転車にのって御用聞きにまわっているとちゅう、飯田橋付近で自家用車とおぼしい大型のセダンとすれちがったが、なにげなくその後部をみて、おもわずぎょっと息をのんだ。

自動車の後尾トランクのなかから、ヌーッと、白い女の脚がつきだしているのである。

その白い女の脚はくつ下もくつもはいていなくて、すれちがった一瞬うけた印象によると、やわらかいうぶ毛が生えていたようにさえ見えたという。

安井友吉君はおもわず大声をあげて叫んだ。と、その声がきこえたのか、運転台から運転手が顔を出してうしろをのぞいたが、安井友吉君が気ちがいのように自動車の後部を指さしているのをみると、急にスピードをはやめて肴町のほうへ消えていった。

安井友吉君はしばらくぼうぜんとして自動車の消えた方向を見送っていた。そこにはうすい茶褐色《ちゃかっしょく》をした砂煙が舞っているだけで、あたりは人影も見えなかった。

安井友吉君にも、それがほんとの女の脚であったかどうかはたしかでなかった。ひょっとすると人形かなんかだったかもしれなかった。しかし、安井友吉君はわりに空想力にとんだ少年だった。かれは探偵《たんてい》小説が好きだったし、新聞の社会面にトランク詰めの死体の記事でも出ようものなら、目をさらのようにして読むほうだった。

自動車の後尾トランクに詰められた裸女の死体……そんなことを考えると、安井友吉君は胸がワクワクするほど興奮するのだ。しかも、じぶんが唯一の目撃者である……。

しかし、そうはいうものの、安井友吉君もいまじぶんが見たものについて、たぶんに半信半疑だった。つまり、十分な確信がなかったのである。それに、かれには御用聞きという用事もあった。

そこで、一時間ほどかかっておとくいさんをひとまわりしてかえってくると、話のついでに、ふとさっき目撃したものについて主人に話した。

三河屋の主人は、さいわい防犯ということについてたいへん熱心だったし、それに、すぐちかくにある交番のお巡りさんとも懇意だった。

そこで、三河屋の主人が安井友吉君をつれて交番へ出頭したことから、俄然《がぜん》、事件が明るみに出て、警視庁では目下その怪自動車のゆくえを追及中である、うんぬん……。

というのがゆうべの夕刊にのっていた記事で、金田一耕助も昨夜これを読んだとき、ちょっと興味をそそられたのだった。

ところが、けさの新聞を見ると、この事件は一編の笑い話として片付けられている。

この怪自動車にはほかにも目撃者があった。しかも、この目撃者は安井友吉君よりも気がきいていて、自動車のバックナンバーを記憶していた。

そのナンバーから調べていくと、自動車の持ち主というのが、阿佐ガ谷に住む彫刻家の片桐梧郎という人物であることがわかった。そこで、すぐに所轄警察から刑事が出向いていくと、片桐梧郎氏は笑って刑事をアトリエへ案内した。そのアトリエには片脚の折れた女の裸身像が壁にむけて立てかけてあった。

片桐梧郎氏の説明によるとこうである。

その裸身像は上野の春の展覧会に出品したものだが、みごと落選したので、きょう受け取りにいってきたものである。大きさからいってちょうど自動車のトランクにおさまったが、ポーズの関係から片脚だけがはみ出す結果になった。

片桐梧郎氏はしかし委細かまわず自動車を走らせていたが、あちこちでひとを驚かせるはめになったので、やむなく片脚を折ってしまったものであると……。

そこで、こんどは上野のほうへ照会してみると、片桐梧郎氏の言葉にまちがいのないことがわかった。

というわけで、このひとさわがせなトランク詰めの死美人事件も、一編の笑い話としてけりがついたのである。

二

それにもかかわらず、いまあの事件について大きな不安におそわれている女がここにひとりいるわけである。金田一耕助はいまの電話の女の声のかくしきれない深刻な不安と恐怖を、左の耳の鼓膜にいたいほど感じたのである。

いったい、あの女はなにをあのように恐れているのであろうか。

そこまで考えてきて、金田一耕助はとつぜん愕然《がくぜん》としたようにがっくりとあごをおとした。

かんじんの電話のぬしの名前を聞きおとしていたことに、いまになって気がついたのである。

こちらが名前を聞いたとき、まだお目にかかったことのないものでございますという答えだった。それに、いずれのちほど訪ねてくるという話だったので、あらためて聞かずにすましてしまったが、用心ぶかい金田一耕助としては、こんなことはめったにないことだった。

（あっはっは、陽気のせいか、おれもよっぽどどうかしている）

金田一耕助は苦笑しながら、それでも思い出したように受話器を取りあげると、警視庁の第五調べ室を呼び出した。

さいわい、等々力警部がいあわせたので、問題の事件を問いあわせると、

「あっはっは、いや、あれはとんだ人騒がせでしたよ」

と、警部も言下に笑殺した。

「いや、もう、きょうの朝刊に載っているのがほんとうです。片桐梧郎という男のきのうの朝の足取りもはっきりしているんです。上野の展覧会から引きとってきた人形の脚にちがいありませんよ」

「しかし、それにしちゃ、警部さん、上野から阿佐ガ谷へかえるのに飯田橋付近をとおるというのは、ちとおかしいじゃありませんか。新聞の記事だけじゃくわしいことはわかりませんが、飯田橋から肴町のほうへ消えたというんじゃ、少し道順がちがうような気がするんです」

「いや、それも理由があるんです。やっこさん、上野からのかえりがけ、江戸川アパートへ立ち寄っているんですよ」

「江戸川アパートへ……？」

「ええ、そう。江戸川アパートに望月エミ子という女がいるんです。なんでも、その女が落選した石膏像のモデルかなんかだったらしい。あるいは、片桐とそれ以上の関係があったのかもしれません。ところが、片桐が訪問したとき、望月エミ子は不在だった。つまり、ひと晩アパートをあけていたんですね。そこで、やっこさん、少なからずふきげんで自動車を走らせているうちに、酒屋の小僧をおどろかせた。そこですっかり業をにやして、ポキンと、せっかくの傑作の脚を折っちまったというわけらしい。あっはっは」

と、等々力警部もこのところ難事件にもぶつからないのか、けさはなかなかのごきげんらしいが、しかし、そのことがどういうわけか、かえって金田一耕助をゆううつにするのである。

やはり、耕助にはさっきの電話の女の妙にうわずった語気が気になっているのである。それと、うかつにも名前を聞いておかなかったということが……。

「だけど、金田一さん、どうかしたんですか。あの事件について、なにかまた……？」

「いやいや、べつに……ただ、ゆうべの夕刊を読んだとき、こいつは面白そうな事件だと思っていたんですが、それがすっかり当てが外れたもんだから……」

「そうやたらに面白そうな事件が頻発《ひんぱつ》されちゃたまりませんよ。ここんところいたって天下泰平、清閑を楽しんでるんですからね」

等々力警部はあくまでもごきげんらしい。

「ところで……」

と、金田一耕助はもうひと押し押してみる。

「片桐梧郎という男ですがね、自家用車をもってるところを見ると、相当の金持ちなんですね」

「そうそう、親の遺産をたんまりもらって、道楽三昧《どうらくざんまい》に世を送ってる男だそうです。美校を出てることは出てるそうですが、彫刻家なんて世をしのぶ仮の姿で、女の裸を翫賞《がんしょう》したいからやってるんだろうって説があるくらいだそうです。変わりもんで、独身で、召し使いもおかず、自炊してるそうですがね」

「ところで、江戸川アパートにいる望月エミ子という女に、どなたかお会いになりましたか」

「いやあ、それはいまもいったとおり、一昨日の晩からアパートを明けているもんだから……」

と、そこまでいってから、等々力警部は急に不安をおぼえたように、

「しかし、金田一さん、どうかしたんですか。あなた、この事件についてなにか……」

「いやいや、べつに……なにかあったらまた連絡しますから……」

等々力警部はまだなにか話したそうだったが、金田一耕助は聞くだけのことを聞いてしまうと、ガチャリと受話器をかけてしまった。

三

約束の五時を一時間すぎて、六時になっても電話の女は現れなかった。

待たされるということは、どんなばあいでもいらだたしいものである。ことに、さっきの電話でたぶんに好奇心をそそられているだけに、金田一耕助はいっそう腹立たしいものをかんじずにはいられなかった。

六時半になっても女はやってこなかった。

だまされたかな。だれかがいたずらにからかってきたのかもしれない……。

ちょっと気負いたっていただけに、金田一耕助は苦笑しながらひとりで夕食を終わったところへ、受付から電話がかかってきた。

「駒井《こまい》泰三《たいぞう》さんてかたがいらっしゃいましたが……」

「駒井泰三さん……？　しらんねえ。どういうご用件か聞いてみてくれませんか」

しばらく待たせたのち、

「さきほどお電話でご面会のお約束をなすったご婦人のご主人になるかただそうですけれど……」

「ああ、そう。それではすぐにこちらへ……」

金田一耕助はちょっと緊張した目つきになる。

どういうわけか、金田一耕助はさっきの電話のぬしをまだ独身の女だとばかり思いこんでいたのである。結婚している女ならば、当然、主人に相談すべきだという考えがあったのかもしれない。

しかし、どちらにしても、さっきの電話がいたずらでなかったことがわかって、耕助もほっと安堵《あんど》の吐息をついた。いたずらにひっかかって興奮したとあっては、金田一耕助たるもの大いにプライドをきずつけられるわけである。

金田一耕助のフラットは二階にあって、寝室と書斎と応接室の三間になっている。その応接室へはいってきた駒井泰三というのは、三十前後の、とくにこれという特徴のない男だった。

しいていえば、きびしいほおの線をもった、いくらか目つきの鋭い、一見紳士風の人物である。

「やあ、はじめまして……」

と、駒井泰三は金田一耕助の風采《ふうさい》をけげんそうにまじまじ見ながら、

「あなたが、あの、金田一先生で……？」

「はあ、さようで。さきほどのお電話、奥さんでしたか」

「はあ、いや、たいへん失礼しました」

と、駒井はちょっととまどいしたような目つきで金田一耕助のスズメの巣のようなもじゃもじゃ頭を見ながら、

「昌子がたわいのないことで騒ぎ立てるものですから……昌子というのが、さきほどお電話したわたしのワイフなんですがね」

「たわいのないこととおっしゃいますと……？」

「いえね、さっきも電話でお話ししていたようですが、あの自動車のトランクのなかからのぞいていた脚……あれはもうあきらかに石膏像の脚にちがいないんです。ところが、昌子はそれにたいして妙な妄想《もうそう》をいだいてるんですね」

「妙な妄想とおっしゃると、それがやはりほんものの女の脚ではなかったかと……？」

「そう、そうです、そうです。それというのが、望月のやつが悪いんですね」

「望月さんとおっしゃると……？」

金田一耕助は内心ドキッとしたのをやっと制して顔色には出さなかった。望月といえば、江戸川アパートに住む望月エミ子ではないか。

「はあ、望月エミ子といって、モデルかなんかしてる女の子なんですがね。こいつが昌子の頭に妙な妄想を吹きこんだんですね」

「それはどういう意味で……？」

「つまり、望月がそもそも、いつか兄貴に殺されるんじゃないかという妄想を抱きはじめたんです」

「兄貴とおっしゃいますと……？」

「ほら、新聞に載っておりましたでしょう。あの怪自動車の運転手、片桐梧郎ですね」

「ほほう。すると、あなたと片桐さんとはご兄弟なんですか」

「いや、わたしじゃなく、ワイフの昌子が片桐の妹になるわけです」

　金田一耕助はあいての顔を見なおして、

「しかし、望月エミ子さんがなんだってそんな妄想をえがきはじめたんですか」

「いやあ、望月は昌子の学校友達でしてね。これがヌードモデルをはじめたもんだから、昌子が兄貴に周旋したんですね。ところが、いつのまにやら兄貴と関係ができてしまった。ところが、この望月というのが、まあ、そうとうの浮気もんときてるところへ、兄貴というのがおそろしいやきもちやきなんですね。まえにもいちど結婚したことがあるんですが、あまりやきもちがはげしくて、とうとうワイフに逃げられてしまった経験があるんです。やき出すと気ちがいみたいになって手がつけられない。ぶったり、殴ったり、寒中に素っ裸にして水をぶっかけたり……そりゃ正気の沙汰《さた》とは思えないんです。そういう過去があるもんだから、望月なんかも恐れをなして、いつか兄貴に殺されるんじゃないかって……」

「なるほど。それで、奥さんはきょうの新聞をごらんになって、きのう自動車のトランクからはみ出していた女の脚を望月エミ子さんの死体の脚ではないかと……?」

「そうなんです。そんなバカなことはないといくらいっても聞かないんです。そこへもってきて、江戸川アパートへ電話で聞きあわせると、望月がおとといからかえらないというでしょう。だから、先生にあんなバカなお電話をしたんです」

「それで、奥さんはどうしてここへいらっしゃらなかったんです」

「そんなつまらない心配をするひまにゃ、阿佐ガ谷へいって兄貴のようすをたしかめてこいと、そっちのほうへやったんです。しかし、先生にはお約束もあることですし、こうしておわびにあがったんですが……」

駒井泰三の話のとちゅうで、卓上電話のベルがけたたましく鳴りだした。金田一耕助が受話器をとりあげると、

「ああ、そちら金田一先生でいらっしゃいますか。あたくし駒井昌子というものですが、主人がそちらにまいっておりますでしょうか」

と、女の声はなぜかひどくふるえていた。

四

「ああ、駒井さん、奥さんからお電話ですよ」

と、金田一耕助が受話器をわたすと、

「わたしに……？　家内から……？」

と、駒井はびっくりしたように受話器をとりあげたが、話をきいているうちに、みるみる顔から血の気がひいていった。

「な、なんだって？　アトリエのカギ穴からなかをのぞくと、ソファーのうえに裸の女

が……？　昌子、昌子！　そ、そりゃほんとうか……それで、兄貴はいないの？　うん、よし、わかった。それじゃ、金田一先生にお願いして、いっしょにいっていただこう。バカ！　交番へなんてとどけるもんじゃない！　だって、まだはっきりわからないじゃないか。うん、よし……え？　なに、怖い……？　ああ、そうか。そりゃそうだ。それじゃおまえ、駅前の喫茶店へでもいってるか、それともそのへんをぶらぶらしておいで。すぐいく！」

受話器をおいた駒井泰三の額には、ビッショリと汗がうかんで、目がギラギラと凶暴な光をおびている。

「き、金田一先生！」

「ああ、駒井さん、阿佐ガ谷のアトリエのほうで、なにか変わったことがあったようですね」

「ええ、そうらしいんです。電話ではまだはっきりわからないんですが、女房のやつひどくおびえているようです。先生、ごいっしょにお願いできませんか」

「承知いたしました。それじゃちょっとここでお待ちになっていてください。いますぐ支度をしてまいりますから」

支度といっても、もみくちゃのお釜帽《かまぼう》を頭にたたきつけ、合いの二重まわしを肩にひっかけるだけのことなのである。

「お待たせいたしました。それじゃお供しましょう」

「やあ、恐縮です。それじゃ、表に自動車をおいてありますから……」

駒井泰三という男もそうとう羽振りのよい男とみえて、豪奢《ごうしゃ》な自家用車が表においてあった。金田一耕助がその客席へのりこむと、駒井は運転台へとびのって、みずからハンドルを握った。

自動車のなかではふたりともほとんど口をきかなかったから、金田一耕助にもまだこの駒井泰三という男がなにをする男なのかわからなかった。きびきびした態度や口のききかたは小気味がよかったが、どこかあいてをひやりとさせるような鋭さを身につけた男である。

それから十五分ののち着いたアトリエというのは、阿佐ガ谷もずっと外れの寂しい場所で、付近にはまだいくらか武蔵野の面影をとどめている。

『片桐梧郎』という表札をはめこんだ古びた大谷石《おおやいし》の門をはいると、玄関まではそうとうの距離がある。アトリエはその母屋のななめ背後についていて、その北側にはうっそうと武蔵野の雑木林がつづいていた。

「ずいぶん広いお屋敷ですね」

「はあ、親譲りなんですよ」

「あの雑木林なんかもこちらの……」

「そうです、そうです。あの雑木林までがこちらの敷地なんです」

「いったいどのくらいの面積がありますか」

「そうですね……千六百坪といったか、七百坪といったか、よく覚えておりませんが、だいたいそんなところでしょう」

駒井泰三はいかにも面倒臭そうな返事だったが、このへんで千六、七百坪の地主といえば、それだけでもそうとうの財産であると、金田一耕助は考えずにはいられなかった。

玄関のまえで自動車からおりると、

「どうぞこちらへ」

と、駒井泰三はかたわらの建仁寺《けんにんじ》垣《がき》についている古びた枝折り戸をひらいて、みずからさきに立ってなかへはいっていった。

アトリエはもちろん母屋とも廊下つづきになっているのだが、庭からもなかへはいれるようになっている。そのアトリエのひろい窓という窓は全部半透明のガラスになっているうえに、内側に黒いカーテンが垂れているのでなかはのぞけなかったが、電気がついているとみえて、黒いカーテンがほんのりと灯の色に染まっていた。

腕時計をみると七時十分。あたりはもうそうとう暗くなっていて、背後にある雑木林のなかで鳴く山バトの声が妙にいんきさを誘うのである。アトリエの入り口はその雑木林のがわ、すなわち建物の北側についていた。ドアをはいるとくつ脱ぎの玄関がついていて、その玄関から母屋へ通ずる廊下が右側へ走っている。

「昌子……昌子……」

と、玄関へはいると駒井泰三は大声をあげたが、どこからも返事はきこえなかった。

「奥さんは喫茶店かどこかへいかれたんじゃないんですか」

「ああ、そうそう」

と、駒井も思いだしたように、

「なにしろ、このとおり寂しい場所だもんですから……」

と、前方にあるドアに目をつけると、取っ手をにぎってガチャガチャやっていたが、カギがかかっているとみえて、ドアはびくともしなかった。

「昌子はこのドアのカギ穴からなかをのぞいたというんですが……」

と、駒井も身をかがめてカギ穴からなかをのぞいていたが、しばらくすると、ゾーッとしたような目をあげて、金田一耕助をふりかえった。

「金田一先生、ここをちょっと……」

駒井にかわって金田一耕助がカギ穴に目をあててみると、アトリエのなかはそうとう広くて、ずうっとむこうにフロア・スタンドが立っている。

その電気スタンドの下に、背のひくい、幅のひろいソファーがひとつすえてあるが、そのソファーのうえに奇妙な裸身がふたつ、絡みあうような姿勢でよこたわっている。

うえになっているのは、膚のざらざらとした感触からどうやら石膏像らしいが、その石膏像に抱きすくめられている下の裸身は、たしかに人間らしかった。体つきや肉付きからして、あきらかに女のようである。

裸身の女はソファーのうえに仰向けにねて、片手と片脚がだらりとソファーから垂れている。その女のうえにのしかかるようにしてうつ伏せになっているのは、片脚をうしなった石膏像らしい。ほおとほおとをくっつけるようにしているので、女の顔はわからなかった。

金田一耕助がカギ穴から身を起こすと、

「金田一先生！」

と、駒井は声をうわずらせて、

「下になっている女……あれはたしかに人間のようですね」

「ええ、そう。ぼくもそう思います」

と、金田一耕助も額の汗をぬぐうている。

「畜生ッ、兄貴のやつ、ど、どうしたんだろう」

駒井は取っ手を握ってがたがたいわせたが、むろんカギのかかったドアがたやすく開くべきはずがない。

「だれだい？　そこにいるのはだれなんだ！」

と、二、三度呼んでも返事はなかった。

「先生！　金田一先生！」

「駒井さん、このうちお電話は……？」

「はあ、以前はあったんですが、兄貴が売っちまったんです。電話があるとうるさいとかなんとかいって……」

「ああ、そう。それじゃあなたここで見張っていてください。ぼく、ひとっ走りしてお巡りさんを呼んできましょう。むりにドアをこじあけたりなさらないで……」

「はあ。すみません」

それから十分ののち、金田一耕助が警官と大工をひとりつれてかえると、駒井は気の狂ったような目をしてドアのまえに立っていた。

「先生、やっぱりあの女死んでるんですぜ。いくら呼んでも返事がないんです」

「とにかく、棟梁《とうりょう》、なんとかしてこのドアを開いてくれたまえ」

「はっ、承知しました」

棟梁がドアをはずすのにたっぷり十五分はかかった。

ドアをひらくと、一同は注意ぶかくアトリエのなかへ踏みこんだ。

カギ穴からはみえなかったが、ソファーのむこうに脚つきの乱れ箱がおいてあり、そのなかに若い女のスーツがひとそろい、ズロースからブラジャー、くつ下までまじえて脱ぎすててあった。そして、一糸まとわぬ全裸のすがたで石膏像に抱きすくめられているのは、たしかに人間の女である。

「あっ、駒井さん、人形を動かさないで。そっと女の顔をみてください」

金田一耕助の注意で駒井泰三はおそるおそる女の顔をのぞきこむと、

「き、金田一先生！」

「だれ？　ご存じのひとですか」

「望月エミ子！」

「ああ、やっぱり……」

金田一耕助は口のうちでつぶやくと、そっとエミ子の顔をのぞいてみた。エミ子は扼《やく》殺《さつ》されたものらしく、のどに大きな親指の跡がなまなましい印章となって残っている。

そして、そのうえにのしかかった裸身の石膏像の片腕がエミ子の首をまくようにしているのが、いかにも薄っ気味悪いのである。

「あなた……」

そこへ青ざめた顔をした女がおずおずとドアの外から声をかけて、

「自動車がついているので、あなたがきていらっしゃると思ったのよ」

駒井の妻の昌子である。

もうひとりの女

一

被害者望月エミ子は、両手でのどを絞め殺されているのである。たとえ相手が女とはいえ、ひとひとり絞め殺すその力といい、また、咽喉部《いんこうぶ》にのこるなまなましい親指の跡の大きさといい、犯人が男であることはいうまでもあるまい。

そして、その時刻は六時半から七時までのあいだだろうという医者の意見である。

六時半ごろから七時までのあいだといえば、駒井泰三が金田一耕助のアパートへ訪ねてきた時刻と前後している。ということは、泰三の妻の昌子が兄のアトリエへ到着する直前ででもあったろうか。

昌子は、駆けつけてきた等々力警部の質問にたいして、つぎのように答えている。

「あたしがここへついたのは、ちょうど六時半ごろのことでした。玄関があいていたので、兄がうちにいることだとばかり思って、なかへはいってきたのです。ところが、家じゅうさがしてみても、どこにも兄のすがたが見えません。しかし、兄は気まぐれで、よく戸締まりもしないでふらりとそのへんを歩いてくることがあるので、きょうもそのでんだろうと思って、むこうの母屋の居間で待っていたのです。ところが、そのうちに、このアトリエに明かりがついていることに気がつきました。兄はお金持ちのくせにとてもしまり屋で、むだなことが大きらい、電気なども不用なときには片っぱしから消してしまうのです。そういう点、じつに神経質で、まえの義姉《あね》の由紀子さんがとびだしたのも、ひとつはそういう口うるさいところも原因だったんです。まあ、それはさておき、明かりがついているところをみると、てっきり兄はこのアトリエにいることだとばかり思って、こっちのほうへやってきたのです。ところが、ドアの外からいくら呼んでも返事がないので、うたた寝でもしているのかしらと、カギ穴からなかをのぞいてみると……

…」

　と、そこまで語って、昌子はごくりとつばをのみこむと、さむざむと肩をすぼめる。

　年齢は二十六、七だろう。大柄の、ぱっと目につく容色で、毛皮のオーバーにくるまり、真っ赤につめをそめた指にもダイヤの指輪が光っているが、どこか体の線にくずれたところがみえるのは、どういう夫婦生活をしているのだろうかと、金田一耕助は小首をかしげた。

「あなたはここにいらっしゃる金田一先生にお電話したそうですね」

　という等々力警部の質問にたいして、昌子はちらりと耕助のほうをながし目に見ると、

「はあ……」

　と、小声に答えて目を伏せる。

「あれはどういう意味だったのですか。あなたはこういう犯罪が起こるだろうということを予知していらしたんですか」

　金田一耕助の目にはつつみきれない好奇心の色が光っている。

「いえ、あの、そういうわけではなく、きのう自動車のトランクの中から突きだしていた脚が、なんだか本物の女の脚じゃないかというような気がしたものですから……」

「しかし、それはまたどうして……?」

　と、げんざいの兄を誣告《ぶこく》するようなこの不謹慎な妹にたいして、等々力警部は目をまるくする。

「いやあ、それはこうなんです」

と、そばから夫の泰三がひきとって、

「これは金田一先生にもさきほどお話ししたんですが、以前からエミちゃん……すなわち、むこうで殺されている女ですね、あのひとが、いつか義兄《あに》に殺されるんじゃないか、そんな気がしてならないと、おびえてよくそんな話をこれにしていたんですね。そこへもってきて、場所が飯田橋……つまり、江戸川アパートの近所でしょう。だから、そんな連想がわいたというわけなんでしょう」

「はあ、あの、主人のいうとおりでございますの」

と、昌子も夫の言葉に相づちをうって、

「しかし、あとで主人にそのことを申しますと、主人が一笑に付して、そんなバカなこと……それほど心配なら阿佐ガ谷へいってごらん、金田一先生のほうへはじぶんがいってお断りしてくると申しますものですから……」

「それで、あなたがた同時にお出かけになったのですか」

「はあ、ほとんど同時でした」

「お宅はどちら……?」

「渋谷の羽沢町でございます」

「失礼ながら、駒井さん、あなたご職業は……?」

「はあ、西銀座でキャバレーを経営してるんです。『金色』というんですがね」

なるほど、この男の目つきの鋭さはそういう職業からくるのだろうかと、金田一耕助もうなずいた。

「それで、奥さんもちょくちょくお店へ……？」

「いや、これは以前店でダンサーをしていたんですがね」

と、泰三はうすら笑いをうかべて、

「しかし、結婚してからは店へ出さないことにしております」

なるほど、キャバレーのダンサーをしていたのかと、金田一耕助は心のなかでうなずいた。それでこの女の体の線のくずれもうなずけるような気がするのである。

「ところで、被害者がこの家のご主人を恐れていたというのは、どういう……」

こんどは等々力警部が金田一耕助にかわって質問した。

「はあ、これもさきほど金田一先生にお話ししたんですが、兄貴というのがとても嫉妬《しっと》ぶかい男なんでしてね。これは別れたまえの義姉《あね》に尋ねてくだすってもわかりますが、やきもちをやきだすときりがないんです。それが昂《こう》じてくると、寒中でも義姉《ねえ》さんを素っ裸にして縛りあげ、ザーザーと水をぶっかけるという騒ぎで、せんの由紀ちゃんなんかもなんど半殺しのめにあったかわからないくらいなんで……エミちゃんなんかも、おおかたそんなめにあいかけた経験があるんじゃないですか」

「それで、せんの奥さんの由紀子さんというのは、いまどこに……？」

「さあ……昌子、おまえはしらない？」

「はあ、なんでも浅草へんのバーかなんかで働いてるって話でしたけど、どちらにお住まいだかちょっと……」

「名字はなんというんですか」

「緒方といらんです。緒方由紀子といって、やはり以前、うちのキャバレーに出ていたひとなんですがね」

泰三の言葉もおわらぬうちに、ちょうどそこへはいってきた刑事のひとりが、

「緒方由紀子というんですって？　それ、どういうひとですか」

と、ちょっと声をはずませた。

「ああ、山口君、どうかしたの？　緒方由紀子という名字になにか心当たりがあるの？」

「いや、じつは警部さん、いまそこのアトリエの窓の外で、こんなものを拾ったんです。ほら、ちっとも湿りけのないところをみると、ごく最近だれかがそこへ落としていったものと思われるんですが、ほら、こういうイニシアルが……」

と、刑事がひろげてみせたのは桃色のハンカチだったが、その片すみにはＹ・Ｏというイニシアルが……。

それを見ると、泰三と昌子はおもわずぎょっとしたように顔見合わせた。

「それじゃ、由紀子さんが……」

といいかけて、泰三はそのまま口を閉ざしてしまった。

泰三はいったい由紀子がどうしたというつもりだったのだろうか。

昌子も真っ青に血の気のひいた顔色で、わなわなと肩をふるわせている。

二

この奇怪な殺人事件ほど当局を困惑させた事件はなかった。

医者の検視によると……いや、医者の検視をまつまでもなく、最初事件を発見した金田一耕助の熟練した観察眼によっても、犯行が演じられてからそれほど多くの時間がたっていないことはよくわかったが……エミ子が絞殺されたのは、四月六日の午後六時半から七時までのあいだということになっている。

とすれば、あの前日、飯田橋付近で三河屋の小僧の安井友吉が目撃した脚は、まったく被害者と関係がなかったことは明らかだ。

だが、そういう騒ぎがあった翌日、片桐梧郎氏がほんとうに人殺しをしたというのは、これは単なる偶然か暗合なのだろうか。

あの自動車のトランクのなかからのぞいていた女の脚が、なにかこんどの事件の前奏曲をなしていたのではあるまいか……。

金田一耕助にはそのことが脳裏にこびりついて、なんとなくいらいらと落ち着かぬ気持ちのうちに三日とすぎ、五日とたっていった。

当局ではもちろんやっきとなって片桐梧郎氏のゆくえを捜索していたが、いまにいたるもまったく消息がない。

いや、いや、片桐梧郎氏のみならず、かつてはかれの妻であった緒方由紀子も行方をくらましているのである。

ふたりの姿がいちばん最後に他人に見られているのは、五日の晩と、六日の夕方だったらしい。すなわち、自動車のトランクのなかからのぞいていた女の脚の一件から、五日の晩、所轄警察から海野という刑事が出向いていって片桐梧郎氏にあっている。

そのときの片桐氏の態度には、たぶんに不遜《ふそん》で横柄なところはあったものの、べつに変わったところは見られなかったという。

いま世間でしられているかぎり、この海野刑事が片桐氏にあった最後の人らしい。

というのは、六日の朝の新聞に片桐梧郎氏の名前が出たので、近所の人も好奇心をもっていたから、かれの姿を見れば記憶しているはずだが、六日以後、だれもかれを見たというものはなかった。

いっぽう、片桐氏のアトリエのすぐ近所にあるタバコ屋のおかみさんが、六日の夕方、緒方由紀子の姿を見ている。いや、由紀子の姿を見ているのみならず、由紀子と話もしているのである。

「あれは新聞に片桐さんの名前が出た日の夕方のこと……さあ、だいたい六時半ごろのことでしたろうか。あたしがお店に座っていると、奥さん、いえ、別れたせんの奥さんが、表から声をかけたんですの」

その由紀子のくちぶりからすると、彼女もけさの新聞を読んで、なんとなくそのことが気になったらしい……というよりも、新聞に名前が出たことで、由紀子は別れた男のことを思い出したらしいのである。

「そのとき、あたしがどうして夫婦わかれをしたのかとお尋ねすると、奥さんはさびしそうな顔をして、だって追い出されたんだもの、しかたがないわ……と、そんなふうにおっしゃってました」

由紀子はそれからふたことみこと、片桐氏の近況、ことに女関係のことなどを尋ねていたが、おかみさんも立ちいったことはしりもしないし、しっていても言いたくもなかったので、いいかげんにお茶をにごしていると、由紀子はまもなくアトリエのほうへむかって立ち去ったという。

「たぶん片桐さんのところへおいでになったんだと思いますけれど、それから姿を見ませんので、いつおかえりになったのかは存じません」

このタバコ屋のおかみ以外には、だれも由紀子の姿を見たものはなかった。

阿佐ガ谷といっても、そこは町はずれの寂しい場所で、片桐氏の家じたいが千坪をこえる広い敷地のなかにあり、敷地の北側には武蔵野の原始林がうっそうとしてしげっている。

いかさま奇怪な殺人事件でも起こりそうないんきで不気味なたたずまいであった。片桐梧郎氏はそういう広いいんきな家で、由紀子とわかれて以来、召し使いもおかずに、ただひとりで自炊していたのである。

当然、ご用聞きやなんかのあいだで、いろんないまわしい取り沙汰がされていた。

それらの取り沙汰のなかで、もっとも当局の注目をひいたのは、片桐氏がサディストであるらしいということである。よく夜など由紀子の悲鳴のようなものがきこえていたし、また、由紀子の膚に縦横にみみずばれの跡があるのを見たものがあるという評判もあった。

だから、由紀子が片桐氏とわかれたとき、あれでは奥さんがつづかないのもむりはないと、近所でも取り沙汰をしていたという。

しかし、六日の夕方、タバコ屋のおかみさんが由紀子じしんの口から聞いたところでは、逃げ出したのは由紀子じしんではなく、由紀子はかえって追い出されたのだという。

「ええ、奥さんはたしかにそうおっしゃいました。そして、片桐さんにとても未練がおありのような口ぶりでした」

と、タバコ屋のおかみはキッパリと断言している。

いずれにしても、由紀子が片桐氏のもとを訪れたのはエミ子が殺される前後であるとすると、彼女は犯行を目撃したのではないか。

そして、犯人である昔の夫といっしょに姿をくらましたのか、あるいは片桐氏に脅迫されていずくへか拉致《らち》されたのではないか。とすれば、彼女の命もまた危ういのではなかろうか……捜査当局のこういう懸念は的中した。

四月十二日……すなわち、事件後六日のことである。緑ガ丘にある金田一耕助のもとへ、あわただしく電話がかかってきた。

「あっ、金田一さんですか。こちら、等々力……あなた、これからすぐ駒形にある昭和アパートへお出向きになってくださいませんか。ええ、そう、緒方由紀子のアパート……駒形橋のすぐそばですから……はあ、はあ、予測されたとおり、由紀子の死体が出てきたんです。しかも、由紀子の部屋の押し入れの中から……それじゃのちほど」

それから一時間ほどのちのこと、アパートの一室で絞殺されている由紀子の死体を見せられたとき、金田一耕助はおもわずぎょっと息をのんだ。

被害者の膚にはいちめんになまなましい傷跡が残っていて、別れた夫の片桐梧郎氏がサディストであったらしいことをはっきり示しているようだ。

「警部さん、それで由紀子が殺されたのはいつ……？」

金田一耕助は死体から発する異臭に顔をしかめて、ハンカチで鼻をおさえながら、

「これじゃ、もうそうとう時が経過しているようですが……」

「金田一さん！」

と、等々力警部は怒りにみちた目をギラギラさせながら、

「こればっかりはわれわれの手抜かりでしたよ。由紀子はおそらく望月エミ子が殺されたその晩あたりにやられたんじゃないかと思うんです」

「で、動機は……？」

「片桐がエミ子を殺す現場を目撃したんじゃないでしょうか。それで、片桐が阿佐ガ谷からここまで由紀子を尾行してきて……」

「なるほど」

と、金田一耕助はうなずくと、

「それで、だれがこの死体を発見したんですか」

「いや、きのうあたりから、この部屋のまえを通ると変なにおいがするといい出したんですね。そこで、きょう管理人がなかを調べてみたらこのざまで……これぼっかりはわれわれの大黒星でしたよ」

と、等々力警部はじぶんでじぶんのうかつさにたいして憤懣《ふんまん》が去りやらぬ顔色だった。

三

金田一耕助のフラットの壁にかかっている大きなカレンダーは、一枚めくれてもう五月をしめしている。

しかも、きょうは五月の五日、すなわち、阿佐ガ谷のアトリエで望月エミ子が殺害されてからもうかれこれひと月になるというのに、いまもって容疑者と目されている片桐梧郎氏のゆくえはわからない。

新聞に出た片桐氏の写真は、そうとう特徴のあるものである。

かなり長くのばした髪はもじゃもじゃにちぢれていて、首のうしろで波打っている。鼻がワシのくちばしみたいにまがっており、ギョロリとした目、大きな口……それはいかにも女を責めさいなむことによってしかセックスの満足をえられないサディスト的な印象をひとにあたえる。しかも、身長は五尺九寸にちかいといわれている。

こういう特異な風采《ふうさい》の持ち主であるにもかかわらず、どこへもぐりこんだのか、片桐氏は犯行後ひと月ちかくも姿をくらましたまま、いまもって居どころがわからないのである。

等々力警部をはじめとして、捜査当局の焦燥のほども思いやられる。

金田一耕助はもの悩ましげな目をして、じぶんの部屋の外にあるせまいバルコニーに立っていた。いちにちおきにやってくる掃除婦のおばさんが部屋のなかを掃除しているので、かれはほこりをよけてバルコニーへ出ているのである。

あたりはもう新緑につつまれて、さわやかな五月の空にはいくつかのこいのぼりがへんぽんとしてひるがえっている。

とつぜん、部屋のなかでわかい女の声がきこえたかと思うと、掃除婦のおばさんのキャッというような悲鳴がきこえた。

金田一耕助はおどろいて部屋のなかをのぞくと、

「杉山さん、どうしたの、だれかお客様……？」

「い、いいえ、先生、これ、いったいなんですの？　蓄音器なんですの？　はたきをかけていたら急に鳴りだして……」

「ああ、それ、テープレコーダー……」

金田一耕助は部屋のなかへはいっていくと、小卓のうえにあるテープレコーダーのふたをひらいた。おばさんがはたきをかけているうちに、どうしたはずみかスイッチがはいったらしく、テープレコーダーが回転している。

金田一耕助はそのスイッチを切ろうとして、急に思いなおしたようにその手をやめて、テープの発する声に耳をかたむけた。

「……はあ、あの、いいえ、こちら、まだ先生にお目にかかったことはないものでございますけれど……はあ、あの、それはかようでございますの……先生、きのうの夕刊をごらんになりまして……？　はあ、あの、ほんの小さな記事でございましたけれど……ほら、あの、街を走っている自動車の後尾トランクから女の脚がのぞいてたっていう……」

そこまで聞いてから、金田一耕助はパチッとスイッチをきって、掃除婦のおばさんをふりかえった。掃除婦の杉山さんはあっけにとられたような顔をして、金田一耕助とテープレコーダーのほうを見ていたが、

「先生、それがちかごろはやりのテープなんとかいうものでございますの」

「ああ、そう。杉山さん、もう掃除すんだ？」

「いえ、あの、まだなんですけれど……」

「ああ、そう。でも、ここはいいから、むこうの部屋を掃除するか、それとも洗たくをしてくれるか……とにかく、ぼく、ひとりでここにいたいんですが……」

「ああ、さようでございますか。それじゃお洗たくをさきにすませてしまいましょう。せっかくのよいお天気でございますから」

杉山さんが部屋を出ていくとまもなく、浴室のほうから電気洗たく機の回転する音がきこえてきた。

金田一耕助はなかからドアをぴったりしめきると、もういちどテープレコーダーのスイッチをいれた。

四月六日の夕方、見知らぬ女から電話がかかってきたとき、金田一耕助がその声をテープに録音したことはまえにもいっておいたが、かれはいままでそれをあらためて聴いてみようとも思わなかった。

ということは、電話の話とその後起こった事件とのあいだに矛盾があろうとは考えられなかったからである。

ところが、いま杉山さんのはたきのいたずらから思いがけなく女の声を聞いたせつな、金田一耕助は急にそれを聴いてみる気になったのである。

金田一耕助がスイッチをいれると、テープはさっきのつづきから語りはじめる。

「……ええ、ええ、さようでございます……つまり、それで、それを目撃したひとののどけによって、警視庁でも緊張して、全都に手くばりをした……」

金田一耕助はアームチェアに体をうずめて、無言のままそれを聴いていたが、テープがある個所までくると、かれはぎょくんとしたように安楽イスから身を起こした。

そして、無心で回転をつづけているテープを食いいるようにながめていたが、それがすっかりおわると、かれはもういちどおなじテープを掛けなおした。掛けなおすとき、金田一耕助の額にはうっすらと汗がにじみ、指がかすかにふるえていた。

なにかに興奮している証拠である。

金田一耕助はもういちど安楽イスにもどると、そのテープをはじめからおわりまですっかり聴いたが、聴きおわったとき、かれの額はぐっしょりと汗ばんでいた。

「畜生ッ！」

かれは小さく口のうちでつぶやくと、テープをとめて、いそいで卓上電話の受話器を取りあげた。

金田一耕助が呼び出したのは、警視庁の捜査一課、第五調べ室、等々力警部担当の部屋だった。

ちょうどさいわい等々力警部はじぶんの部屋にいた。

四

「やあ、金田一さん、さきほどはお電話をありがとう。阿佐ガ谷のモデル殺しについて、なにか発見をなすったとか……」

　金田一耕助が重いテープレコーダーをぶらさげて第五調べ室へはいっていったとき、部屋のなかはちょっと色めき立つような空気につつまれた。

　捜査が難航したときの係官ほどみじめなものはない。世論でたたかれることは覚悟のまえとして、職業的なプライドが担当員の心を傷つけるのである。

　きょうもここへ所轄警察の捜査主任、池部警部補なども集まって、こんごの方針などを打ち合わせているところだったが、そこへ金田一耕助から電話がかかってきたので、一同は俄然、希望をもちはじめていたのである。

「いや、警部さんも、そちらの主任さんも、たいへん失礼いたしました。ぼく、たいへんなことを見落としていたもんですから……」

　と、金田一耕助がペコリとひとつもじゃもじゃ頭をさげるのを、池部警部補はもどかしそうに、

「いやいや、そんなことはどうでもいいですが、金田一先生、そのたいへんなことを見落としていたとおっしゃるのは……？」

「いや、これなんですがね」

　と、金田一耕助はデスクのうえにどさりとおいたテープレコーダーのうえをたたいた。

「それ、なんですか、金田一先生」

　と、おなじみの新井刑事もデスクのそばへよってくる。

「これ、テープレコーダーなんです」

「テープレコーダー……？」

「はあ。ぼく、はじめての依頼人から電話がかかってきたような場合、電話の声をテープにとっておくことがあるんです。いつもそうだというわけじゃありませんがね。ところが、先月の六日の午後、すなわち、阿佐ガ谷のアトリエでモデル殺しがあった当日、女の声でぼくのところへ電話がかかってきたということは、みなさんもご存じでしょう」

「はあ、駒井泰三の細君、昌子からですね」

「ええ、そう」

「それで……？」

「はあ、そのとき、電話の声の調子がひどく取り乱しているようなので、ぼく、ついそれをテープにとっておく気になったんです。ところが……」

「ところが……？」

「その後起こった事件と電話の話とのあいだに、べつに矛盾するところはなかった……いや、なかったと愚かにもわたしはひとり決めに決めていて、きょうまでついぞこのテープを聴こうともしなかったんですね。ところが、さっきふとしたはずみに聴いてみると、たいへんな矛盾を発見したんです」

「たいへんな矛盾とおっしゃると……？」

と、一同の顔色には極度の緊張があらわれている。部屋全体の空気がピーンと張りつめた針金のように、強く、きつく切迫していた。

「いや、それはいまテープをかけてみますから、みなさんで気がおつきになってくださ い。そのまえにあらかじめ申し上げておきますが、この電話は駒井泰三の妻の昌子……したがって、片桐梧郎の妹からかかってきた電話ということになっているんです。そういったのは駒井じしんで、昌子もそれを認めているんです。それでは……」

と、金田一耕助がスイッチをいれると、回転するテープから切迫したような女の声が漏れはじめる。

「ああ、先生でいらっしゃいますか。どうも失礼申し上げました……」

一同は無言のまま、無心に語りつづけるテープの回転を凝視している。第五調べ室の空気はいよいよ緊迫してきて、だれもかれも息を吐くのさえ苦しそうであった。

「……はあ、はあ、さようでございます。ところが、あたくし、その件について、とても心配なことがございまして……」

と、無心のテープがそこまで語ってきたとき、

「みなさん、ほら、このあとの一句に注意してください」

と、金田一耕助のことばもおわらぬうちに、テープはつぎのような言葉を叫んだ。

「……と申しますのは、あたくし、その自動車を運転しておりました片桐ってかたを存じあげておりますの」

「あっ！」

といようような一同の叫びをきいて、金田一耕助は満足そうにスイッチを切った。

「みなさん、どうやらおわかりになったようですね」

「金田一先生、しかし、それはどういう……？」

と、池部警部補はまだはっきりと納得がいかないらしく、金田一耕助を見つめる目玉はいまにもとびだしそうである。

「いや、池部さん、それはこうです。なんならあとでこのテープをなんどでもお聴きくだすって結構ですが、この電話のぬしは、はじめからしまいまで、じぶんの名前を名乗らずじまいなんです。そのことは電話が切れたときぼくも気になっていたんですが……まあ、それはともかくとして、それからまもなくやってきた駒井泰三の言葉によると、さっきの電話はじぶんのワイフだというんです。しかも、駒井の説明をきいてみるとべつに矛盾もかんじなかったので、ついきょうまでうっかりしていたわけですが、警部さん」

「はあ」

「妹がじぶんの兄のことを話すばあい、片桐ってかたを存じあげておりますの……というようなていねいな言葉をつかうでしょうか。兄であるということはいわないにしても、片桐ってひとをしっておりますの……とでもいうのがふつうじゃないでしょうか」

「それじゃ、金田一さん」

と、等々力警部は目を光らせて、

「この電話のぬしは、駒井の家内の昌子じゃないとおっしゃるんですね」

「そうです、そうです。警部さん、それにもかかわらず、駒井ははっきりと、さっき電話をかけたのはわたしのワイフだといいきり、昌子は昌子でそれを自認しているんです。なぜでしょう」

「駒井夫婦になにか暗いところがあるんだな」

と、池部警部補も歯ぎしりをするような調子である。

「しかし、金田一先生」

と、新井刑事も身を乗りだして、

「この電話のぬしが昌子でないとすると、この女はいったいだれなんです」

「新井さん」

と、金田一耕助はきびしい顔をして、

「この電話の声がひどくおびえているらしいことは、あなたにもおわかりでしょう。片桐梧郎氏の運転する自動車の後尾トランクから女の脚らしいものがはみ出していたという新聞記事を読んで、いちばんおびえるのはだれでしょう。もっと言葉をかえていえば、片桐氏がサディストであり、こういう凶悪犯罪もやりかねない人物だということをいちばん身にしみてしっているのはだれでしょう」

「由紀子か……それともエミ子ですね」

「そうです、そうです。しかし、由紀子は当時すでに関係をたっていましたから、さしあたっていちばん身の危険をかんじたのはエミ子じゃないでしょうか」

「金田一先生、それじゃこの電話のぬしはエミ子だとおっしゃるんですか」

「そうじゃないかと思うんです」

「しかし、駒井夫婦がその電話のことをしっていたのは……？」

「だから、この電話は駒井の宅からかけてきたんじゃないでしょうか。片桐のサディストぶりにおじけをふるっていたエミ子は、いつか被害妄想狂になっていた。そこへあの新聞記事をみ、しかもその自動車がじぶんのところへ訪ねてきているのですから、いよいよ恐怖と不安にふるえあがった。そこで駒井夫婦のところへ相談にいった。その結果、ぼくに電話をするということになったんじゃないでしょうか」

「しかし、金田一先生」

と、新井刑事が抗弁をするような身振りをして、

「それほど片桐を恐れていた望月エミ子が、電話をかけたあとでのこのこと阿佐ガ谷へ出向いていったというのはおかしいじゃありませんか」

それにたいして、金田一耕助はしばらく無言のままひかえていた。しかし、その無言が返事に窮したあげくの沈黙でないことを、そこにいるひとたちはみんなしっているのである。

金田一耕助の頭には、いまひとつのセオリーが組み立てられているのだ。新井刑事で

さえがそれをしっていた。だから、いまの刑事の反駁《はんばく》はほんとの意味の反駁ではなく、それによって相手を刺激し、あいての組み立てたセオリーをここで発表させようというひとつの手段なのである。だから、だれも金田一耕助の沈黙をさまたげようとするものはなく、みないちように手に汗握るような思いで金田一耕助の発言を待っているのである。

「新井さん」

よほどしばらくたってから、金田一耕助が口をひらいた。

「望月エミ子があの日、阿佐ガ谷のアトリエへみずから出向いていったというたしかな証人がありますか。だれかエミ子のすがたをあの付近で見かけたものがあったでしょうか」

新井刑事はあいての真意をはかりかねるようにまじまじとその顔を見まもりながら、

「いや、そういえば、そういう証人はひとりもなかったんだが……」

「しかし、なにしろあんな寂しい場所だから、そういう証人がいなかったとしてもあえて異とするに足りないと、そうお思いになったのでしょう。いや、これはあなたを責めているのではなく、わたしじしんもそうたかをくっていたんです。しかし、池部さん」

「はあ」

「望月エミ子ははたしてあのアトリエで殺されたのでしょうか。ひょっとすると、ほかの場所で殺されて、死体となってからあのアトリエへはこびこまれたのじゃないでしょうか」

「き、金田一さん」

と、等々力警部もおどろきを露骨に表情と声音にあらわして、

「そ、それ、ど、どういう意味なんですか」

「警部さん、とにかく、駒井夫婦が電話のことについて重大なうそをついていることはお認めになるでしょう。夫婦そろってそのような重大なうそをつくからには、それそうとうの理由がなければなりませんね。その理由とはなにか。――そこであらためてこの事件におけるあの夫婦の立場を考えてみたんです。望月エミ子は男の手によって扼殺《やくさつ》されている。したがって、駒井昌子ははじめから問題にならない。問題になるとすると亭主のほうですが、その亭主には確固たるアリバイがあった。すなわち、エミ子が殺された時刻には、駒井はわたしと対座していたか、あるいはわたしのところへ駆けつけてくる自動車のなかだったということになっていますね。池部さん、そうじゃなかったですか」

「はあ、それは先生のおっしゃるとおりですが……」

「しかし、駒井にそういうアリバイが成り立つというのも、エミ子があのアトリエで殺されたのだという仮定があってのことですね。だから、もしエミ子がアトリエで殺されたのではなく、どこかほかの場所、たとえば、わたしのところへ駆けつけてくる自動車

のなかで殺されたとしたらどうでしょう」

「しかし、しかし、金田一先生」

　と、新井刑事が目をむきだしていきまいた。

「そ、そりゃむちゃでさあ。だって、げんに先生が駒井といっしょにアトリエへかけつけたときにゃ、エミ子は死体となってソファーのうえに横たわっていたんじゃありませんか」

　金田一耕助はペコリと頭をひとつさげて、

「新井さん、たいへん失礼いたしました。しかし、わたしがあの死体を見たときの状態は、あなたもご存じでしたね。わたしはただカギ穴から、全裸の女が石膏像に抱きすくめられてソファーのうえに横たわっているのを見ただけなんです。それが死骸《しがい》であったか、生きている人間だったか、また、その女がエミ子であったか、それともべつの女だったか、カギの外にいるわたしにはわかりようはなかったんです」

「き、金田一先生！」

「池部さん」

　と、金田一耕助はまたペコリとひとつお辞儀をして、

「だから、この事件の捜査をあやまらせたものがあるとすると、それはこのぼくなんです。いたって不確かなことを確からしく申し上げてしまったんじゃないかと、いまになって自責の念にかられているんです。だから、ここであらためてじぶんの証言を訂正さ

せていただいて、みなさんの捜査方針に再検討を加えていただこうと思ってるんです」

「しかし……しかし……金田一先生」

と、池部警部補があえぐように、

「それじゃ、先生がカギ穴からごらんになった裸体の女というのは……？」

「昌子があの時刻にあのアトリエの付近にいたはずですね」

「畜生ッ！」

と、等々力警部が鋭く舌打ちをして、

「それじゃ、あとで昌子とエミ子の死体をすりかえたんだとおっしゃるんだな」

「そうじゃないかと思うんです。こののろまなメイ探偵は、そんなこととはつゆしらず、のこのこお巡りさんを探しにいきましたからね。お巡りさんのみならず、大工を探すのにひまどったんです。ですから、ぼくがそのアトリエをあとにしてふたたび引き返してくるまでには、たっぷり十分はかかっていました。そのあいだに、自動車の後尾トランクに詰めてきたエミ子の死骸を裸にして昌子とすりかえるのには、充分に時間的余裕があったはずなんです」

「金田一先生」

と、池部警部補は興奮に声をふるわせながら、

「駒井夫婦が共謀してエミ子を殺したとして、その目的はどこにあるんです？」

金田一耕助はしばらく無言でいたのちに、

「池部さん」

「はあ」

「片桐梧郎がとつぜん失踪《しっそう》すれば、遺産継承者であるところの昌子ならびにその配偶者に、当然疑惑の目がむけられますね。しかし、片桐が人を殺したとなると話はちがってくると思うんです。ですから、こんどの事件は片桐の失踪を理由づけ、正当化するための犯罪じゃないでしょうか」

「金田一さん！」

と、等々力警部が大きく息をはずませて、

「そ、それじゃ片桐も殺されていると……？」

「新井さん」

「はあ」

「あのアトリエはその後もひきつづいて監視されているんでしょうねえ」

「それはもちろん、いつ片桐が舞いもどってこないとも限らないので、昼夜張り込みはつづけております」

「それはちょうど幸いでした。死骸というやつは、なかなか運搬がやっかいなものです。エミ子の場合はうまく成功しましたがね」

「金田一先生、それじゃ片桐の死体はあのアトリエのどこかにあると……？」

「はあ、いずれはどこかほかへ移すつもりなんでしょうが、張り込みがつづけられていちゃあねえ。まあ、むだ骨をおる覚悟で探してごらんになったら……」

金田一耕助はそこでまたペコリと一同にむかって頭をさげた。

五

「片桐の死体はやっぱりアトリエの背後にある雑木林のなかから掘り出されましたよ。これでまあ、わたしの面目も立ったようなもんです」

と、後日、金田一耕助はこの事件簿の記録者なる筆者にむかって、しみじみとした調子で語ってくれた。

「事件の発端は、その前日、片桐の運転している自動車のトランクから人形の脚がのぞいていたこと、それについてエミ子がひどくおびえて……つまり、じぶんにたいする一種の示威じゃないかというおびえかたをして、駒井夫婦のところへ相談にいったところに根ざしているんですね。のちに昌子が自供したところによると……」

と、金田一耕助は顔をしかめてまずそうにタバコの煙を輪に吹きながら、

「エミ子がぼくにかける電話をきいているうちに亭主が思いついたというんですが、まえまえから駒井には片桐をなんとかしてその財産を横領しようという腹はあったんでしょうねえ。そこへおあつらえむきのむくどりがとびこんできた。しかも、エミ子がとうとうじぶんの名前を名乗らなかったところを利用しようと考えたわけです」

「それで、片桐が殺されたのは……？」

「それはこうです。電話がかかってきたのは四時でしたね。そして、五時にやってくるという約束なんですが、これは妥当な時間ですね。ところが、駒井がじっさいにやってきたのは六時半でした。いかに夫婦のあいだで小競り合いがあったにしても、一時間半もおくれるのは少しおだやかでない。それくらいなら、むしろすっぽかしてもいいんですからね。ですから、このおくれた一時間半のあいだになにかあったんじゃ……という疑いは、わたしもまえから漠然《ばくぜん》とながらももっていたんです」

「じゃ、エミ子の電話があってから、駒井が阿佐ガ谷へおもむいて片桐をやったわけですか」

「ええ、そうです、そうです。四時から六時半まで二時間半あれば充分ですね。ここでは申し上げませんが、死体のかくし場なんかもなかなかうまいところを考えたもので、それなんぞもまえからいちおう計算にいれていたんだろうと思うんです。そのあいだ、こうして亭主が片桐をかたづけ、舞台装置を点検しているあいだ、昌子がなにかと口実をもうけてエミ子をひきとめておいたんですね」

「なるほど。そうして阿佐ガ谷のほうの舞台装置ばんたんが出来上がったところで、あらためて駒井がエミ子を自動車でつれだし、その途中で殺してトランクにつめてここへやってきたというわけですか」

「そうです、そうです。いや、途中というより、出発直前、自動車の車庫のなかでやって、そのときすでに素っ裸にしてあったそうです」

「なるほど。あとの手間を少しでも省こうというわけですね。しかし、そうすると、金田一さん」

「はあ」

「あなたが阿佐ガ谷へかけつけるとき、エミ子の死体はすぐあなたのおしりのうしろにあったわけですね」

「それなんですよ、先生」

と、金田一耕助は顔をしかめて、

「それを考えるとその当座おしりがムズムズしたもんで、あんまり目覚めがよくありませんでしたね」

金田一耕助も筆者もしばらく無言でひかえていたが、筆者がふと思い出して、

「ときに、由紀子はなんのために殺されたんですか」

「ああ、由紀子……」

と、金田一耕助はまた顔をしかめて、

「由紀子は犯罪の現場を目撃したがために殺されたんじゃなくて、なんにも目撃しなかったがために殺されたんです」

「ああ、なるほど」

と、筆者もその一言でわかったような気がしたので、

「そうすると、なんにも目撃しなかったということは、犯罪の現場を目撃したとどうよう、危険な場合がありうるわけですね」

「そう、ときと場合によってはね」

「怖い世の中ですね」

「ええ、そう。まったく怖い世の中です」

ふたりはそれっきり長いあいだ口をきかなかった。

夢の中の女

夢見る夢子さん

一

　金田一耕助のような職業に従事するものは、おそらく、ことの意外だとか、予想外のおどろきなどということには慢性になっているだろうことが予想される。かれのように社会の奸智《かんち》とたたかっている男が、いちいち、とほうもない、あるいは死にもの狂いの犯罪者たちの狡智《こうち》に驚嘆していては、心身ともにすりへらされてしまうであろうことは疑いをいれない事実である。

　それにもかかわらず、これからお話しする『蛍光灯《けいこうとう》の女』の事件では、かれは冒頭から世にも異常なサープライズを味わわなければならなかった。

　それは盛夏の七月下旬のことだった。

　朝早く、警視庁の等々力警部の電話におこされた金田一耕助は、ちょっと妙な事件が起こったが、それについてぜひお尋ねしたいこともあり、かつまたご相談申し上げたいこともあるから、至急、本庁までおはこびねがえないかという警部の丁重な要請をうけて、いささか不審の小首をかしげた。

　いままでにもこういう要請をうけたことは珍しくない。しかし、それはいつの場合でも、ご相談申し上げたいとか、お知恵を拝借したいとかいう意味の要請で、お尋ねしたいことがあるというようなあいさつは珍しかった。

　いったい、なにを尋ねたいというのかと、金田一耕助はちかごろ警部が頭をなやましている事件のあれこれをかんがえてみた。最近において、等々力警部のみならず、警視庁全体がいちばん頭をなやましている問題といえば、なんといっても百円紙幣の贋造《がんぞう》事件である。それは警視庁のみならず、もはや大きな社会問題になっていた。

　贋造された百円紙幣はじつに巧妙にできていて、素人目には本物と区別がつかない。それに、千円紙幣をさけて百円紙幣に目をつけたところにも犯人の賢明さがあった。

　千円紙幣にくらべると、それより少額の百円紙幣が比較にならぬほど流通量の多いことはいうまでもない。それだけに、千円紙幣にくらべるとたいせつにされることも少なく、消耗やいたみかたもはげしい。

　百円紙幣の贋造者はそれに目をつけたのである。発見された贋造紙幣はじつにおびただしい数にのぼっているが、それらはいずれも相当いたんでいるものばかりだった。だから、犯人は贋造紙幣を使用するまえに相当くちゃくちゃにしておくらしく、そのためにいっそう本物との区別がむつかしくなっているのである。

このことがいま警視庁の大きな関心事になっているのだが、しかし、さっきの警部の口裏から察すると、そのことではなさそうに思える。そうすると、なにか新しい事件が起こったのだろうか。

しかし、それにしてもじぶんに尋ねたいことがあるというのは、いったいどういうことだろうと、金田一耕助はふしぎに思いながら、しかし、さしせまってはほかに用事もなかったので、警部の要請に応じて出かけることにした。

そのときの金田一耕助の服装といえば、小千谷《おぢや》縮みの白絣《しろがすり》に夏袴《なつばかま》をはき、頭にはまあたらしいパナマをかぶり、かれとしては珍しく男振りをあげているつもりで、内心大いに得意だったが、等々力警部はてんでそんなことは目にもはいらぬほど興奮していた。

「やあ、金田一さん、お呼びたてして申し訳ありません。ちょっと妙な事件が起こったんですが、あなた、本多美禰子《ほんだみねこ》という女をご存じですか」

警視庁の第五調べ室、等々力警部担当の部屋へはいっていくと、頭からこう浴びせかけられて、金田一耕助も面食らわずにはいられなかった。

「本多美禰子……? そ、それはいったいどういう婦人ですか?」

金田一耕助は目をパチクリとさせたが、

「ご存じじゃありませんか。新橋にある『大勝利』というパチンコ屋の看板娘なんですがね」

　と、等々力警部に注意されて、

「ああ、あの〝夢見る夢子さん〟」

　と、おもわず息をはずませた。

「えっ、夢見る夢子さんとは……？」

　と、こんどは等々力警部が目をみはる。

「いや、そういうアダ名があるんですよ、あの娘には……夢見る夢子さんというのは、だれかの漫画の女主人公らしいんですが、あの美禰子というのがひどく空想的な娘でしてね、いつもなにかこう夢想しているというふうなので、そういうアダ名がついてるんですがね。それで、なにかあの夢見る夢子さんが……？」

　と、金田一耕助はふいと不安そうにまゆをひそめる。じつをいうと、金田一耕助は夢見る夢子さんの美禰子からある調査を依頼されながら、まだ果たしていないことを思い出したのである。

「ああ、それじゃ金田一さんはやはりあの娘をご存じなんですね。ところで、あなた、あの娘に手紙をおやりになったことがおありですか」

「手紙……？　いいえ」

「しかし、あなたはなにかあの娘から依頼されていらしたんじゃないですか」

「ああ、それは……」

と、金田一耕助はパナマ帽をぬいでもじゃもじゃ頭をかきまわしながら、ふしぎそうに警部のひとみをのぞきこんだ。

「じつは、この春ごろからちょくちょくとあの『大勝利』といううちへいくようになって、看板娘の夢見る夢子さん、すなわち美禰子という娘とも心やすくなったんですが、そのうちにあの娘、だれからかわたしの職業をきいたとみえて、ある調査をわたしが、まあ、依頼されたというわけです」

「その調査というのは、三年まえに殺害されてそのまま迷宮にはいっている美禰子の姉、いわゆる黒衣の女、本多田鶴子の事件についてじゃないんですか」

「そうです、そうです、警部さん」

と、金田一耕助はせわしくうなずいて、

「しかし、そのことでなにか……」

「いや、それについて、金田一さんはあの娘になにかいってやったことはありませんか。手紙やなにかで……？」

「いいえ」

と、金田一耕助はいよいよ驚いたような面持で、

「それはいまも申し上げたとおり、あの娘に手紙なんか出したおぼえはありませんが……」

「ところが、金田一さん、ここにこのような手紙があるんですがね」

と、警部が紙ばさみのあいだから取りあげた五、六枚の便箋《びんせん》をみると、金田一耕助はおもわずまゆをつりあげた。

それは、新聞あるいは雑誌類の印刷物から必要な文字をきりぬいて、便箋のうえに張りつけた手紙である。

金田一耕助もいままでたびたびこういう手紙を見てきたが、このような手紙のつねとして、筆者の名前がないか、たまたまあっても匿名にきまっているのに、その手紙にかぎって、

「ほら、金田一さん、ここにこの手紙の差し出し人の名前が……」

と、等々力警部の指さすところをみると、金田一耕助はおもわずぎょっと大きく目をみはった。

そこにはちゃんと、

『金田一耕助』

という名前が、印刷物から切りぬいた大小ふぞろいの文字で張りあわせてあるではないか。

金田一耕助はしばらく啞然《あぜん》として、じぶんの名前を見つめていたが、急にぷっと吹きだすと腹をかかえて笑いだした。

「いやあ、これはどうも。こいつはどうも。あっはっは、愉快ですなあ。匿名の手紙に、こともあろうにこのぼくの名前が利用されようとは……」

だが、しかし、等々力警部のむつかしい顔色に気がつくと、金田一耕助はとつぜん笑いの発作から立ちなおった。

「警部さん、それでこの手紙にはどんなことが書いてあるんですか」

「どうぞ、ごじぶんでお読みになって」

警部のおしやる便箋を金田一耕助はデスクごしにうけとると、最初の一枚から読みはじめたが、たちまちにしてかれはこのロマンチックな手紙に魅了されたのである。

それはつぎのような世にも奇妙な内容だった。

拝啓、過日、あなたよりご依頼をうけたあなたの姉上、本多田鶴子氏殺害事件につき、その後、調査を進めておりましたところ、この度ようやく犯人をつきとめることが出来ました。

しかし、なにぶんにも三年という時日が経過しておりますことゆえ、たしかな証拠をあげることが出来ないのをイカンに思います。さりとて、このまま犯人を放置しておくのも残念センバン。このうえは犯人にショックをあたえ、自供を強いるよりほかに方法はないと思うのですが、それについて、つぎのような指令にしたがっていただければ幸甚《こうじん》と思うのであります。

すなわち、来る明後日、七月二十五日は、あなたのお姉様、田鶴子氏のメイ日であります。その夜、あなたはお姉様のかたみのイブニングドレスを着て、これまたお姉様のかたみの真珠のクビ飾りを胸にかけてください。そうすれば、あなたは黒衣の美女といわれたお姉様にそっくりに見えましょう。

さて、そういう服装をして、あなたはきっちり夜の九時に、新宿駅の正面入り口へいくのです。そうすると、そこにわたしの部下が待っていて、あなたにホタルのいっぱいはいったランタンを渡すでしょう。このことがどんなに大事なことか、あなたにもおわかりでしょう。さて、それからあなたはまっすぐに代々木上原にあるかつてお姉様の住んでいられた家、すなわち、お姉様の殺害された家へいくのです。

（注意、あなたはレインコートかなにか着て、イブニングをきていることをかくさねばなりません。また、ホタルのランタンもふろしきにくるんで、ひとにしられないようにするのです。出来れば顔も他人の注意をひかないように）

さて、代々木上原の家は、事件の後、焼けてしまって、いまは廃墟《はいきょ》になっております。しかし、あなたはなにも恐れることはないのです。あなたの背後にはわたしの部下が忠実な番犬のようについておりますから。しかし、部下に話しかけたりしてはなりませんぞ。

さて、あなたはお姉様の殺害された場所をしっておりますね。お庭のあの日時計のそば……あの日時計はいまもそのままありますから、あなたはそのそばの暗やみのなかに立って、だれかがくるのを待つのです。その時あなたはレインコートをぬいで、イブニング姿でいなければなりません。ただし、ホタルのランタンはまだふろしきにつつんでかくしておくのです。

やがて、九時半から十時までのあいだにだれかが……それが犯人なのですが……やってくるでしょう。あるトリックを使って、そいつがやってこずにはいられないようにわたしがたくらんでおいたのです。さて、その男が日時計のそばへやってきたら、あなたはふろしきをといて、いきなりホタルのランタンを相手の顔につきつけるのです。そして、出来るだけ恨めしそうな声で、つぎのようにいってください。

「三年まえにわたしを殺したのはあなたでしたね」

と。

それで万事オーケーです。

勇気をもって、しっかりと。決して、恐れたり、心配したりすることはないのです。わたしとわたしの部下が、いつもあなたのそばについて見マモっております。

金田一耕助

本多美禰子様

追記。この手ガミをこのような活字のハリアワセにしたには、たいへん大きなイミがあるのです。そのことについては、いずれあとで説明しましょう。

なお、このことはゼッタイにだれにも言ってはなりません。犯人はいま、とても神経質になっておりますし、それにカベにミミある世の中ですからね。

　金田一耕助はこの興味ある手紙を読んでいくにしたがってしだいに興奮をおぼえてきた。そして、興奮したときのこの男のくせとして、バリバリ、ガリガリ、めったやたらともじゃもじゃ頭をかきまわしていたが、やがて、すっかり読みおわると、ぼうぜんたる目を警部にむけた。

「で……？」

「で……？」

　と、等々力警部もおうむがえしに金田一耕助とおなじ言葉をくりかえした。

「いや、警部さん、この手紙はいったいどこから発見されたんですか。夢見る夢子さん……いや、失礼、本多美禰子がもってきたんですか」

「いいや、そうじゃありません」

　と、おさえつけるようにいう警部のほおに、とつぜん怒りの色がもえあがった。

「本多美禰子はその手紙の指令にしたがって行動したんです。そして、代々木上原にある焼け跡の廃墟のなかで、すなわち姉が殺されたとおなじ場所で殺害され、死体となって発見されたのです。その手紙は、美禰子の死体の胸のなかから出てきたのです」

　金田一耕助はとつぜんイスのなかでずり落ちそうになっていくじぶんを意識した。すぐ目のまえにいる等々力警部の顔が、まるで一里も二里も遠方にみえるような感じであった。

二

「つまり、こういうことになるんですね」

代々木上原へ自動車を走らせる途中である。等々力警部は腹立たしげにきっと前方に目をすえながら、ポキリポキリとまるで木の枝でも折っていくような調子で語っている。

「昨夜……というよりけさ、すなわち七月二十八日の午前一時ごろのこと。所轄警察のパトロールが焼け跡の付近を巡回していたところ、こわれた塀《へい》のあいだからなにやらボーッと光るものが見えたんですね。それで、ふしぎにおもってなかへはいったところが、そこにホタルのランタンと死骸《しがい》がころがっていたというわけです」

「しかし……」

と、金田一耕助はさっきの奇妙な手紙の文句を思い出しながら、

「被害者があの手紙の指令にしたがって出向いていってそこで殺害されたとしたら、それは二十五日の夜のことになるんでしょう。けさまでどうして発見されなかったものか……」

「いや、それがね、金田一さん」

と、警部はそういう質問を予期していたかのように、

「わたしもけさはやく現場を見てきたんですが、それはもうひどい雑草でね、その雑草

のなかに埋まっているんですから、ゆうべ……いや、けさだってホタルの光が見えなかったら、パトロールは気づかずにすましていたかもしれないんです」

「しかし、そのホタルはきのうもおとといも光っていたかもしれないんです」

「それはそうです。しかし、それが見えるのは、パトロールがひょいとのぞいた塀のこわれめ、そこからだけしかみえないんですね。だから、きのう、おととい、そこを巡回したパトロールは、ついうっかりと見のがしてしまったんでしょう。それに、一昨日……すなわち二十六日の夜おそくから二十七日の朝へかけてひと降りあったでしょう。それでホタルが生色を取りもどしたんだろうといってるんですがね」

金田一耕助はしばらくだまって考えていたのち、

「それで、被害者が『大勝利』の美禰子だとわかったのは……？」

「ああ、それは死体のそばにレインコートがぬぎすててあったんですが、そのポケットに『大勝利』の宣伝マッチがはいっていたんですね」

美禰子はタバコを吸わなかったはずだが……と、金田一耕助はちょっとかんがえる。しかし、そのことについてはなにもいわなかった。

「そこで『大勝利』へ電話をかけたところが、マダムの一枝というのが駆けつけてきて、うちの事務員の美禰子にちがいないということになったんです。金田一さんはあのマダムに会ったことがありますか」

「それはもちろん、夢見る夢子さんと交替で玉売り場に座ってるんですから……なかなかあいきょうのあるべっぴんでしょう」

「ええ、びっくりして泣いてましたがね。あれが『大勝利』の経営者なんですか」

「いや、経営者というのは花井達造って男で、ほかにも二、三ヵ所パチンコ屋をもってるんですが、一枝というのはつまり花井達造のめかけなんですね」

「あっはっは、金田一さんはなかなか通なんですね。よほどしげしげお通いだとみえますな」

「ええ、まあ、足場がいいもんですからね」

と、金田一耕助はにこりともせずに答えた。

「それで、マダムにはさっきの手紙のこと話しましたか」

「いや、まだ……しかし、マダムはあの家のことをしっていて、三年まえにここで殺された黒衣の歌手、本多田鶴子の妹だってんで、俄然《がぜん》、代々木のほうでも緊張したってわけです」

「マダムはそりゃしってるでしょう。ぼくもいちど夢見る夢子さんにあの焼け跡へつれていかれたことがありますからね」

「金田一さんが……？」

と、等々力警部はびっくりしたように金田一耕助の横顔をみて、

「美禰子という娘は金田一さんになにをもとめていたんですか。つまり、姉を殺した犯人をさがしてほしいと……？」

「そうです、そうです。それに、あの娘は妙な夢をもってましてね。つまり、姉を殺した犯人が、姉を殺した代償として、いまにじぶんを幸福にしてくれる。じぶんはいつまでもこんなパチンコ屋の売り子なんかしてる身分ではないと……一種のシンデレラを夢見てたんですね」

「なるほど、そこが夢見る夢子さんなんですな」

「ええ、そう。それに、あの娘、ごくわずかなあいだながら、姉のかなり豪奢《ごうしゃ》な生活をしってるでしょう。だから、じぶんにだってあのような生活ができないはずがない。いつかじぶんにもああいう運命がめぐってくるにちがいないと、そういう夢想をもってたんですね。そして、だれにでもそんな話をするもんだから、いつのまにやら夢見る夢子さんにされちまったというわけです」

「そういえば、かなりかわいいことはかわいい顔立ちをしてますね」

「ああいうのが親兄弟もなくひとりぽっちで、都会のまんなかにおっぽり出されていて、しかも奇妙な夢をもっているんですから、危なっかしいといえばいちばん危なっかしい存在だったわけでしょうな」

その危なっかしい夢見る夢子さんから相談をうけながら、親身になって考えてやらなかったじぶんというものを、金田一耕助はいまつよく責めているのである。

「しかし、被害者がそういう夢想家だとすると、金田一さんの名前をかたったあの手紙は、被害者を誘い出すのにおあつらえむきの形態をそなえてたわけですな。イブニングドレスだの、真珠の首飾りだの、ホタルのランタンだのと、大いに夢見る夢子さんのハートの琴線にうったえたというわけですな」

「そういうことですね。夢子さんはときどき姉のかたみのイブニングをきてパチンコ屋の店頭にすわってましたからね」

金田一耕助は思いにしずんだ顔色で、

「ときに、警部さん、こんどの事件は三年まえの本多田鶴子殺しから尾をひいてるんでしょうかねえ」

「それはもちろんそうでしょうよ」

と、等々力警部はいくらか奇異な目で金田一耕助の横顔をぬすみ見ながら、

「被害者はああいう手紙で誘い出されているんですからね」

「そうすると、三年まえに本多田鶴子を殺した犯人が、ちかごろになってなにか美禰子を生かしておけぬ理由をもつにいたったというわけですか」

「ひょっとすると、犯人は美禰子にしっぽをにぎられたのかもしれない。つまり、美禰子に証拠になるような品をにぎられて……」

「しかし、それだと美禰子も警戒するでしょう。ああいう手紙につり出されるのおかしいとお思いになりませんか」

「いや、ところが……」

と、等々力警部はいちはやくさえぎって、

「美禰子のほうではそれが有力な証拠だとはまだ気がついていなかった。しかし、見るひとが見たら……たとえば金田一さんのようなひとが見たら、すぐにしりがわれてしまう。犯人はそれを恐れて、いちはやく美禰子をやってしまったんじゃあないですか」

「なるほど」

と、金田一耕助の返事はなんとなく気がなさそうである。

「どちらにしても、あなたの名前をかたったところをみると、犯人は被害者があなたに事件の調査を依頼したことをしってたことはたしかですからね」

「それはそうでしょう。だいたい、夢見る夢子さんというのが、夢想家にありがちなおしゃべりで、思ったことを胸にためておけない性質でしてね。だれにでもべらべらしゃべってしまう。また、ぼくに事件の調査を依頼したとなると、それだけでもう解決したようにきめてかかるという、なんというか、無邪気というか、楽天家というか、そんな女でしたね」

「なるほど。あの手紙の作成者は、そういう被害者の性癖にたくみにつけいったというわけですね」

自動車はそろそろ代々木へさしかかっている。明治神宮の森がしたたるような緑の色をにじませて、セミの声がかまびすしく自動車のなかまで聞こえてくる。きょうも暑くなりそうな炎天が、緑のマスの背後にひろがっている。

「ときに、金田一さんは三年まえの本多田鶴子殺しについて研究してごらんになりましたか」

「はあ、夢見る夢子さんにたのまれて以来、ひととおり当時の新聞の切り抜きに目はとおしてみましたがね」

と、金田一耕助はあいかわらずもの思わしげなまなざしで、

「当時の捜査当局の見解では、流しの説が有力だったようですね」

「いや、もう面目ない話で……なにしろ、関係者の証拠がためがかたっぱしからくずれていってしまったもんですからね。そういえば、田鶴子という女にも夢想家らしいところがあったんでしょうな。ああしてホタルのランタンをもって、夜おそく庭を徘徊《はいかい》していたところなんざ」

「ええ、そう。あの夢見るようなまなざしと、いつも黒い衣装をつけていたところから、黒衣の歌手だの、なぞの女だのと騒がれたんですね」

いまここに話題にのぼっている本多田鶴子というのは、かつてかなり人気をもっていたシャンソン歌手だった。彼女の歌いぶりは、歌うというより語るような、語るというよりつぶやくような、つぶやくというよりはささやくような、ささやくというよりはすすり泣くような……だから、悪口をいうものは彼女のことを、雨ショボ歌手だの、さみだれ歌手だのと非難したが、しかし、彼女の人気もそういう哀切な歌いぶりからきていることはたしかだった。

田鶴子はそういう歌いぶりをより強調するために、いつも黒以外の衣装は身につけな

かったし、アクセサリーといえば真珠の首飾りだけ。そして、舞台でもテレビでも、いつも夢見るようなまなざしをしているのが特徴でもあり、ひとつの魅力にもなっていた。

田鶴子には四年まえにパトロンができた。パトロンは太陽光学の社長で、猪場栄《いばさかえ》という人物だった。猪場氏は、田鶴子と関係ができると、代々木上原にある友人の家をかりて、そこへ田鶴子をすまわせた。それまでアパートでひとり暮らしをしていた田鶴子は、家ができると郷里から妹の美禰子をよびよせて東京の学校へいれた。そのとき、美禰子はまだ十五歳で、中学の二年生だった。

ところが、それから一年もたたぬある夏の朝、すなわち三年まえの七月二十六日の朝、田鶴子が庭の日時計のそばで、何者にともしれず絞め殺されているのが、静乃《しずの》というばあやによって発見されたのである。

そのとき、彼女は黒のイブニングを身につけ、真珠のネックレスを胸にかけていた。そして、そばにはホタルのいっぱいはいったくもりガラスの円筒型のカンテラのようなものがころがっていた。

当時、このホタルのランタンが、大いに問題にされたのである。

あるひとはそれを、あいびきの合図に使っていたのではないか、すなわち、ホタルのランタンを見かけたら、パトロンに内緒の愛人が忍んでくることになっていたのではないかと憶測した。しかし、彼女をよくしっているひとたちはそれを打ち消し、田鶴子はなにか新しい演出効果をねらっていたのだろうと主張した。

キャバレーなどで歌うばあい、彼女はいつも照明のうすぐらいのをよろこんだ。そのほうが彼女の歌いぶりにマッチしていたからである。だから、田鶴子は新手として、すっかり明かりを消したステージへホタルのランタンをもって登場するというようなことをかんがえて、その練習をしていたのではないかというのである。

それはいかにもありそうなことで、彼女はよく夜おそく庭をそぞろ歩きしながら歌の練習をしていたそうである。

捜査当局は、しかし、はじめのうち以上ふたつの場合を折衷してかんがえていた。なるほど、田鶴子は舞台効果をねらってホタルのランタンを用意していたのかもしれないが、それをあいびきの合図に使用しなかったともいえないのではないか、という考えかたである。

そこで田鶴子の素行が調査されたが、どちらかというと彼女は内気でじみなほうで、パトロンのほかに愛人があるとも思えなかった。ばあやの静乃も、うちのおくさまに限って……と、愛人うんぬんのことはぜったいに否認した。ただ、ときどき、近所のアパートに住む来島武彦《くるしまたけひこ》という学生があそびにくることはきたが、それも田鶴子のファンというにすぎず、それ以上の関係があったとはぜったいに思えないと主張してゆずらなかった。

しかし、来島武彦はいちおう厳重に取り調べられたが、かりにかれと田鶴子と肉体関係があったとしても、田鶴子を殺害しなければならぬような動機はすこしも発見されなかった。ふたしかながらもアリバイもあった。

さて、パトロンの猪場栄氏だが、このひとは当時大阪へ出張していたので、これまた問題にならなかった。ただ、猪場氏の夫人の康子というのがそうとう嫉妬《しっと》ぶかいひとで、夫と田鶴子との関係を苦にやんでいたという説があるので、そのほうへいささか疑惑の目がむけられたが、しかし、犯行はあきらかに男の手によってなされたものであった。しかも、猪場氏と康子夫人のあいだには和子という娘がひとりあるきりで男の子はなかった。

そのほか田鶴子の職業上の知り合いなどがつぎからつぎへと調べられたが、だれひとり田鶴子を殺害しそうな人物はなかった。まえにもいったように、じみで、内気で、どちらかというと孤独を愛するふうがあった田鶴子に命までねらう敵があろうとは思えぬというのが、彼女を知っているひとたちの一致した意見であった。

結局、こうしてこの事件は迷宮入りをしてしまった。その後の捜査当局の意見では、流しの強盗が忍びいり、田鶴子に見とがめられたので絞め殺してしまったが、急に怖くなり、なにも盗まずに逃走したのではないかというのが、しだいに有力になってきていた。

ここに哀れをとどめたのは美禰子だった。その家が田鶴子の名義になっていれば、それは当然、彼女の財産になったはずである。しかし、あいにくそれは借家だった。そこで、家財道具を売り払った金と、田鶴子の貯金だけが姉の遺産として美禰子にのこされた。

しかも、猪場栄氏はこの事件にこりたのと、夫人の康子がよろこばないので、後始末のいっさいがおわると、美禰子を郷里へ送りかえした。しかし、いちど東京の味をおぼえた美禰子に、とても田舎住まいはできなかった。それに、姉からのこされた金がまだそうとうあったので、一年ほどすると彼女はばあやの静乃をたよって上京してきた。そして、昨年『大勝利』に職を見つけて看板娘になったのだった。

三

午前十一時。

金田一耕助と等々力警部をのっけた自動車はやっと現場へ到着したが、みるとあたりは黒山のひとだかりだった。気がつくと、きょうは日曜日である。そのひとだかりをかきわけて、ふたりは廃墟のなかへはいっていった。

「警部さん、この家は田鶴子の事件があってから半年ほどのちの冬に焼けたんでしたね」

金田一耕助は、雑草におおわれた廃墟のなかを見まわしながら、物思わしげな口調だった。

「そうです、そうです。なにしろ、ああいう事件があったので住まいてもなく、空き家のままほうってあったんですが、それが自火を出して焼けたので、なにかあの事件に関係があるのじゃないかとわれわれもちょっと緊張したんですが……」

「結局、空き家をねぐらにしていた浮浪者の失火ということになったのでしたね」

「その点はもうまちがいないと思っていたんですが、しかし、こんどのようなことが起こってみると、なんだかまたいろいろと……」

と、等々力警部は渋面をつくっている。

哀れな美禰子の死体は、まだ日時計のそばの雑草のなかに埋もれたままおいてあった。夢想家にありがちな、華奢《きゃしゃ》で繊細で、色の白いすきとおるような膚の色さえ、こわれもののビードロ細工を思わせるようである。うまれつきまつげのながい黒目がちの大きな目をしていたが、それがいまくわっと恐怖の表情をたたえて見開かれているのが、このうえもなく哀れである。

手紙に指定されているように、美禰子はくろいイブニングをきて、首に真珠のネックレスをまきつけているが、その細いのどのあたりにくっきりと大きな親指のあとがふたつなまなましくきざまれているのをみると、金田一耕助は洟をすすって、おもわず顔をそむけずにはいられなかった。

かれはいま、この哀れな娘のために力になってやれなかったことについて、ふかくおのれを恥じているのである。

その金田一耕助の目にうつったのは、草むらのなかにころがっている乳白色をしたガラスの、太くみじかい円筒である。それは蛍光灯のなかみをぬいて容器のいっぽうにひもをとりつけたもので、これならどこででも手にはいるから、大した証拠になりそうもない。乳白色のガラスの内部を、ガサゴソと音を立てて小さい虫がはっていた。ホタルである。

「西村君、その後、なにか発見したかね」

「いやあ、それが……なにしろ長いあいだの炎天つづきのあとへ、一昨夜からきのうの朝へかけて土砂降りでしょう。足跡がのこっていたとしても、あの雨ではねえ。せめて一昨夜の宵《よい》のうちにでも気がつきゃあよかったんですが……」

いまいましそうに舌打ちをしているのは、所轄北沢署の捜査主任、西村警部補である。刑事たちは雑草をかきわけてうの目たかの目のていたらくだったが、これという目ぼしい発見もないらしい。

「ただね、警部さん」

と、西村警部補が声をひそめて、

「あそこで『大勝利』のマダムと話をしているわかい男がいるでしょう。あれが三年まえの事件のときいちばん黒いとにらまれた来島武彦なんです。やっこさん、ちょくちょく『大勝利』へ出向いて、きょうの被害者とはその後もつきあっていたらしいんですよ」

等々力警部はギロリと目を光らせて、

「その来島がどうしてここへ……?」

「いや、ここで人殺しがあったと聞いて駆けつけてきたというんです。やっこさん、いまでもすぐむこうにあるヨヨギ・アパートにいるんです」

なるほど、それはまだたぶんに学生臭をおびているわかい青年で、ギャバのズボンにアンダーシャツ一枚、素足にサンダルをひっかけていた。

「マダムのそばにいるもうひとりの男は……?」

「あれがマダムのパトロンで、花井達造という男ですよ」

金田一耕助がすばやくこたえるのを小耳にはさんで、

「あっ、それじゃマダムというのは二号なんですか。わたしゃまた、うちの主人ですと紹介されたから、亭主だとばかり……」

西村捜査主任の言葉をあとに聞きながして、金田一耕助は雑草のなかをかきわけていった。

「やあ、マダム、とんだことがもちあがったねえ」

金田一耕助が声をかけると、焼けくずれのコンクリートに腰をおろして花井や来島と話をしていたマダムの一枝が、はじかれたように立ちあがった。

「あら、金田一先生、とうとうこんなことになってしまって……」

と、マダムはそうとう赤く泣きはらした目へまたハンカチを押しあてた。

「とうとうって、マダムはこういう事態を予測してたんですか」

「あら、いえ、そういうわけじゃありませんが、あたしせんからあの娘に忠告してたんです。姉さんの事件なんか忘れてしまいなさいって。あの娘、先生にもなにかお願いしてたんじゃありません？」

一枝は三十二、三という年ごろだろう。やせぎすの、目の大きな、どちらかというと日本風の和服の似合いそうな女で、せんにはどこかで芸者をしていたという話である。

「ええ、たのまれたことはたのまれてたんですがね、なにしろ三年もまえの事件で……マスターもごいっしょにいらしたんですか」

だしぬけに声をかけられて、麻の夏服にヘルメットをかぶった二重あごのでっぷりふとった男がびっくりしたように目をみはって、

「一枝、こちらさんは……？」

「はあ、あの、金田一耕助先生とおっしゃって、なにやかやと調査をなさるかた。うちのごひいきさんで、美禰ちゃんともご懇意でしたの」

「ああ、それはそれは……」

と、くびれるような二重あごの汗をぬぐいながら、花井はにこにこわらって、

「いや、わたしはさっきこれからの電話で駆けつけたというわけで、なにしろ、こういうことになれんものですから、これもすっかりとまどってしまって……」

「あの、失礼ですが、金田一耕助先生ですね」

と、そのときそばから口を出したのは来島武彦である。武彦の目には一種異様なかぎ

ろいがうかんでいる。

「はあ、ぼく、金田一耕助ですが……」

「先生にはもうこの事件の犯人はおわかりになってるんでしょう」

「まさか……でも、どうして？」

「だって、美禰ちゃんを殺したのは、三年まえに田鶴子さんを殺したやつでしょう。ところが、美禰ちゃんの話では、金田一先生がとうとうお姉さまを殺した犯人を見つけてくだすった、いま証拠を集めていらっしゃるから、とおからず犯人もつかまるでしょうと、そんなことをいってましたよ」

「それはいつのことですか」

と、西村警部補が口を出した。

「あれは……そうそう、サラリー・デーでしたから、二十五日の夕方でした。ぼく、美禰ちゃんといっしょに晩飯をたべたんです。そのとき、美禰ちゃんがとてもおびえたり、興奮したり、ようすが変なんできいてみたら、あたし、そのうちに殺されるかもしれないなんていうんです。それでぼくがつっこんだら、いまいったようなことを打ち明けたんです。ぼく、美禰ちゃんの性質をしっていますから、そのときは大して気にもとめなかったんですが、いまになって考えると……」

と、武彦は手の甲で額の汗をぬぐった。

「来島君、君は偶然『大勝利』へいくようになったの」

と、これは等々力警部の質問である。

「いいえ、美禰ちゃんのほうからぼくのアパートへあいさつにきたんです。こんどここで働くことになったから遊びに来てくださいって。そういえば、田鶴子さんのパトロンだった猪場氏なんかもちょくちょく『大勝利』へきてたようです」

等々力警部と金田一耕助は、おもわずはっと顔見合わせる。

田鶴子と縁のふかかった男がふたりまで『大勝利』の客だというが、これでみると美禰子はなにか画策していたのではなかろうか。そして、それに深入りしすぎたがために、ぎゃくに犯人にやられたのではないか。

そこへ私服が汗をふきながら野次馬をかきわけてやってきた。

「ああ、主任さん、猪場栄氏は、目下大阪へ出張中だそうです。今晩か明朝帰京する予定だという夫人の話なんですが……」

「あの男、また旅行中か」

とおもわずつぶやいて、西村主任は等々力警部をふりかえった。

あの男、なにか事件があるといつも旅行しているとそういいたかったのを、さすがにひかえたという顔色だった。

姉のあずかった物

一

「やあ、昨日は失礼いたしました。飛行機で夕方かえってきたんですが……」

その翌日、等々力警部にひっぱり出されて、金田一耕助もいっしょに丸の内にある太陽光学の本社を訪れると、猪場氏はこの来訪をあらかじめ期待していたようだった。愛想よくふたりにイスをすすめながら、

「こちら、金田一先生じゃありませんか。夢見る夢子さんから話は聞いておりました」

と、目じりにしわをたたえてにこにこしているところをみると、知性もあり、なかなかよい男振りである。髪もひげもごま塩まじりだが、これがちかごろはやるロマンス・グレーというやつか。やせすぎず、太りすぎず、ゆったりとした人柄である。

「夢見る夢子さん……いや、美禰子という娘は、金田一さんのことをあなたに話しましたか」

「ええ、聞きましたよ。なんべんも。いまに金田一先生が姉のかたきをとってくれるって……しかし、それにしてもあの娘が殺されたのには驚きましたよ。ゆうべ家内からき

いてびっくりしてしまいました」

猪場氏はさすがに顔色をくもらせた。

「あなたが『大勝利』へいくようになったのは、やっぱりあの娘に勧誘されたので……？」

「そうです、そうです。ああ、来島君にお聞きになったんですね。あの娘はちょっと妙な娘でしてね、どうやらわたしと来島君に目をつけていたらしく、いろいろと気をひくようなことをいって反応をためすんですね。まあ、たったひとりの姉を殺されたのだからむりもないが、アリバイなんてことをぜったいに信用せんのですね」

猪場氏はちょっとしろい歯をみせてわらったが、すぐまた心苦しそうに顔色をくもらせた。

「それで、あの娘に最後におあいになったのは……？」

「さあ、半月ほどまえでしょうか。ただし、二十五日の正午過ぎ、電話で話したことは話したんですが……」

「電話……？　あの娘からかけてきたんですか」

「ええ。どっかの自動電話からだといってましたが、なんだかひどく興奮してまして、いまにもだれかに殺されそうなことをいうんです」

等々力警部はちらと金田一耕助の顔をみて、イスから大きく乗りだした。

「つまり、田鶴子を殺した犯人にですね」

「もちろんそうでしょうねえ。それで、ぜひ会って話したいというんですが、あいにくわたし、その日の二時の飛行機で大阪へたつことになってたものですから断ったんです。そのときはあの娘がなにをいうことやらと問題にもしなかったんですが、いまから思えばかわいそうなことをしました」

と、猪場氏はちょっと鼻をつまらせて、

「そういえば、いつものシンデレラ的空想談ではなくて、話がいささか具体的だったことに、いまになって気がつくんですがね」

「具体的というのは……？」

と、金田一耕助もおもわず体を乗り出した。

「いやあ、なんでも、たしかな証拠をつかんだ……と、そこまではよかったんですが、それをお姉さまにあずけてある。だから、ぜひお兄さま……というのがわたしなんですがね、このわたしに相談にのってほしいというんです」

「たしかな証拠をお姉さまにあずけてある……？」

「そうです、そうです。それですから、またれいのシンデレラかと思ったわけです。しかし、証拠というような言葉をつかったところをみると、なにかあの娘はあの娘なりに具体的なものを握ったんじゃないでしょうかねえ」

「あなたはそれを来島君に不利な証拠だとお思いになるんですか」

と、これは等々力警部の質問だった。

「来島君？　とんでもない。むしろ、わたしと来島君があの娘にいちばん信頼をはくしてたんじゃないでしょうかねえ。あの『大勝利』へは田鶴子の旧知のご連中がほとんど漏れなくやってくるんですよ。夢見る夢子さんはそういう点では敏腕家でしたよ」

「猪場さんは」

と、金田一耕助がとつぜんよこからおだやかながら痛烈な一矢をむくいた。

「かつての愛人の妹がああいうところで働いていることにたいして、良心の呵責《かしやく》をおかんじになりませんでしたか」

それを聞くと猪場栄氏は、ぎくっと体をふるわせていたが、みるみるその目に涙がにじんできた。

「それは、もちろん。わたしもなんとかしてやりたかったんです。あんまりけなげでもあり、いたましくもありましたからね。だけど、あの娘さんがあまり田鶴子に似てくるものだから……わたしは家庭を破壊することを好まなかったんです。家内は……家内は……めかけの腹に子供……それも男の子がうまれることをおそれるんです。ご存じかどうか、うちには娘ひとりきゃいないもんだから……家内にもずいぶん苦労をかけましたからね」

猪場氏はそっとハンカチではなをかんだが、いまの言葉はかれが美禰子を愛していたことを告白しているのもおなじではないか。そして、ひょっとすると、美禰子の夢想していた貴公子もこの猪場氏ではなかったか……。

金田一耕助が等々力警部と顔見合わせているところへ、卓上電話のベルがジリジリ鳴りだした。猪場氏は受話器をとって、ふたことみこと話していたが、すぐ等々力警部のほうへむきなおると、

「警部さん、あなたにお電話です。西村さんというひとから……」

「ああ、そう。いや、どうも……」

西村といえば、北沢署の捜査主任、西村警部補にちがいない。

等々力警部は受話器をとって、ふたことみこと話をしていたが、

「な、な、なんだって！　そ、そ、それじゃ来島武彦が……」

といいかけて、はっと気がついたように言葉をのむと、ふむ、ふむ、ふむと、あとはいっさいふむ、ふむの一点張りで話をきいていたが、

「よし、わかった。こちらのほうの話はだいたいおわったから、すぐこれから出向いていく」

と、がちゃんとはげしい音を立てて受話器をおいた警部のほおは真っ赤に紅潮していて、ひとみには凶暴とさえおもわれる光がやどっていた。

「警部さん、来島君がなにか……？」

と、ふしぎそうに質問する猪場氏の顔を警部はにらむようにみて、

「いや、いずれこんやの夕刊に出るでしょう。たいへん失礼いたしました。そのうちに、本庁のほうへおいで願うかもしれませんから、その節はよろしく。金田一さん、いきま

しょう」

　表へ出て自動車にのると、金田一耕助がはじめて口をひらいた。

「警部さん、来島武彦がどうかしたんですか」

「死んだ！」

　と、ひと声いった警部の口調は、血がたれそうなほどきびしかった。

「死んだあ……？」

　さすがに金田一耕助もぎょっとしたように警部の顔をふりかえったが、

「殺されたのですか」

　と聞きかえした声は、案外落ち着いたものだった。

「いや、それはまだはっきりしないそうです。れいの焼け跡の廃墟に首をくってぶらさがってるのが、さっき発見されたというんです。自殺したのか、だれかに自殺をよそおわされたのか……」

　金田一耕助はゾクリと体をふるわせたが、ふと自動車の外に目をやると、

「あっ、君、君、ちょっと自動車をとめてくれたまえ」

　と、あわてて運転手に声をかけた。

「金田一さん。ど、どうしたんですか」

　と、等々力警部がびっくりしたように尋ねると、

「警部さん、ここに交番があります。ここの電話をかりて、本庁へ電話をかけておいて

ください。猪場氏をげんじゅうに監視するようにって。それから、ついでのことに、猪場氏の本宅へひとをやって、夫人もげんじゅうに見張っているようにって」

「き、金田一さん、そ、それじゃ夫婦共謀で……？」

「いいえ、わけはあとで話しましょう。さあ、どうぞ」

と、金田一耕助はみずから自動車のドアをひらいて通路をあけた。

二

代々木上原の焼け跡の周囲は、きのうにまさる黒山のひとだかりである。この静かな郊外の住宅地は、どうやら殺人鬼にとりつかれたらしい。あいつぐ怪事、惨劇に、おそらくその付近に住むひとびとはやすき思いもなかったろう。

金田一耕助は等々力警部とともに焼け跡へはいっていったが、ひとめむこうをみると、おもわず慄然《りつぜん》として足をとめた。きのう美禰子の死体のよこたわっていた日時計のすぐそばに、大きなサルスベリの木が烈日のなかに真っ赤な花をひらいている。

そのサルスベリの太い枝から、来島武彦の死体がぶらさがっているのである。武彦はギャバのズボンに開襟《かいきん》シャツをきていて、足にはきのう見たようにサンダルをひっかけているのではなくて、ちゃんとくつをはいていていた。

等々力警部もさすがに顔をしかめて、

「どうだ、自殺か、他殺か」

と、真っ赤に顔を紅潮させている西村警部補に尋ねた。

「いえ、まだはっきりしたことはいえないんですが、自殺よりも他殺の可能性のほうが大きいらしいんです」

「すると、ここで殺されたのかね。それとも、どこかほかの場所で殺されて、ここまで運んでこられたのか」

「それもいまのところはっきりしないんですが、どちらかというと、あとの場合じゃないかというんですね。というのは、ついこのさきの横町に、ゆうべの夜中の一時ごろ自動車がおいてあったのを見たものがあるというんですね。その自動車がはたしてこんどの事件に関係があるのかどうか不明なんですが……」

等々力警部はいまいましそうに舌打ちして、

「いったい、だれだい、そいつは……？　真夜中にへんなところに自動車がおいてあったら、なんとか交番の注意くらいうながしたらよかりそうなものに……きのうもああいう事件があったやさき……」

「いや、ところが、その男がなにげなく見のがしたのも無理はないんですね。このへんにゃやたらに外人がすんでるんですが、その連中ときたらガレージもたずに道路へパークしておくんですね。自動車がとまっていた横町にも外人が住んでるんで、その自動車だろうと思ってなにげなく見のがしたが、あとから考えると少し型がちがっていたようだというし、いま外人のところへ聞きあわせたら、ゆうべ自動車でかえってきたのは二時すぎだというんです。だから、やっぱりその自動車で……」

そこへ医者がやってきたので、死体がサルスベリの枝からおろされた。医者はひとめ首のまわりについているくびられた跡をみると、

「悪党め！」

と、吐き出すようにつぶやいた。

「先生、するとこれは自殺では……？」

「自殺か他殺かこれを見てごらん」

医者が指さしたのはのどのまわりについている細いひものあとである。しかも、サルスベリの枝からぶらさがっているのは、その跡よりもはるかに太いロープだった。

「被害者はこのロープよりもっと細い強靭《きょうじん》なひもでくびられたのだろうが、そのひもをこのサルスベリにぶらさげておくと、足のつくられいがあったんだろうな。小刀細工をしやあがって……」

「警部さん」

とつぜん、そばから金田一耕助が等々力警部のそでをひいた。

「ここは西村さんにまかせておいたらよろしいでしょう。ちょっとぼくといっしょにいらっしゃいませんか」

「金田一さん、どこへ……？」

「いえ、どこでもいいです。ぼく、ちょっとたしかめたいことがありますから」

「ああ、そう」

金田一耕助のやりくちをよくしっている等々力警部は、多くは聞かず、西村警部補に適当な指令をあたえると、すぐ自動車にとびのった。

「金田一さん、自動車、どこへやりますか」

「目白……椎名町まで」

「あっ、美禰子のアパートですね」

金田一耕助は無言のままうなずいた。

「美禰子のアパートになにか……？」

「いや、それより、警部さん、美禰子の死体はもう解剖からかえっていますか」

「ああ、それは新橋の『大勝利』のほうへ送りかえすことになっています。花井とマダムがそう申し出たんです。あっちのほうでお通夜をするんだそうで」

「それはまた殊勝なことですね」

金田一耕助の声にちょっと皮肉なひびきがこもった。

「金田一さん、美禰子の死体になにか用でも……」

「いえ、ぼくの用があるのは死体じゃないんです。ちょっと美禰子の部屋をのぞいてみたいんですよ」

三

　アパートへ着くと、管理人がおどおどしながら美禰子の部屋へ案内した。それは六畳のひとまきりだが、部屋に似合わぬりっぱな洋服ダンスがおいてあるのは、きっと姉のかたみだろう。

　金田一耕助はくるりと部屋のなかを見まわすと、にっこり笑って、管理人を立ち去らせた。

「金田一さん、なにか……？」

　と、等々力警部の息がはずんだ。

「ええ。あれ」

　と、金田一耕助が指さしたのは、壁間にかかげてある黒衣の歌手の写真である。

「なるほど、美禰子に似てますね。これじゃ猪場夫人が美禰子を警戒したのもむりはない」

　金田一耕助はつぶやきながら机を写真のしたにもってくる。

「金田一さん、その写真がなにか……」

「いや、夢見る夢子さんがお姉さまにどのような証拠の品をあずけておいたか……」

　と、金田一耕助は机のうえへあがって写真をなげしから取りおろすと、裏の板をはずしにかかる。さすがに金田一耕助の顔も緊張し、等々力警部の息はいよいよはずんだ。

金田一耕助が裏板をはずすと、写真のうしろに古新聞が折ってかさねてある。耕助はその新聞をひろげていったが、するとなかから現れたのは数枚の百円紙幣である。そのほかにはべつになにもかくしてなかった。

「金田一さん、証拠というのは……?」

と、等々力警部はふしぎそうな目を耕助にむけたが、百円紙幣をとりあげてすかしはじめた相手の一種異様なつよい目つきに気がつくと、等々力警部は思わずぎょっと両のこぶしをにぎりしめた。

「金田一さん、そ、それじゃ、これはいま問題になっている贋造紙幣だと……」

「警部さん」

と、金田一耕助は警部のひとみのなかをのぞきこみながら、きびしい声で語りはじめた。

「あなたにお説教するようで恐縮ですけれど、美禰子は夢想家ではあったが、バカじゃなかったのですよ。いえ、いえ、夢想家にありがちな、いたって頭のするどい娘でした。そしてねえ、警部さん、夢想家というものはじぶんでいろんな場合を空想することは好きだが、他人の夢想には乗らないのがふつうだと思うんです」

「と、おっしゃるのは……?」

等々力警部はまだ金田一耕助の言葉の意味を捕捉《ほそく》しかねて、さぐるように相手の顔色をながめている。

「いえねえ、警部さん、夢想家というものは空想力が発達しているでしょう。だから、ふつうの人間ならそのままうのみにすることでも、夢想家はもうひとつその裏を考えてみる。――これがふつうだと思うんです。だから、夢想家はふつうの人間より本能的に警戒心が強いものです。だから、あんなへんてこな活字の張りまぜ手紙を受け取ったばあい、ふつうの人間ならその指令どおり行動したかもしれませんが、夢想家の美禰子は当然その裏を考えてみるはずなんです。これにはなにかトリックがありはしないか……じぶんをおとしいれようとしているわなではないかと……そうすると、美禰子は当然ぼくのところへ真偽の問い合わせを電話ででもいってきたはずです。美禰子はぼくんちの電話番号もしってるし、まえにも二、三度電話をかけてきたことがあるんですからね。それもやらないで、ああいういかがわしい手紙の指令どおり動くには、美禰子はあまりにも空想力がありすぎ、あまりにも警戒心が強すぎたろうと思うんです。つまり、それが夢想家というものなんですよ」

「金田一さん、つまり、あなたのおっしゃるのは、美禰子があの焼け跡へ出向いていったのは、あの手紙とは関係がなかった。なにかもっとべつの理由か動機で出向いていったのだろうとおっしゃるのですか」

金田一耕助は首を左右にふりながら、悩ましげな目をして、

「警部さん、さっきの医者の話では、来島武彦はあの場所で殺されたのじゃない、ほか

の場所で殺されてあそこへ運んでこられたのだろうということでしたね。美禰子もやっぱりそうだったろうと考えてはいけないでしょうか」

「金田一さん！」

「美禰子を殺してしまえば、イブニングでもネックレスでもぞうさなく手にいれることができましょう。美禰子はいつもこの部屋のカギを身につけていたでしょうからね」

「ふむ、ふむ。それで……？」

　等々力警部にはまだ金田一耕助のいおうとすることがよくわかっていないのである。しかし、金田一耕助がこういう話しかたをするときは傾聴に値するということを、だれよりもよくしっている警部なのである。

「つまり、美禰子はどこかで殺されたが、そのとき彼女の身につけていたものは、あんなドラマチックな衣装ではなかった。ふつうのふだん着であった。ところが、そのあとで犯人がこの部屋へ忍んできて、イブニングやネックレスをもち出して、それを美禰子の死体に着せて、それからああいうへんてこな手紙を胸におしこんでおいて、ホタルのランタンといっしょにあの焼け跡へ運んでいったと考えちゃいけないでしょうか」

「しかし、金田一さん、犯人はなんだってそんなややこしいことをする必要があったんですか。なんだってそんな手数のかかることを……」

「動機をカムフラージュするためですよ、警部さん。それと、殺人の現場だってごまかせますからね。ああしておけば、美禰子はあの焼け跡で殺されたと思われますし、またその動機だって、三年まえの田鶴子殺しと関係があると信じられますからね」

「じゃ、こんどの美禰子の殺害事件は、三年まえの田鶴子殺しと関係はなく、動機はべつにあったと……」

といいかけて、等々力警部はじぶんの手にある贋造紙幣に目を落とすと、

「き、き、金田一さん！」

と、警部の血管はとつぜんいまにも破裂しそうなほどふとく大きく額にふくれあがった。

「そ、それじゃ、美禰子はこの贋造紙幣のために殺されたとおっしゃるんですか」

金田一耕助は暗い目をしてうなずいた。

「そ、そ、それじゃ猪場夫妻が……」

金田一耕助はうすく微笑すると、もじゃもじゃ頭をペコリとさげて、

「失礼しました。ぼくが猪場氏夫妻を監視していただきたいとお願いしたのは、あのふたりが犯人であるからではなく、紙幣偽造団の凶手からあのふたりを守っていただきたいと思ったからです。猪場氏自身がいってたでしょう。来島武彦とじぶんとが、いちばん美禰子に信頼されていたと……げんに、美禰子はそのことで猪場氏に相談しようとしたくらいですからね。しかも、美禰子にはんぶん事実を打ち明けられた来島武彦が殺害されたとすると、ひょっとするとこんどは猪場氏と、猪場氏の後につながる夫人じゃないかと思ったものですから……」

等々力警部は大きく息をうちへ吸い込むと、まるで相手をにらみ殺しそうなほどすさまじい目で金田一耕助の顔を見すえながら、

「承知しました。金田一先生、猪場氏夫妻はわれわれの手で保護しましょう。しかし、紙幣偽造の犯人は……？」

金田一耕助はしばらく黙っていたのちに、

「警部さん、これはぼくの推理の勝利ではないのですよ。むしろ、経験の勝利とでも申しましょうか……」

「経験の勝利とおっしゃると……？」

「ぼくは『大勝利』で、四度偽札をつかまされました」

「だ、大勝利……？　あのパチンコ屋！」

等々力警部が大きくうめいて歯ぎしりをした。

「そうです、そうです。おなじ店で四度というのは、いささか確率がたかすぎると思ったのです。だが、考えてみると、パチンコ屋というのは偽札をバラまくのにはうってつけの商売ですね。そこではしじゅう小銭が動いているし、客は血まなこですからね。そこで、ぼく、花井達造経営するところの他の三軒のパチンコ屋を、ものはためしと三度ずつまわってみたところが、はたしてどの店でもつかまされましたよ、偽札を……だから、そろそろ警部さんのご注意を喚起しようと思っていたやさき持ち上がったのがこんどの事件でした」

しいんと骨に食いいるような沈黙が、おもっくるしく金田一耕助と等々力警部のあいだにながれた。しかし、それは不愉快な重っくるしさではなく、このふたりにだけ理解される味の濃い友情と感謝の沈黙なのである。

やがて、等々力警部は消防自動車のサイレンのように大きな音をたててため息をつくと、

「金田一先生、ありがとうございました。これでながいあいだわれわれを悩ましていた紙幣偽造団も一掃されましょう。だが、さいごにお聞きしたいんですが、それじゃこんどの事件は、三年まえの田鶴子殺しとぜんぜん関係がないのですか」

「もちろんないでしょうね」

「ち、畜生！」

「あの事件はやはり捜査当局の見込みどおり、流しの犯行じゃなかったでしょうかねえ。たまたま偽札つくりの犯人を見やぶった人物、美禰子という娘があの事件の被害者の妹で、しかも口癖のようにあの事件の話をしていたものだから、犯罪現場と動機をカムフラージュするために、犯人、あるいは犯人たちにたくみに利用されたんでしょう」

「そして、来島武彦もあの事件にいささか関係があったので、これまた動機と現場転換のために、死体をあそこへ運びやがったんですね」

「たぶんそうだろうと思いますね」

「そうすると、猪場夫妻もあの事件に関係があるのだから、危ないと思ったら犯人たち

は、夫妻を殺してあの焼け跡へ……」

「そうです、そうです、警部さん。だから、この凶暴な紙幣偽造団を検挙してしまうまであの夫婦を保護していただきたいのですが、もうひとり警察の手で保護していただきたい人物がいるんです」

「だれですか、それ？」

「金田一耕助」

そういって、金田一耕助は警部のまえにペコリとひとつ頭をさげた。

泥《どろ》の中の女

一

立花ヤス子はすっかりとほうに暮れてしまった。くつのつまさきで小刻みに貧乏ゆすりをしながら、さっきからなんべん玄関のベルを押したかわからない。しかし、返事もなければ、だいいち家のなかは真っ暗である。どうやらだれもいないらしい。

ヤス子はその晩どうしても西条氏に会っておかねばならぬ用件があった。その晩のうちに西条氏に会って了解を求めておかねばならぬ重大問題があったのだ。現在の夫に関する問題である。

だから、こうして暗い夜道をたずねて三鷹の牟礼《むれ》までやってきたのに、西条氏の一家は今夜ぜんぶ留守らしい。

「困ったわ、どうしよう」

ヤス子はいまにも泣き出しそうな顔色である。

さきほどからボツリボツリと落ちてきた雨は、しだいに勢いをましてくるようだ。しかし、ヤス子はどうしても今夜のうちに西条氏に会う決心でいる。まさか家族そろって外泊するわけでもあるまい。

「いいわ、お帰りになるまでがんばるわ」

ヤス子はみすぼらしいオーバーの肩をすくめて、かたい決心をそそけだったほおにしめしている。

暖かい冬だった。

しかし、いかに暖かい冬とはいえ、二月下旬の夜も更ければ、さすがに冬の冷気がくつのつまさきから全身にしみとおる。しかも、しだいにはげしくなってきた雨はみぞれをまじえて、夜の温度をいっそうきびしいものにする。

オーバーのそでもすりきれ、くつのつまさきが少しわれている。ヤス子はことし二十歳、若い貧しい人妻なのだ。

ヤス子は貧乏ゆすりをするようにからだを小刻みにゆすぶりながら、玄関さきをいったり来たり、おりおり思い出したように腕時計に目をおとす。

時刻はまさに九時。

夜の冷気と心の寒さが重なりあって、ヤス子は心身ともに凍りつきそうである。

「あら」

とつぜん、ヤス子のくちびるからよろこばしげな声がほとばしった。

庭のおくから、灯の色が木の間がくれに見えるのに気がついたからである。たしかにおなじ屋敷のなかのようだ。ヤス子は木の間がくれにすかして見ながら、おなじ屋敷内に離れのような別棟《べつむね》の小家屋が建っていることに気がついた。その離れにいま灯がついているところを見ると、だれかいるにちがいない。

とにかく、ヤス子は寒かった。破れたくつのつまさきが凍りつきそうだった。火の気がむしょうに恋しかったのである。

離れの住人にたのんで、からだを温めさせてもらえないものか。

玄関の横に建仁寺垣《けんにんじがき》があり、その建仁寺垣に枝折り戸がついている。枝折り戸をそっと押してみると、いいあんばいになんなく開いた。

その枝折り戸のなかから離れにむかっていちめんに霜よけの砂利が敷きつめてある。離れの灯がそうとうむこうに見えているところを見ると、その砂利道はかなりながいらしい。ヤス子は急ぎ足でその砂利道を踏んでいった。

以前は茶室でもあったのか。この離れにも小さな玄関がついている。ヤス子はその玄関のまえで肩をすぼめて、

「ごめんくださいまし。おもての西条さまのお宅はお留守でございましょうか」

しかし、ここでも返事はなかった。だが、たしかにだれかいるのである。屋根や植え込みをたたくみぞれの音にまじって、ガサリと身動きをするような気配が感じられた。

「ごめんくださいまし。おもての西条さまの……」

ヤス子はすこし声をはりあげて、もういちどおなじ言葉をくり返した。しかし、依然

としてなかから返事はなかった。しかも、気配でたしかにだれかいるらしいことはわかるのである。

寒さがヤス子を駆りたてた。恥も外聞もなかったのである。とうていこのままでは辛抱できない。

「ごめんくださいまし……」

ヤス子はおなじ言葉をくり返しながら、小家屋の裏側へまわっていく。武蔵野の原始林をそのまま庭内にとり入れたとみえて、ナラ、クヌギ、ケヤキの大木が、葉をふり落としたはだかの枝をまじえている。

その木々の枝や幹をつたってすべり落ちるみぞれまじりの雨が冷たくヤス子のほおをうって、彼女はいまにも泣きだしたいような気持ちだった。

その林をくぐりぬけていくと、灯のついている部屋はぬれ縁つきの四畳半だった。雨戸がなくて、ガラス戸だけがしまっている。

格子のつまったガラス戸の中央だけが透明ガラスで、あとは全部すりガラス。四枚ぴったりしまっているが、短冊がたの透明ガラスをとおしてなかをのぞくと、長火ばちのうえに鉄びんがたぎっている。ヤス子はむしょうにその長火ばちが恋しかった。

「ごめんくださいまし」

と声をかけながら、ヤス子がガラス越しになかをのぞくと、机のうえに乱雑に本が散らかっているのが見えたが、人影はどこにも見当たらなかった。

「ごめんくださいまし、どなたもいらっしゃらないんでしょうか」

またいちだんとヤス子が声を張り上げると、ぴったりしまったふすまの奥でなにやらガサリという音がして、

「はあ、あの……」

と、ふくんだようなだみ声が小声に聞こえて、やがてふすまが細目に開いた。

そして、真っ赤なレインコートにフードをすっぽり頭からかぶった女が、ふすまのすきまからはんぶん顔をこちらへのぞけた。色白の、鼈甲《べっこう》ぶちの眼鏡をかけた女で、耳から耳へと防寒用のマスクをかけながら、

「なにかご用でございましょうか」

と、あいかわらずこもったような声である。

「はあ、あの、おもての西条さまはお留守なのでございましょうか」

「はあ、あの……よくはわかりませんが」

と、妙にあいまいな声である。

そこでヤス子は、こんやどうしても西条氏に会わねばならぬものであるということ、帰りを待っていたいのだが寒くてたまらないということを、二十歳の女としてはわりあい要領よくのべて、

「まことに恐縮ですが、しばらくここで休ませてはいただけないでしょうか」

あとから思えば、よくもあんなあつかましいことがいえたものである。

しかし、ヤス子は気がたっていたのだ。どうしてもその晩のうちに西条氏に会っておかねばならぬというかたい決意が、ヤス子をいくらかデスペレートな勇敢さに駆りたてていたのだ。こんや西条氏に会っておかぬと、夫が失職するかもしれないのである。

だから、レインコートの女がしごくあっさりと、

「さあ、どうぞ。おあがりになって、長火ばちにでもあたってお待ちになったら……」

と承諾してくれたのを、べつに意外とも怪しいとも思わなかった。いや、たすかったとも思い、うれしくもあったのである。

「はあ、ありがとうございます。それでは……」

と、ガラス障子をひらいて上半身を部屋のなかにさしいれたとき、ふすまのむこうに寝床が敷いてあって、だれか寝ているらしいのに気がついた。

さすがにヤス子はちゅうちょして、

「あら、どなたかおやすみですの」

「はあ。あの、ちょっと……」

レインコートの女はふすまのむこうへひっこんで、なにかガサゴソしていたが、例によってマスクの奥のこもった声で、

「妹が風邪をこじらせて……わたくしこれからちょっと医者へ……お留守番をおねがい……すぐ帰ってきま……」

急いでいるとみえて、言葉もとぎれとぎれである。

ああ、そうなのか、じぶんがここへきたことは、かえってこのひとにも好都合だったのかと思い、ヤス子はいくらか気がらくになった。

「さあさあ、どうぞ行っていらっしゃい。お留守はおあずかりしますわ」

と、ヤス子が長火ばちのそばへすり寄ったとき、玄関の格子のあけたての音につづいて、いそぎ足に砂利道をふんでいく音が遠ざかっていった。

ヤス子は凍えた両手を長火ばちのうえでもみながら、

「お気分はいかがでいらっしゃいますか」

と、細目にひらいたふすまのむこうへ言葉をかけた。しかし、寝床のなかに寝たひとは身動きもしなければ返事もなかった。

「なにかご用があったらおっしゃってください」

しかし、依然として返事はない。

眠っているのか、それとも気分が悪くて返事をするのもおっくうなのか、それならばうるさく声をかけないほうがよかろうと、ヤス子はオーバーのポケットから週刊誌をとりだした。

三十分ほどして、ヤス子はいちどおもての西条氏の玄関へいってみた。西条氏の一家はまだ帰っていなかった。家のなかはあいかわらずまっくらである。重い胸を抱いて裏の離れへ帰ってきたとき、表札をみて、ヤス子ははじめてそこが近ごろ売り出しの探偵《たんてい》作家、川崎龍二氏の仕事場であるらしいことに気がついた。そういえば机のうえに原稿用紙がちらかっていたっけ。

もとの四畳半へ引き返してきて、ヤス子はまた長火ばちのそばへすり寄った。鉄びんのたぎりかたがだいぶん緩慢になっているので、そっと五徳のなかをのぞくと、火がもう熾《おき》になりかけている。

さいわい長火ばちのそばには炭かごがある。勝手にこんなことをしてよいものかと思いながらも、ヤス子は鉄びんをとりのけて五徳のなかに炭をつぐ。

その炭をかるく吹きながら、ヤス子はふっと気がついた。

となりの部屋に寝ている病人が、身動きひとつしなければ、また息遣いの音さえ聞こえないのである。

さっきは週刊誌を読むことと西条氏の宅の気配に心をうばわれていたので気がつかなかったが、なんとなく妙な感じが胸にせまった。

ヤス子は火ばしを長火ばちのすみにつっ立てると、つと立ち上がって細目に開いたふすまのそばへ立ち寄った。

「おじゃまをしております」

と、ヤス子はふすまのむこうへ声をかけ、

「ここをしめておいたほうがよろしいんじゃございません」

といいながらとなりの部屋をのぞいたとたん、ヤス子は棒をのんだようにその場に立ちすくんでしまった。

掛けぶとんの柄からして男ものの寝床のようである。

その寝床のまくらもとに、ほの暗い電気スタンドがついている。電気スタンドのすぐそばのくくりまくらに、断髪の若い女の頭ががっくりと仰むけにのけぞっており、白いのどのまわりになにやらベルトのようなものが巻きついている。掛けぶとんからはみ出した女の上半身はシュミーズ一枚のようである。

あとから思えば、あんな勇気がどうしてあったのかといぶかしくなるくらいなのだが、ヤス子はとなり座敷にふみこんだ。そして、おそるおそる寝床のそばに近寄ると、掛けぶとんの下からはみだしている女の腕にさわってみた。女の膚は妙な冷たさをおびていて、脈もぴったりとまっている。

「ひ、人殺し……！」

それから十五分ののち、たずねたずねてもよりの交番へ駆けこんだヤス子は、それだけいって失神してしまった。

二

「そのご婦人、夢でも見たか、それとも家でもまちがえたのじゃありませんか」

と、探偵作家の川崎龍二はぼうぜんたる顔色である。

戸外の雨はいよいよ本降りになり、雨脚がはげしく小家屋の屋根がわらや雑木林のこずえをたたいているが、部屋のなかには鉄びんがしゅんしゅんたぎっていて、快い温度にぬくめられている。

どてら姿にくつろいだ探偵作家の川崎龍二は、まるで相撲とりのような大きなからだをどっかりとその長火ばちの前にすえている。その長火ばちひとつをへだてて友人の松本梧朗《ごろう》が、これまたけげんそうな目をそばだてている。

ふたりともそうとうアルコールがはいっているらしく、テラテラとほてりかえった顔が電気の光で脂ぎっている。

川崎龍二は折からたずねてきた松本梧朗とチーズをかじりながらウイスキーをのんでいたのだが、そこへだしぬけにやってきた立花ヤス子と根上巡査の言葉を聞いて、目をまるくして驚いているのである。

気絶した立花ヤス子の介抱に手間どったので、根上巡査がおっとり刀で駆けつけてきたのは、もうかれこれ十一時ちかかった。

「いいえ、ぜったいにそんなこと……」

と、立花ヤス子はいきりたつように、

「この奥の六畳の寝床のなかに、わかい女のひとがしめ殺されていたんです。あたしはたしかにこの目で見ました。この手でさわってみたんです。たしかに、たしかに」

語尾を強めて、たしかに、たしかに、をくり返しているうちに、立花ヤス子の目はしだいにヒステリックにつりあがってくる。

「そ、そんなバカなこと、そんなバカげたことが」

と、相撲とりのような川崎龍二は、あきれかえってものもいえないという態度である。

「それ、何時ごろのこと……？」

と、松本梧朗もまゆをひそめて、ぬれ縁のむこうに立っている立花ヤス子と根上巡査を不思議そうに見くらべている。

川崎龍二の相撲とりのように堂々とした体格に反して、松本梧朗はきゃしゃで色の浅黒い、ちょっとした好男子である。

「さあ……」

立花ヤス子がいいよどむそばから、

「このご婦人が交番へ駆けつけてきたのは、九時四十分ごろのことでしたが……」

と、根上巡査がたすけ舟をだした。

根上巡査も、落ち着きはらったふたりのようすや、またこのあたたかい四畳半のふんいきを見ると、いまさらのように半信半疑で、とがめるように立花ヤス子をふりかえる。

「それじゃ家をまちがえたんじゃないかな」

と、松本梧朗は川崎龍二をふりかえって、

「ぼくがここへきたのは何時ごろのことだっけ？」

「さあ、ぼくもよく覚えていないが、九時半ごろじゃなかったかしら」

「そのとき、きみはそうとう酔っぱらっていたね」

「だって、ぼく、きょうは思うように仕事がはかどらなくってむしゃくしゃするので、宵から一杯やっていたんだからね」

「うそです！　うそです！　そんなこと……」

と、立花ヤス子はいきりたつようにじだんだをふんで、

「あたしはこの目で見たんです。この手でさわってみたんです。そうそう、玄関の表札も見ました。ちゃんと川崎龍二と書いてあったんです。この家です。この家にまちがいございません」

「そ、そんなバカな」

と打ち消しながら、川崎龍二はふと思いだしたように、

「そうそう、そういう君をぼくは知らないんだが、いったい君はどうしてここへはいってきたんだい」

「わたしは表の西条さんのところへ用事があってきたんです。そしたら、西条さんのお宅がお留守なので、こちらで休ませていただこうと思ってやってきたんです、そしたら、その奥の六畳に、赤いレインコートを着て、鼈甲ぶちの眼鏡をかけた女の人がいたんです。そのひとが、あがって待っていてもいいといったので、わたしはこちらへあがったんです」

「そして、その女のひとというのはどうしたんだい？」

と、松本梧朗はつっこむような調子である。

「ええ。そのひとは、妹が病気だから医者を呼んでくる、留守番をしていてほしいといって、玄関から出ていったんです。そのあとで、あたしは奥の六畳に寝ているひとが殺されていることに気がついたんです」

「そんなバカな、そんなバカな」

と、川崎龍二はやけ気味に髪の毛をかきむしりながら、ぐいぐいとウイスキーをあおっている。

「川崎さん、川崎さん」

と、そばから松本梧朗が言葉をはさんで、

「なんなら、このお巡りさんとご婦人に家のなかを調べてもらったらどうです。こんな押し問答をしているより、そのほうがいちばん早道じゃありませんか」

「そうだ、そうだ。お巡りさん」

と、川崎龍二はからだをのりだして、

「かまいませんから、うえへあがって、家のなかをすみからすみまで調べてみてください。そのご婦人もどうぞ」

「いいですか？」

「いいですとも。こんな疑いをかけられちゃぼくだって気持ちがわるい。さあ、そのご婦人、君も気がすむまで家のすみを調べてみてくれたまえ」

と、川崎龍二はどっこいしょと大きなしりをもちあげると、ぬれ縁のそばまでやってきた。

「それじゃあ失礼ながら……あんたがたの言葉を疑うわけじゃありませんが、訴えが訴えだけにね、念のために調べさせてもらいます。君、君、君もいっしょにきたまえ」

「はい」

こうなると立花ヤス子も意地なのである。根上巡査のおしりにくっつくように破れたくつをぬぎ捨てた。

川崎龍二の案内で、根上巡査と立花ヤス子は離れのなかをくまなく調べまわったが、どこにも異状は認められなかった。離れのなかといったところで、四畳半の茶の間に六畳の居間、小さな玄関がついているだけで、便所はあったが台所もないという小家屋なのである。

根上巡査は押し入れのなかまでさがしてみたが、ここで殺人が演じられたという痕跡《こんせき》はどこからも発見されなかった。

「警官、どうです。どっかから死骸《しがい》がころがりだしてきましたか」

と、茶の間でひとり手酌《てじゃく》で飲んでいた松本梧朗がからかうような声をかける。

「だって、たしかにここに……この六畳に寝床がしいてあって、シュミーズ一枚の女のひとがベルトでしめ殺されていたんです。あたしはその手にさわってみました。その手の冷たさをいまでもはっきり覚えています。脈も握ってみたんです。ええ、脈もとまっていました」

と、立花ヤス子はいまにも泣きだしそうな声である。

「じゃあ、その死体が煙のように消えてしまったとでもいうのかい」

あいかわらず、松本梧朗はあざけるような調子である。

「だって、だって」

といいながら、立花ヤス子はしだいに自信を失っていくのを感じずにはいられなかった。

今夜の自分はたしかにふだんの自分ではない。夫が失職するかしないかという大事な瀬戸ぎわで、自分はすっかり混乱しているのだ。精神的な大きなショックにまいっているのだ。ひょっとすると、この男たちがいったように、自分はありもしない幻想にだまされたのではなかろうか……。

立花ヤス子のそういう顔色を根上巡査もいちはやく見てとると、がっかりしたように肩をゆすって、

「いや、どうも。これは失礼しました。このひとがあまり真顔でいうものだから、ついわたしも真にうけて……君、君」

と、立花ヤス子のほうを振り返って、

「君、立花ヤス子といったね。立花君、君はどうかしているんじゃないか。どうも顔色がおかしいよ。このひとたちがいうように、やっぱり君はなにか勘ちがいをしてるんだろう」

立花ヤス子は涙が出そうになるのをぐっとおさえて、だまってそこに頭を下げた。

「いや、どうも失礼申し上げました。しかし、念のためにいっておきますが、なにかかわったことがあったら、すぐ交番へしらせてくださいよ」

「そりゃもちろんですとも。ぼくがいかに探偵作家だって、家のなかにむやみに死体がころがっていたんじゃ気持ちがわるいですからね。あっははは」

川崎龍二は腹をゆすって笑いあげたが、立花ヤス子の感じではなんとなくその笑いかたにはそらぞらしいものがあったようだ。

「じゃ、これで失礼を」

立花ヤス子は悔しいことは悔しかったのだが、しかし、自信がくじけていくのをどうしようもなかった。

それに、考えてみれば、こんやの自分には西条氏に会わねばならぬというもっと緊急な用向きをひかえているのだ。しかも、西条氏の一家はこのどさくさのあいだに帰宅しているらしい。寝てしまうまえに会わねばならぬ。

彼女の調子はしだいに弱くなり、しまいにはとうとう腰くだけにおわったのもやむをえなかったであろう。

根上巡査は不審そうに首をかしげながらかえっていったが、本署へ報告書を出すことだけは忘れなかった。

立花ヤス子はその晩しゅびよく西条氏に会って、哀訴嘆願の結果、夫を救うことに成功したが、これはこの事件に直接関係のないことであるから省略しよう。

二月二十三日の晩の出来事で、それから一時間ののち、冬にはめずらしい大豪雨が東京都西部一帯をおそったのであった。

三

「それで、立花ヤス子というその女、べつに精神に異常はないんですね。夫の失職のショックで、一時的にでも精神錯乱をおこしていたとか……？」

「いや、それは大丈夫らしい」

と、等々力警部はデスクのうえからピースの箱を金田一耕助のほうへおしやりながら、

「だから、問題はその女がとんでもない勘ちがいをしているのか、それとも探偵作家の川崎龍二と友人の松本梧朗という男は口を合わせてうそをついているのか……そのどちらかということになるんですな」

「警部さんはそれについて、どういうお考えなんですか」

「いや、いまんところ、どちらがどちらともわたしにははっきり断定出来ないんですがね。それでまあ、先生にこうしてご相談してるんですが……」

「ところで、立花ヤス子というその女が離れをとびだしてまたひきかえしてくるまで一時間あまりもかかったとおっしゃいましたが……」

「ええ、そう。交番へかけつけて、人殺しとひとことさけんだきり失神してしまったんだそうです。しかも、あいにく、そのとき交番には根上巡査ひとりしかいなかったものだから、介抱やなんかにてんてこまいで、ついてまどったんですね。それで、まあ、一時間もかかったというわけです」

「一時間もあればどんな細工でもできる……」

金田一耕助は等々力警部のすすめた箱からピースを一本ぬきとって口にくわえながら、ぼんやりと口のうちでつぶやいた。

「ええ、そう、一時間あればどんな細工でもできますね。それで、金田一先生、あなたはどちらのほうにより多くの真実性をお感じになりますか」

等々力警部はデスクごしに金田一耕助の顔を見まもりながら、ポキポキと木の枝でも折るようなきびしい語調である。

警視庁捜査一課、第五調べ室のなかでむかいあっている等々力警部と金田一耕助なのだ。

三鷹署から本庁へ奇妙な報告がとどいてからきょうでもう七日になる。いまのところ立花ヤス子の供述以外に殺人が演じられたという確証はどこにもないのだけれど、等々力警部にはみょうにこの問題が気になっている。だから、いま、金田一耕助がやってきたのをさいわいに、ふとこの問題を討議にのせてみる気になったのである。

「さあねえ」

と、金田一耕助は五本の指でスズメの巣のようなもじゃもじゃ頭をかきまわしながら、

「ただそれだけの話じゃあなんとも申し上げかねますが、つまりそこは探偵作家川崎龍二氏の住まいではなくて、仕事場として借りている場所なんですね」

「ええ、そう。住まいは吉祥寺のほうにあるんです」

「川崎龍二氏、家族は……？　まだ独身……？」

「いや、妻も子もあるんですがね。家では客が多くて仕事ができないというので、西条氏のその離れを借りているんだそうです」

金田一耕助はしばらくタバコの煙のゆくすえをぼんやりと見つめていたが、ふとその視線を等々力警部のほうへもどすと、

「ところで、立花ヤス子はその晩ふたりの女をその離れのなかに見ているわけですね。寝床のなかにしめ殺されていたというシュミーズ一枚の女と、それに赤いレインコートに鼈甲ぶちの眼鏡をかけた女と……」

「ええ、そう」

「川崎龍二氏の知り合いで、そのふたりに該当するような女はいないんですか？」

「それがねえ、金田一先生」

と、等々力警部はいまいましそうにまゆをしかめて、

「それがまた無数にあるんですよ」

「無数……？　無数というのは……？」

と、金田一耕助はさぐるように等々力警部の顔を見ている。

「いや、無数というのはおおげさですがね。川崎龍二というその男、じつに女出入りの多い人物でしてねえ。かくべついい男というのでもなく、相撲とりみたいなからだつきをしているんだが、どこかあいきょうがあるというのか、つまり、ひとくちにいってみれば、女好きがするというんでしょうね。あまりいろいろ女が出入りをするので、西条家でも出ていってもらおうかという話がしばしば出ているくらいだそうですよ」

「つまり、そうすると、そこは仕事場兼あいびきの場所になっているというわけですか」

「たぶんにその傾向があるらしいんですね」

「ところで、無数にあるというその愛人たちのなかから、ちかごろゆくえをくらましているというような女は……？」

「それがいるんですよ、金田一先生。しかも、ひとりならずふたりまで」

「ふたり……？」

と、金田一耕助は思わずまゆをつりあげて、

「それはどういう……？」

「ひとりは新宿のキャバレー『丸』に出ているダンサーで浅茅《あさじ》タマヨという女で、これが二十三日の晩……すなわち立花ヤス子が事件を目撃したという晩ですね、その晩から姿を消しているんです。住まいは池袋のアパートなんだが、二十三日の晩からゆくえが

わからないんです」

「なるほど、キャバレーのダンサーね。それから、もうひとりの女というのは……？」

「これは小学校の女教員なんですが、久保田昌子といって猛烈な探偵小説ファン、したがって川崎龍二の崇拝者なんですがね。つまり、この女じゃないかといっているんです、立花ヤス子をおきざりにして逃げだしたというのは……」

「鼈甲縁の眼鏡？」

「ええ、そう。それに、赤いレインコートもね。ふだんいつも赤いレインコートを着、いつも鼈甲縁の眼鏡をかけているんです」

「すると、こういうことになりますかね。女教員の久保田昌子と恋敵の浅茅タマヨがそこでかちあって、なにかいざこざがあったあげく、久保田昌子が浅茅タマヨをしめ殺して逃げだそうとするところへ立花ヤス子がやってきた……ということになるわけですか」

「もし、立花ヤス子という女の供述が真実だとすればですね。しかし、そうすると、立花ヤス子がそこからとびだしていってから、いったいどういう事態がもちあがったのか……立花ヤス子が見たという死体はいったいどうなったのか……」

「川崎龍二があとからかくしたんじゃありませんか」

「なぜ？」

「ふたりの共犯とは思えませんか、川崎龍二と久保田昌子の……」

「しかし、金田一先生、そりゃおかしい。そうだとすると、久保田昌子という女は立花ヤス子という目撃者があることをしっているんだから、そのことを川崎龍二に話さないはずはありませんね。そうなると、死体をかくしたところで無意味な話だとは思いませんか？」

「なるほど」

と、金田一耕助は首をひねっていたが、

「しかし、こういうことも考えられましょう。久保田昌子と川崎龍二はすれちがいでうまく連絡がとれなかった、というような場合は考えられませんかねえ」

「なるほど。つまり、金田一先生のおっしゃるのには、あらかじめうちあわせておいた共犯ではなくて、川崎龍二が久保田昌子をかばおうとして、浅茅タマヨの死体をかくした……」

「ええ、そう。つまり、川崎龍二はその晩外出していた。そして、家へ帰ってみると浅茅タマヨが殺されている。川崎龍二にはすぐその犯人がわかったんじゃないでしょうか。それとも、なにかもっとほかに都合のわるいことがあって死体をかくしてしまった。つまり、事後共犯ということですね」

と、金田一耕助はそこまでひと息にしゃべったが、しかし、自分でも納得がいきかねたのか、不思議そうに首をかしげて、

「それにしてもおかしいですね、警部さん。久保田昌子……いや、久保田昌子にしろだ

れにしろ、その鼈甲縁の眼鏡に赤いレインコートの女ですがね、そいつどうして立花ヤス子をうえへあげたんでしょう。死体がころがっているというその鼻先へ……？」

「それなんですよ。常識からいってちょっと考えられませんねえ。それに、わざわざその女、隣の部屋から顔を出して、ふたことみこと立花ヤス子と話をしている。そんなことせずと、そっと逃げ出すのがほんとじゃないか。そういうところから考えて、やっぱり立花ヤス子という女の幻想じゃないかということも考えられるわけです」

と、等々力警部はふとい首をひねっているが、かれはこの事件を幻想で片付けてしまうのが惜しいらしいのである。立花ヤス子の供述を真実として、これをひとつの事件と認め、それを解決してみたいという欲望を、この野心家の警部はつよく持っているのである。

「どうもへんな話はへんな話ですねえ」

これまたなにかひどく考えこんだ金田一耕助は、指のあいだにはさんだタバコの灰がこぼれ落ちるのもしらずに、

「それはそれとして、そのときいっしょにいた松本梧朗という人物ですがねえ、それはいったい川崎龍二とどういう関係があるんですか」

「ああ、松本梧朗……その男、これもやっぱり探偵小説ファンなんですね。S大学の助教授……とまではいかない、助手というんですか、とにかく学校の先生なんです。川崎龍二とは古い友達で、川崎のほうが探偵作家として売りだしたもんだから、小説の材料

調査などをやって、ちょくちょく小遣いかせぎなどをやっている人物らしいんですがね」

金田一耕助はきゅうに気がついたように、

「あっはっは、警部さんはなかなか詳しく調べていらっしゃる。すると、あなたはやっぱり立花ヤス子という女の供述に真実性を認めていらっしゃるんですね」

「いやいや、まあそういうわけではありませんが、なんとなく気になるもんですからねえ」

と、等々力警部はいささか照れかげんで、やおら卓上電話の受話器をとりあげた。けたたましく電話のベルが鳴りだしたからである。

等々力警部は受話器を耳にあてて、ふたことみこと話をきいていたが、とつぜん受話器をにぎっていた指に力がこもってきたかと思うと、

「ええ？　な、なに？　桜上水に女の死体……？　二十四、五のシュミーズ一枚の女だって……？　それで、死後何日くらい……？　ああ、まだ医者の検視がすんでいないの。でも、見たところ死後七日ぐらい……？　場所はどこ……？　桜上水の下高井戸付近……？　ああ、そう。いや、よし、すぐいく。が、ちょっと待ちたまえ」

と、等々力警部は受話器をにぎったまま金田一耕助のほうへ意味ありげな目くばせをすると、ふたたび受話器にしがみついて、

「それについてこちらにこんな話があるんだがね。君のほうに報告がはいっているかど

うか……」

と、等々力警部は二十三日の晩の牟礼における一件を語ってきかせると、電話のむこうではひどく驚いているらしい。

「あ、そうそう、そういえば桜上水は牟礼をとおっているね。それに、二十三日の晩大豪雨があったはずなんだ。だから、やっぱりこの一件と結びついているんじゃないかな。だから、君、さっそく三鷹のほうへ連絡をとってみてくれないか。それから、その川崎龍二という探偵作家の住まいは吉祥寺なんだ。さらにもうひとり目撃者の立花ヤス子というのは西荻窪に住んでいる。だから、その方面へも連絡をとって、とにかく参考人として、川崎龍二と立花ヤス子、それから根上巡査なんかにもきてもらったらどうかね……ああ、よし。それじゃ、これからすぐいく」

等々力警部が目を真っ赤に充血させながらガチャンと受話器をおいたとき、金田一耕助はもう立ちあがって、よれよれの着物と袴《はかま》のうえに二重回しをひっかけて、すぐにもとびだしそうな気配を示していた。

四

桜上水の沿道でも、下高井戸付近はとくに寂しい場所である。ちょっとものすごいとさえいえるだろう。付近に寺院が五、六軒あって、土塀《どべい》のうちからにょきにょきと、雨にうたれてすすけた卒塔婆《そとば》がのぞいているというような場所である。

等々力警部と金田一耕助の一行が駆けつけてきたときには、付近いったいにものみだかい野次馬がいっぱいたかっていて、私服や制服の警官の往来もものものしく、わびしいあたりの風物とも照応して、なにかしら陰惨な事件のにおいが強かった。

「ああ、警部さん、ようこそ」

と、野次馬をかきわけて出てきたのは、高井戸署の捜査主任、山口警部補である。

「ああ、山口君、三鷹署や武蔵野署のほうへは……?」

「はあ、ありがとうございました。さっそく連絡しておきました。びっくりしましたよ、そんな事件があったとは夢にもしらなかったもんですからね」

「それとこれと一致するかどうか……一致すればしめたもんだがね」

「やっぱり、それじゃないでしょうかねえ。死後の経過時間やなんか……とにかく、武蔵野署や荻窪署のほうにも連絡をとって、川崎龍二や立花ヤス子をここへつれてきてもらうように手配をしておきました」

「ああ、そう。それは手まわしがよかったな」

等々力警部と金田一耕助は群集をかきわけて霜枯れの桜上水の土手へ出る。

白ちゃけてすがれた枯れ草の土手のうえに菰《こも》がいちまいかぶせてあり、その菰のしたから、どろにまみれたシュミーズと、白くふやけた女の脚がのぞいている。その脚も粘土をこすりつけたようにどろがこびりついて乾いていた。

等々力警部の姿をみると、警官のひとりがうやうやしく菰をまくってみせた。菰の下によこたわっているのは、二十四、五と思われる女である。シュミーズがべっとりと体に吸いついているので膚の曲線まる出しで、全裸といってもかわりはなかった。冬のことだから腐乱の度はそれほどひどくはなかったが、長くどろのなかにつかっていたとみえて、白くふやけた皮膚は寒天のようにフワフワしていて、なんともいえぬ薄気味悪い様相を示している。

柄はそれほど大きいほうではない。いや、どちらかといえば小柄なほうだが、くりくりと堅く太った女ではなかったろうか。身長は五尺あるかないか、太い短い脚をしていて、死後どろのなかに長くうまっていて、相好もかわっているのであろうが、それにしてもあんまりよい器量とはいえなかった。

等々力警部の考えかたがあたっているとすると、この女は立花ヤス子が目撃した被害者ということになり、したがって新宿のキャバレー『丸』のダンサー浅茅タマヨに相当するはずなのだが、それにしてもスタイルの悪いダンサーもあったもんだと、金田一耕助は首をひねった。

山口捜査主任の説明をきくまでもなく、死体はどこか上流から流されてきて、どういうかげんかそこにある橋の下のどろのなかに数日うずもっていたものらしい。それが胎内に発生した腐敗ガスのためにきょうひょっこり浮かびあがってきたもののようである。

「警部さん、これが川崎龍二の仕事場の一件と……？」

「じゃないかと思うんですが……年齢にしろ、死後の経過時間にしろ、それにシュミーズ一枚というところやなんかがね。ああ、あそこへやってきたのが立花ヤス子じゃないか」

ヤス子は青白くそそけだったような顔をひきつらせて、警官とともに自動車からおりてきたが、それとほとんど同時に到着したのが三鷹署の根上巡査である。根上巡査の顔を見ると、ヤス子はまたどきりとしたように目をとがらせたが、しかし、元来度胸のよい女とみえて、思いのほか落ち着いていた。

根上巡査といっしょに駆けつけてきた三鷹署の古谷警部補は、しばらく高井戸署の山口警部補と立ち話をしていたが、やがて根上巡査をふりかえると、

「根上君は二十三日の晩、死体を見ていないんだね」

「はあ、わたしが駆けつけてきたときには、川崎龍二氏が松本梧朗という男をあいてに酒をのんでいるところだったんです」

「すると、そのとき被害者の顔を見たのは、立花ヤス子さんだけなんだね」

「はあ、そういうことになります」

事件が思いがけなく発展してきたので、まだ若い根上巡査はすっかりかたくなっている。

「ああ、そう。それじゃ立花さん」

「はあ」

「ちょっとここへきて、死体の顔を見てくれませんか」

「はあ」

立花ヤス子は青白くこわばった顔をして、いっしゅんちょっと目をとじたが、それでもおそるおそるまえへ出て、死体の顔に目をやった。そして、しばらくまじろぎもせずふやけた顔を見つめていたが、やがて大きく息をうちへ吸いこむと、

「ええ……あの……ずいぶん変わっているようですけれど……なんだか、あの……あの晩の女のひとのような気がして……」

「間違いありませんか。よく注意して見てくださいよ」

山口捜査主任から念をおされて、立花ヤス子はいっそう青ざめたが、

「はあ、あの、間違いはございません。やっぱり、あの晩のひとのようでございます」

キッパリいいきったものの、立花ヤス子はそこでとつぜんめまいでも感じたのか、ふらふらと二、三歩よろめいたので、

「おっと、危ない」

と、うしろにいた根上巡査が抱きとめた。

「あら、すみません。もう大丈夫です」

と、ヤス子はハンカチを出して顔の汗をぬぐいながら、

「ああ、あそこへ川崎さんがきたようです」

立花ヤス子のその声には多分に敵意がこもっていたが、彼女の注意でその場の空気が

さっとひとしお緊張した。金田一耕助は等々力警部と目を見かわせたのち、いま自動車から降りてきた男のほうへ視線をむけた。

　武蔵野署の刑事につきそわれた川崎龍二の顔はおそろしくひんまがって、どこかしら追いつめられた野獣のように目がとがっている。相撲とりのような大きな体も、空気の抜けた風船みたいにしぼんでみえた。

「川崎さんですね。探偵作家の川崎龍二氏ですね」

　山口警部補の質問に、

「はあ……ぼく……川崎です」

　と、川崎の声はすっかりしゃがれて、内心の恐怖がまざまざととがりきった目にあらわれている。

「あなた、ここにいるご婦人をご存じでしょうねえ」

　川崎龍二はヤス子のほうへちらっと視線を走らせて、

「はあ……」

「このご婦人、すなわち立花ヤス子さんは、二十三日の晩、三鷹にあるあなたの仕事場で女の死体をみたといっているんですが、そのことはあなたもご存じでしょう」

「はあ……」

「あなたはそのとき、そのことを一笑に付されたそうですが、いま立花ヤス子さんの証言するところによると、そこによこたわっているその死体が、すなわち二十三日の晩あなたの仕事場によこたわっていた死体だというのですが、ひとつあなたもよくごらんになってくださいませんか」

川崎龍二の額から滝のように汗がしたたりおちる。かれはもうその死体を見なくともそれがだれであるかわかっているらしい。

「川崎さん、ひとつ、どうぞ……」

「はあ……」

川崎龍二はやっと死体のほうへ視線をむけたが、すぐすすり泣くような声を立てて顔をそむけた。

「だれですか、その死体は……？」

川崎龍二はすぐには答えないで、ますますはげしくしたたり落ちる汗を手の甲でぬぐっている。

「川崎さん、その女をしっているんでしょうね」

「はあ……あの……しっております」

「それで、だれですか、なんという名前なのですか」

警部補にたたみかけられて、川崎はやっと重い口をひらいた。

「久保田昌子……小学校の教師です」

「えっ、久保田昌子……それじゃ浅茅タマヨじゃないのか……」

と、等々力警部は思わず大きな声を爆発させた。

五

「不思議ですねえ。どうもがてんがいきませんねえ。ぼくにはなにがなんだかさっぱりわからなくなりました」

久保田昌子の死体が発見されてから三日目のお昼ちょっとまえのことである。

警視庁の捜査一課第五調べ室へきょうもまたふらりとやってきたよれよれ袴の金田一耕助は、どっかと警部のまえのイスに腰をおろしたかと思うと、またぷいと立ちあがり、しきりに、不思議ですねえ、がてんがいきませんねえ、をくり返しながら、檻《おり》のなかの猛獣のように、部屋のなかを行きつもどりつ。むやみやたらとスズメの巣のようなもじゃもじゃ頭をかきまわして、なんとなく落ち着きのないようすである。

「まあ、まあ、金田一先生」

と、等々力警部は渋面をつくって、

「あなたのようにそうウロチョロされちゃ、こっちまで気が変になってくる。いったい、なにが不思議なんです。なにがそんなにがてんがいかぬというんです。牟礼のあの一件のことですか。あれならだいたいつじつまがあっていると思うんですがねえ。あとはもう、川崎龍二の自供を待つばかりですよ」

「つじつまがあってるんですって？」

と、金田一耕助はすっくと警部のまえに立ちはだかると、らんらんと輝く目できっとばかりに警部の顔をにらみすえ、

「いったい、ど、どういうふうにつじつまがあっているというのです」

と、まるでかみつきそうなけんまくである。

そばできいていた新井刑事もいささかあきれかえったように、

「だって、金田一先生、あなたはあれでいちおう満足なすったようじゃありませんか。いまになって、なにをまたそのように……不審の点があったら、なぜあのときおっしゃらなかったんですか」

「あのときはあのとき、きょうはきょうです。世のなかは時々刻々として移り変わっていく。そうあんたがたのようにのんびり構えていちゃ、真犯人に足もとをひっさらわれてしまいまさあ」

と、金田一耕助は警句のような言葉をはきながら警部のデスクのまえにイスをひきよせ、どっかとそれに馬乗りになると、いたずら小僧のように警部と新井刑事のほうへかわるがわるあごをしゃくってみせた。

「あなたがたのあっているというつじつまはこうなんでしょう。つまり、あの晩、すなわち二十三日の晩、川崎龍二氏はどっかへ外出していた。そのあとへ被害者の久保田昌子がやってきて、寝床を敷いて愛人の帰りを待ちわびていた。そこへ恋敵の浅茅タマヨがやってきて、やきもちげんかのあげく久保田昌子をしめ殺した。そして、逃げだそう

とするところへ、あいにく立花ヤス子がやってきたので、浅茅タマヨはふたことみこと立花ヤス子に応対したのち逃げ出した……と、こういうふうにつじつまがあっているとおっしゃるんでしょう」

「金田一先生」

と、等々力警部はデスクのうえから体をのり出すと、にやにや笑うような顔をつきだして、

「金田一先生、それはあなたご自身がいいだしたことじゃありませんか」

「そりゃそうです。そこが凡愚のあさましさでね」

と、金田一耕助はケロリとして、スズメの巣のようなもじゃもじゃ頭をかきまわしながら、

「だから、ぼくはきょう不明をおわびにきたのです。どうも、この金田一耕助という野郎、とんでもないのろま野郎でさあ」

「金田一先生、どうしたんです。いまあなたのおっしゃったことに不合理な点でもできてきたんですか」

と、等々力警部は、はんぶんからかい顔に、しかし、はんぶん真剣な面持ちで、金田一耕助の面を見まもっている。

新井刑事もなにか金田一耕助がつかんできたらしいことに気がついて、にわかに緊張の色を濃くすると、まじまじとあいての顔を注視している。

そういえば、等々力警部にしろ、新井刑事にしろ、いま金田一耕助がいったような浅茅タマヨの行動に、多少の疑惑を持たないわけでもないのである。

「じっさいぼくはまぬけでしたよ、警部さん。だいいち、浅茅タマヨは鼈甲縁の眼鏡をかけていなかった。第二に、立花ヤス子の目撃した赤いレインコート、すなわち浅茅タマヨだと信じられている婦人が着ていたレインコートも被害者のものであった……警部さん、新井さん、あなたがたはそれをいったいどう説明するんです」

「だから、つまり、その……浅茅タマヨがとっさのあいだに被害者のレインコートを着、鼈甲縁の眼鏡を借りて変装したんじゃありませんか」

だが、そういいながら、等々力警部は自説の根拠の薄いことを感じずにはいられなくなってきた。

金田一耕助は憤然としたように、

「なぜまた、そんなことをする必要があるんです。そんなことをするまにゃあ、なぜこっそりと玄関から逃げ出さなかったんです。あの離れの間取りを見てもわかるとおり、そのほうが犯人にとってよほど有利じゃあありませんか」

「しかし、金田一先生、それじゃ、なぜ浅茅タマヨはそんなことをやったとおっしゃるんです」

と、新井刑事は切りこむような調子である。

「だから、不思議だ、がてんがいかぬと申し上げているんですよ」

と、金田一耕助は得意満面、にやりとうすきみ悪い微笑をもらすと、

「さらにもうひとつの不思議というのは、ヤス子が立ち去ったのち川崎龍二氏が帰ってきた。そして、そこにじぶんの情婦が絞殺されているのを見て、びっくり仰天、死体を桜上水へ流してしまった……」

「その点についちゃあもう疑いはないようですが……げんに、近所の人で、川崎龍二らしい男が桜上水のほうから帰ってくるのを見た証人があるんですからね」

「しかし、それはなぜ……？　なぜ、川崎龍二氏はあっさりと訴えてでなかったのか。自分が殺しもしない死体を、どうして流したりするんですか。それがいかに危険な行動であるかということくらい、あの男も探偵作家だ、わかっているはずじゃあありませんか。たとえ立花ヤス子に死体を見られたということをしらなかったとしてもですね」

「だから、先生はこの間おっしゃったじゃありませんか。川崎はひょっとするとそれが浅茅タマヨの犯行だとしって、女をかばうつもりじゃなかったかと……」

「ええ、あのときはそういいましたよ。ぼくがのろまだったからですね。しかし、どうもあの男がそれほどナイト的だとは思われなくなってきましたからねえ」

「そうおっしゃれば、先生」

と、そばから新井刑事が身を乗り出して、さぐるように金田一耕助の顔を見守りながら、

「あの男……川崎龍二がナイトであるかどうかは別として、浅茅タマヨが犯人でないと

すると、どうして姿をかくしているんです」

「さあ、それなんですよ。それだからこそ、あのときはあのとき、きょうはきょうだと申し上げたんです。あっ、警部さん、電話がかかってきましたよ」

　等々力警部は卓上電話の受話器に手をおいたまますさまじい目つきをして金田一耕助をにらみつけた。

　金田一耕助のその語調には、電話のかかってくることを予知していたようなひびきがあったからである。

「金田一先生！」

　といいかけたが、等々力警部は思いなおしたように受話器をとりあげて耳にあてた。そして、しばらくのあいだ、おだやかにふたことみことしゃべっていたが、やがて、みるみる両のこめかみにミミズのような血管がふくれあがってきた。

「な、な、なんだって……？　このあいだのところへ、また死体が流れよったと……？　そして、こんども女の死体だというんだね。あ、そう。それで、いったいだれが発見したんだ……え？　なに？　よれよれの袴をはいた男……？　スズメの巣のようなもじゃもじゃ頭をした男が、付近の交番へしらせて、そのままどこかへ立ち去ったと……よし、すぐいく」

　ガチャリと力まかせに受話器をおいた等々力警部は、もし視線が人を殺すなら金田一耕助はそのままその場で成仏したであろうようなものすさまじいまなざしで、金田一耕助のスズメの巣のようなもじゃもじゃ頭をにらみすえた。

「金田一先生」

と、新井刑事もすっくと立ちあがって、うえから金田一耕助のそらとぼけた顔をにらんでいる。

「偶然なんですよ、警部さん」

と、よれよれの袴をはいた金田一耕助は、どっかとまたイスに腰をおろすと、みすぼらしい羽織の肩をすくめて、

「なんだか気になるもんだから、けさがた、もういちど現場へ行ってみたんです。そしたら、またぞろ死体が浮いてるじゃありませんか。たぶん浅茅タマヨだと思います。それでこうしてお迎えにあがったというわけです。さあ、いっしょにお供いたしましょう」

六

その日の夕刊は、ハチの巣をつついたようなさわぎであった。

「探偵作家の二重殺人」

だの、

「川崎龍二氏服毒自殺を企つ」

だの、

「秘密のカギを握るものはだれか」

だのと、ありとあらゆる扇情的な文字をつらねて、各紙各様大々的にこの事件をとりあげていた。

その朝、金田一耕助が桜上水の下高井戸橋付近で発見したふたりめの死体は、はたして浅茅タマヨだった。探偵作家の川崎龍二氏のみならず、キャバレー『丸』の連中もはっきりそれを認めた。

浅茅タマヨは、さすがにダンサーらしく、久保田昌子とちがって、すくすくとのびたしなやかな四肢《しし》をもっており、器量もまんざらではなかった。

ところが、不思議なことには、犯人の唯一の目撃者であるところの立花ヤス子の証言によると、それは、彼女が二十三日の晩、川崎龍二氏の仕事場で目撃した赤いレインコートの女とはちがっているというのである。

立花ヤス子の説によると、浅茅タマヨに鼈甲縁の眼鏡をかけてみたところで、とうていあの夜の女ではありえないと主張してやまないのである。

事件はここに急転回した。

そうすると、久保田昌子でもなく、浅茅タマヨでもない第三の女が、大きくクローズ・アップされてくるわけである。

それは、おそらく無数にあるという川崎龍二氏の情人のひとりであろうが、そこを追及されているうちに、すきを見て、川崎龍二氏は服毒自殺を企てたのである。

川崎龍二氏が嚥下《えんか》したのはストリキニーネであったらしい。さいわい気がつくのがはやく、手当もゆきとどいたので命はとりとめるかもしれないといわれているが、M病院へかつぎこまれたこの奇怪な探偵作家は、目下重態であると伝えられている。

しかし、このこと……立花ヤス子が目撃したという女が浅茅タマヨではなかったという事実が、この奇怪な女が立花ヤス子にじぶんの姿を見せたというなぞを説明するのではないか。

すなわち、その女は、まだ世間にしられていない川崎龍二の情婦のひとりではないか。そして、自分の本当の姿を見られるのを恐れて、変装した姿をわざと立花ヤス子に見せたのではないか。しかし、おかしい。それだけでは、そのなぞは納得されないようでもある。

それはともかく、もし川崎龍二氏がこのまま死亡してしまうような場合、第三の女の正体がやみからやみへと葬り去られてしまうおそれがあった。ということになると、この秘密のカギを握っているものはいったいだれか。それはとりもなおさず、犯人の唯一の目撃者立花ヤス子ということになってくる。

T紙ではその点を強調して、立花ヤス子と記者との一問一答をつぎのように大きく扱っていた。

記者「あなたは、二十三日の晩、川崎龍二氏の仕事場で会った鼈甲縁の眼鏡の女の顔をはっきり覚えていますか」
ヤス子「はい。かなりはっきり覚えています」
記者「しかし、あなたは、このまえ警察で質問されたとき、なにしろ眼鏡をかけ、マスクをしていたので、あまりはっきり顔は覚えていないといったそうじゃありませんか」
ヤス子「はい。あの当座は動揺しておりましたし、自分自身にも問題があったので、はっきりとは思い出せなかったんです。しかし、記憶というものは、日が経るにしたがって、かえってなまなましくよみがえってくることがあるものです。いまでは、わたしはまぶたをつぶるとそのひとの顔をかなりはっきりと思い出すことができます。幸か不幸か、最初に顔を会わせた瞬間、そのひとはまだ防寒マスクをかけおわっていなかったのですから」
記者「なるほど。それでは、それはどのような風貌《ふうぼう》でしたか」
ヤス子「いいえ、それが口ではよくいいあらわせませんの。いまも申し上げたとおり、まぶたをつぶるとかなりはっきりそのひとの面差しが網膜にうかぶんですけれど、それを口で説明しようとすると、幻のように消えてしまうんです」
記者「そうすると、犯人をあなたのまえにつれてきて、その女に鼈甲縁の眼鏡をかけさせたら、あなたははっきり認識することができますか」
ヤス子「はあ、それはできると思います」

あとから思えば、この一問一答こそ、この事件のなぞをとく重大なポイントになったものである。

さて、川崎龍二氏のかつぎ込まれたM病院は、この事件の捜査本部と定められた三鷹署のすぐそばにあった。その捜査本部につめきった等々力警部は、病院から刻々ともたらされる患者の容態の一進一退に、文字どおり一喜一憂のありさまだった。

ことに、いちど快方にむかっていた患者の容態が、夜にはいってきゅうに重態におちいったという報告をうけたときには、等々力警部のみならず、捜査陣一同手に汗にぎる気持ちだった。

「しかしねえ、警部さん」

三鷹署の捜査主任、古谷警部補は、いまいましそうに渋面をつくって、

「自殺はもっとも雄弁な告白とみなすことはできやしませんかねえ。やっこさん、ああして久保田昌子の死体が発見されたときあくまでシラを切りとおそうとしてきたが、やっぱり共犯者のひとりだったんですぜ」

「つまり、久保田昌子を殺したのは、浅茅タマヨと、川崎龍二の共犯だったというのかね」

「ええ、そうです、そうです。浅茅タマヨが久保田昌子をしめ殺した。そのあとから帰ってきた川崎龍二が、久保田昌子の死体を桜上水へ流したというわけでさあ。しかし、それがばれるといけないというので、こんどは浅茅タマヨも殺してしまったにちがいあ

りませんぜ」

「ふん、ふん。こんどの自殺未遂一件から、わたしもその考えが強くなっているんだが……金田一先生、あなたのお考えはどうです？」

等々力警部はひどく用心深くなっている。けさがた金田一耕助からなぞのような暗示をうけたので、もうひとつはっきり踏みきって古谷警部補の説に同調することが出来なかった。

金田一耕助の脳裏になにかまた警抜な思いがひらめいているらしいことを、ものなれた警部は見ぬいているのである。その金田一耕助は、さっきから例によって檻のなかのライオンのように部屋のなかを行きつもどりつしていたが、警部に声をかけられてもその行動をうちきろうとはせず、

「え？　なに？　警部さん、なにかおっしゃいましたか」

「いや、いま古谷君がいうんですがね、つまり、久保田昌子の事件の場合、浅茅タマヨと川崎龍二に共犯関係があった。そして、川崎龍二は、それが暴露するのを恐れて、共犯者の浅茅タマヨも殺してしまったと、こういってるんですが、あなたのお考えはどうです」

「それは、もちろん、自分になにかやましいところがあればこそ、ああいう自殺というようなデスペレートな行動に出たんでしょうがねえ。その点に関するかぎり、わたしも古谷さんの説に賛成です。しかし……どうも、もうひとつわたしにはがてんのいかぬと

ころがある」

「がてんのいかぬところがあるというと?」

古谷捜査主任の調子には、いささか挑戦的《ちょうせんてき》なひびきがあった。

この老巧な警部補にとっては、等々力警部ともあろうものが、このような門外漢の、しかも、小柄で、貧相で、いっこう風采《ふうさい》のあがらぬ男にいちもくおいているらしいのからして、少なからずいまいましいのである。

「それはこうです」

と、さすがに金田一耕助も古谷警部補に対して失礼だと思ったのか、檻のなかのライオン的行動を停止してふたりのほうにむきなおると、

「立花ヤス子の目撃した人物、すなわち犯人とおぼしき鼈甲縁の女と川崎龍二氏との間に、あらかじめ打ち合わせがあったとは思われませんね」

「そりゃあそうです」

と、古谷警部補もあいづちをうち、

「もし打ち合わせがあったのなら、川崎龍二も立花ヤス子という目撃者がいることをしっているんだから、死体を流すようなバカなまねはしなかったでしょうからねえ」

「そうすると、こういうことになりますね」

と、金田一耕助はまるで暗唱するような目つきで、

「川崎龍二氏は外出先から帰ってきた。すると、そこに死体がよこたわっている。しか

も、被害者は自分と関係のある久保田昌子である。そのうえ、川崎龍二氏は立花ヤス子という目撃者のあることをしらなかったから、死体を上水に流してしらぬ顔の半兵衛をきめこもうとした……ということになるんですが、それが少し子供っぽい……大人げないと思うんです。けさも警部さんに申し上げたとおり、自分にやましいところがないなら、なぜあっさり恐れながらと訴えて出なかったんでしょう」

「だから、川崎龍二がくさいといっているんじゃありませんか」

「金田一先生」

と、等々力警部がからだを乗り出し、

「その点については、けさも討論しましたね。先日あなたはこうおっしゃった。これは同じ共犯でも事後共犯、偶然の共犯じゃないか。つまり、川崎氏は殺されているのが久保田昌子としって、てっきり犯人は浅茅タマヨだとにらみ、浅茅タマヨをかばうために死体を流したんじゃあないのか……というような意味のことをさいしょにいいだされたのは、先生、あなたなんですよ」

「ええ。ですから、けさもいったとおり、あのときはあのとき、きょうはきょうだというんです」

「金田一先生、いったいあなたはなにを考えていらっしゃるんですか」

「つまり、問題はこうなんです。立花ヤス子があの離れへいったとき、川崎龍二氏がそこにいなかったということはたしかなようです。つまり、川崎龍二氏はそのとき外出していたんですね」

「ええ、それはそうです」

「それじゃ、川崎龍二氏はアリバイを立証することも出来るはずです。それにもかかわらず、川崎龍二氏は外出先をいわないんでしょう」

「はあ、それはもう、終始一貫、宵から仕事場にとじこもって一歩も外へ出なかったの一点張りなんです……」

「そうでしょう。それがおかしいと思うんです。すなわち、川崎氏は外出先をいいたくなかった。というよりも、外出先をいえなかった。ということは、外出先で川崎氏はなにかひとにいえないことをやってきたのではないか……」

「ひとにいえないこととというのは……？」

「さあ、それがぼくにもまだわからない」

と、金田一耕助はなやましげな目で、

「ときに、主任さん、浅茅タマヨの絞殺されたのは、久保田昌子よりあとなんですね」

「ええ、少なくとも二日あとということになっているんですがね」

「そこんところが、ぼくにもがてんがいかないんです。浅茅タマヨのほうが久保田昌子よりさきに殺されているんならばねえ……」

等々力警部も古谷警部補もぎょっとしたように金田一耕助の顔を見なおすと、

「金田一先生、それはいったいどういう意味なんです」

「いや、いや、いや」

と、金田一耕助は首を左右にふりながら、あいかわらずなやましげな目で、またしても部屋のなかを行きつもどりつしていたが、急に等々力警部のまえで立ち止まると、デスクのうえにおいてあったT紙の夕刊をとりあげた。

「警部さん、古谷さん、あなたがたはこの立花ヤス子と記者との一問一答をお読みになりましたか」

「ええ、それは読みましたが」

と、古谷警部補にその夕刊の紙面を指し示しながら、

「しかし、どうもこの記事はおかしい。T紙の与太じゃないかと思う。立花ヤス子はぜんぜん犯人の顔を覚えていないというんだが……」

「金田一先生」

と、等々力警部はとつぜんなにかに思いあたったように、

「先生、それじゃこの記事はあなたが……？」

「ええ、こりゃぼくがはったりをかけてみたんです。さいわいT紙の社会部にぼくのしった男がいたので、その男に頼んで、こういう記事を大きく取り扱ってもらったんです。犯人にとっていまや唯一のじゃま者は立花ヤス子ひとりであるという点を、とくに強調してもらったんです。その意味がおわかりでしょうねえ。じゃま者は殺せというじゃありませんか」

金田一耕助はギクリッとして自分の顔を凝視している等々力警部と古谷警部補に、なにかの暗示を与えるようにまじまじとあいてのひとみを見かえしていたが、

「じゃ、今夜はこれで……いずれまた明日ここへやってきます。しかし、警部さん」

「はあ？」

「とにかく、立花ヤス子に気をつけてくださいよ。あの重大な証人の身に、万一のことがあるとたいへんですからねえ」

と、ペコリとひとつもじゃもじゃ頭をさげたかと思うと、金田一耕助はそのまま飄々《ひょうひょう》としてその殺風景な部屋から出ていった。

七

立花ヤス子が省線電車の西荻窪の駅を出たのは、もうかれこれ十二時ちかかった。駅の改札口を出るとき五、六人の連れがあったが、その連れもまもなくどこかへ散ってしまって、ヤス子はすぐにひとりぽっちになってしまった。

駅の近所には商店街がつづいているが、その商店街も十時になるとガラス戸をしめ、カーテンをおろしてしまう。その商店街をすぎると寂しい住宅街である。立花ヤス子は毎晩その道を十分ほど歩いて、夫とともに間借りをしている大宮前にある材木屋の離れへ帰っていくのだ。

西条氏に対する時宜をえた彼女のとりなしで、ヤス子の夫の過失はつぐなわれた。夫は失職からまぬがれたのである。しかし、まだ二十三にしかならないヤス子の夫の信吉は、なにかにつけて頼りなかった。全面的に夫に頼りきれないヤス子は、自分も働いて収入のみちをはからなければならなかった。

ヤス子は器用なほうである。編みものの手内職でも相当の収入をあげることができる。しかし、編みものの注文は季節によってずいぶんちがう。

そこで、ヤス子がちかごろえた職業というのは、丸の内にある某ビルディングの掃除婦である。夕方そこへ出勤すると、ビルに働く人たちが帰ってからオフィスの掃除をしてまわるのだ。

はやい事務所は四時にはひけてしまうが、なかには八時、九時ごろまで働いているオフィスもある。だから、それらの掃除をすますと、たいてい十時をすぎている。それから仲間の掃除婦たちとお茶を飲んだりおしゃべりをしたりしていると、かえりはいつも十一時をすぎる。こんやはとくに遅くなって、西荻窪の駅をでるとき時計を見たら、十二時十分まえだった。

また、信ちゃんのきげんが悪いわ……。

と、彼女はそれを案じながら、足をいそがせている。

信吉にはヤス子のこの新しい職業が気にいらないのだ。かねてからはやくやめろといっている。編みものだけでも結構だし、外へ出て働くにしても、もっと適当な仕事がありそうなものだというのである。信吉にとっては毎晩妻の帰りがおそいということが不平の種だった。

しかし、そういう信吉にしてからが、このあいだのような不始末をしでかし、あやうくクビになりかけたのだから、強く主張することもできなかった。

それだけに、信吉はちかごろいつもいらいらしている。ヤス子は出ていくとき夕食の支度をしていってくれるが、つかれて外から帰ってきてひとりで晩めしをもそもそくうのは、男としてはやりきれない気持ちがするのも無理はない。

しかも、夜おそく帰ってきたとき、ヤス子はいつもかなり疲労していた。いっしょになった当座のような新鮮さが若い妻の肉体から失われていくのが、信吉にはものたらず、また残念だった。しかも、信吉は仕事の関係で朝がはやいのである。

共かせぎの夫婦によくあることだが、このすれちがいみたいな夫婦関係が、ちかごろしばしばふたりの間に物議をかもした。しかし、ヤス子はいまのところこの仕事をよす考えは毛頭ない。

一日家に閉じこもって編みものをしていると肩がはるし、気もふさぐ。オフィスの掃除婦というのは、たいてい自分よりも年とった中年の女たちだが、それでも掃除がすんだあとでそのひとたちの身の上話を聞いたり世間話に興じていると、いくらか気もはれるというものである。

それに、きまった俸給《ほうきゅう》のほかに、気前のよい中年の男から思いがけないチップにありつくこともある。

信ちゃんはそれをやいているんだわ。だけど、じぶんさえしっかりしていれば、信ちゃんの心配するようなことはありっこないわ。誘惑はどこにいたってあるんだもの。家で編みものしていたって、ときどき変な男がやってくるのを信ちゃんは知らないけれど。たまにキスぐらい仕方がないじゃないの……うっふっふ……と、ヤス子はひとりでひくく笑うと、思わず手の甲でくちびるをぬぐった。

きょうとつぜんキスされた某貿易商のマネージャーのねばっこいくちびるの味を思い出したからである。

いやらしいと思う半面、そのときすばやく握らされた三枚の百円紙幣が、どこか彼女の心をゆたかにしていることも争われない。

信ちゃんに見つかったら、また根掘り葉掘りされるわ。どこかへうまくかくしとかなきゃあ。

これを要するに、ヤス子には、きのうT紙の夕刊に出た記者との一問一答から、いまじぶんがどのような危険な立場におかれているかという自覚がぜんぜん欠けていたのだ。夫の信吉もまだ子供だからそんなことには気がつかない。

かえって自分の妻の名前が大きく新聞に出たことをまるでなにか名誉なことのように考えて、彼女に注意をあたえるような神経はぜんぜん持ち合わせていなかったのも仕方がない。

ヤス子が大宮前の間借りをしている材木屋の近くまでさしかかったのは、ちょうど十二時である。

空は曇っているが、どこかに月があるらしく、ほんのりとした明るさが道をさむざむと照らしている。材木屋の材木おき場の外には、材木が道端に沢山立てかけてある。その材木のたてかけてある角を曲がると、材木屋の裏口である。その裏口を入ると、ふたりが間借りをしている離れなのだ。

ヤス子がその材木おき場へさしかかると、材木のかげから男がひとりつと出てきて、

「ヤス子……？」

と、ひくいこもったような声で呼びかけた。にぶい光を背におったその男の姿を見たとき、ヤス子はてっきり夫の信吉がそこまで迎えに出てくれたものとばかり早合点した。

「信ちゃん……？」

と、ヤス子はよろこばしげな声をあげてそのほうへ駆け寄ると、両手をあげて男に抱きつこうとした。と、その瞬間、わけのわからぬ事態がもちあがったのである。

「危ない！」

とだれかが叫んで、ヤス子をつきとばしたようだった。いや、ようだったではない。ヤス子は、事実、だれかの強い腕につきとばされて、二、三メートルよろめいたのち、そこにあった電柱にいやというほど背骨をぶつけたのだ。

いっぽう、ぼうぜんとしている彼女の眼前で、彼女が信吉とまちがえた男と三人の男

がなにかけわしい怒号とともにもつれあっていたが、しかし、その格闘もすぐ終わった。だれかが……もじゃもじゃ頭をして、よれよれの袴をはいた男だったが……そばへきて、

「危ないところでしたねえ」

といいながら、その男が電柱のスイッチをひねるとパッと街灯に灯がついた。

立花ヤス子はそのときはじめて、その街灯が故意に消されていたのだということに気がついた。

「ほら、あの男の足もとをごらんなさい」

立花ヤス子はぼうぜんとして、じぶんのそばに立っているもじゃもじゃ頭でよれよれの袴をはいている男の姿から、手錠をはめられた男のほうへ目をうつした。その男の足もとに、鋭いきっさきをしたナイフが、ものすさまじい色を光らせてころがっていた。

ヤス子はそれから手錠をはめられたその男の顔を見た。

それは、二十三日の晩、探偵作家の川崎龍二といっしょにウイスキーを飲んでいた松本梧朗だった。

ヤス子にはまだ事情がよくのみこめなかったが、さっき信ちゃんとまちがえてその男に抱きついていたら、あの鋭いナイフがじぶんをえぐっていたのだということだけはうなずけた。

ヤス子は急に胸が悪くなり、気がとおくなりかけたが、そこへ材木のうしろからもうひとりの人影があらわれた。その男はなにごとが起こったのかときょろきょろあたりを

見まわしていたが、街灯のしたに立っているヤス子を見ると、

「ヤス子！　そこにいるのはヤス子じゃないか」

「信ちゃん！」

ヤス子は信吉のそばに駆け寄ってその胸にすがりつくと、とつぜん堰《せき》を切って落としたように涙があふれた。

「信ちゃん、信ちゃん、わたし殺されかけたのよ」

八

「つまり、あの晩、川崎龍二氏は外出先で人殺しをしてきたんですよ」

緑ガ丘町にある高級アパート緑ガ丘荘の二階に、金田一耕助はフラットをもっている。そのフラットの快適な応接室のなかで、この探偵談の記録者であるところの筆者は、金田一耕助とむかいあっていた。

金田一耕助は大きな安楽イスのなかにふかぶかと体をうずめて、ものうげなまなざしをしながら、この事件の解説をしてくれるのである。それを後生大事にメモにとるのが筆者の役目なのであった。

「外出先で人殺しを……？　いったい、だれを殺したんです」

「浅茅タマヨをですね」

「浅茅タマヨを……」

と、筆者はおもわず目をみはって、

「だって、浅茅タマヨが殺されたのは、久保田昌子より二日あとだったということじゃありませんか」

「そうです、そうです、そのとおり」

と、金田一耕助はもじゃもじゃ頭をかきまわしながらにやにや笑って、

「だから、つまり、川崎龍二が早合点をしたんです」

「早合点とおっしゃると……？」

「それはこうです。あの晩、川崎龍二はタマヨのアパートへ遊びにいっていたんです。ところが、そのうちに痴話げんかがこうじて、川崎がのどをしめたところが、タマヨがぐったり失神してしまった。川崎龍二という男は相撲とりみたいな体をしていたが、案外肝っ玉の小さな男で、タマヨが失神すると周章狼狽《しゅうしょうろうばい》、いろいろ手当をしてみたが、息をふきかえすもようがないので、てっきり死んでしまったものと早合点したんですね。そこで、タマヨのアパートをとびだして仕事場へ帰ってきた。さいわい、その晩かれがタマヨを訪問したことをしっているものはひとりもいなかったので、川崎氏のさいしょの計画では、宵のうちから仕事場に閉じこもっていて一歩も外出しなかったということにして、アリバイをつくるつもりだったんですね。ところが、あにはからんや、仕事場へかえってみると、そこにもひとつ死体がころがっている……」

筆者は啞然《あぜん》として金田一耕助の顔を見なおした。

「それがつまり、久保田昌子の死体だったとおっしゃるんですね」

「そうです、そうです」

と、金田一耕助はにやにやしながら、

「運命は皮肉なもんですねえ。外出先で情婦を殺してそのアリバイをつくろうと仕事場へかえってくると、そこにも死体がころがっている。しかも、その死体というのも、かれの数多い情婦のひとりである。このほうの殺人に関するかぎり、川崎龍二はぜんぜん無関係であった。しかし、はたして世間でそれを信じてくれるかどうか。かれの情人のひとりが、かれの仕事場のなかで寝床を敷いて殺されている。しかも、わたしはぜんぜんしりませんじゃことがすみそうにない。それをことをすまそうと思えば、いやがおうでも外出先をいわねばならぬ。外出先をいうと、そこにも情婦が殺されている。しかも、こっちのほうはしんじつかれがやったことですから、これは絶対にいえませんね。そこで、まさかその死骸をぜんぜん事件に関係のない立花ヤス子という女に見られたとはしらなかったもんですから、近所の桜上水へ流して、しらぬ顔の半兵衛をきめこもうというわけで、いや、そのときの川崎先生の心中たるや察するにあまりありだったでしょうねえ」

筆者はあきれてしばらく口もきけなかったが、

「それで、久保田昌子を殺したのは松本梧朗という男だったんですか」

「ええ、そう。ところが、こっちのほうも、もののはずみだったそうです」

「もののはずみというと……？」

「いや、あの晩、松本梧朗が仕事場へ訪ねていくと、久保田昌子が勝手に夜具をひっぱりだして、シュミーズ一枚という姿で寝ていたそうです。おそらく、昌子女史、ちかごろ川崎先生がいささかつめたくなったので、今夜こそいやおういわせぬつもりで、まあ、そういう扇情的なシチュエーションをつくりあげ、手ぐすねひいて川崎先生の御帰館を待っているところへ、やってきたのが川崎先生ではなく松本梧朗だったので、ことがまちがってきたんです」

　筆者もやっと事態がのみこめてきた。

「なるほど。そうすると、松本が犯人だというわけですか」

「ええ、そう。あとで久保田昌子の写真を見ましたが、ボチャボチャとした、ちょっとかわいい顔立ちでしたよ。そこへもってきて、そういうあらわな姿態をみせつけられちゃねえ……若いもんにとっちゃ目に毒です。冗談でいどんでいるうちにおいおい真剣になってきて、つい手がまわったか……というわけです」

「そこへ立花ヤス子がやってきたわけですな」

「ええ、そう。ですから、そのとき、松本梧朗君、こっそり逃げだしゃよかったんです。それがなまじっか芝居気を出したのがいけなかった。松本があとで告白したところによると、数多い川崎の愛人間における恋の鞘当《さやあ》てによる犯行……と、こう思わせたかったんだそうです。と、そういう裏には、はじめのうちは松本梧朗君、川崎先生に罪をきせたくなかったらしい。川崎のおかげで小遣い銭にありついているてまえ、かれが罪に問われることは困るので、そこでとっさに犯人は女性と思わせるために、昌子のもっていたコンパクトのおしろいを顔にぬりたくり、これまたおなじく昌子の赤いレインコートを着用におよんで、フードで頭をかくすと同時に、鼈甲縁の眼鏡でまんまと女になりました、というわけです」

「そして、いったんそこを逃げだしておいて、あとでまた松本梧朗にかえってようすをうかがいにきたわけですね」

「ええ、そう。これは犯人がよくやる手ですね」

「犯人は後日、かならず犯行の現場へもどってくる……」

「まあ、そういうところでしょうねえ。ところが、ようすを探りにくると、川崎先生が死体をどこかへ始末して、しらん顔の半兵衛で原稿かなんか書いている。いや、書いているかのごときふりをしている。これには松本梧朗も驚きもし、不思議にも思ったが、まあ、なにかと調子をあわせているところへ、立花ヤス子がお巡りさんをつれて引き返してきたというわけです。そこで……」

「ああ、ちょっと待ってください」

と、筆者はあわてて金田一耕助をさえぎると、

「そのとき立花ヤス子はそこにいる松本がさっきの赤いレインコートの女だとは認識で

きなかったんですか」

「ええ、そう。松本にしても、さっきの女……すなわち、立花ヤス子がまだそこにいても看破される気づかいはないという自信があったからこそ、引きかえしてきたんでしょう。なにしろ、レインコートのフードに鼈甲縁の眼鏡、それのみならず、かなり大きなマスクをかけていたんですからね」

「それにもかかわらず、T紙に出たヤス子と記者との一問一答は……？」

といいかけて、筆者はおのれの愚問に気がついた。犯人というものは、強い自信をもっていても、ああしてハッキリ新聞に書き立てられると、やはり不安を感ずるものなのであろう。

「それじゃ、さいごに浅茅タマヨについて聞かせてください。タマヨはだれに殺されたんですか」

「やっぱり松本ですよ」

「それはどういういきさつで……」

「いや、川崎が逃げだしてからまもなく、タマヨは息を吹きかえしたんですね。ところが、その晩おそく訪ねていった先が、こともあろうに松本のところだったんです。なんといっても、松本が川崎にとってはいちばん古い友達ですからね。そこで川崎のことについて相談にいったんですが、その話を聞いて、松本ははじめて、川崎がなぜ久保田昌子の死体をかくしたかその理由をはっきりしったわけですね。そこで、松本は浅茅タマヨに入れ知恵をした。川崎は君が死んだものと思っているらしいから、しばらく姿をかくして川崎をいじめてやりなさいとかなんとかけしかけて姿をかくさせているうちに、とうとう殺してしまったんですね。もうそのころにゃ、利害関係もへったくれもない。なんとかして川崎を罪に落とすことによってじぶんがまぬがれようと、ただそれ一心だったわけです」

「なるほど」

と、筆者はもういちどこの複雑な事件を頭のなかで整理しながら、

「それにしても、妙な事件ですね」

「いや、まったく」

「それで、川崎はその後どうしました」

「浅茅タマヨの殺されたのが久保田昌子より二日ほど後らしいということを聞かされて、はじめて安心したんでしょう。すぐ、なにもかもベラベラしゃべりましたよ。いや、まったく妙な事件でしたね。あっはっは！」

柩《ひつぎ》の中の女

壺《つぼ》をもつ女

一

上野の美術館の裏門からはいっていった赤星運送店の店員白井啓吉は、受付らしいところをのぞいて、

「もしもし、ちょっとお尋ねいたしますが、落選作品を受け取るのはこちらですか」

と、二、三度おなじことばをくりかえしたが、だれもこちらをふりかえってくれるものはいない。それでいて、むこうのほうにはおおぜいひとがいて、てんやわんやとやっているのだが、あまりいそがしすぎるのか、運送店の店員などにかまいつけてくれるものはだれもいなかった。

「もしもし、ちょっとお尋ねいたしますが……」

と、白井啓吉はおなじことばをくりかえしながら、それにしてもこいつは見ものだとばかりに、きょろきょろあたりを見まわしている。

毎年春にさきがけて開催される春興美術展の招待日を一両日ののちにひかえて、館内が戦場——といってはおおげさだが、それに似たふんいきにつつまれているのが、裏口の受付の外に立っていてもわかるのである。

審査員らしい先生がたが出たり入ったり、ときどき大声で怒鳴る声がきこえたり、そうかと思うと、すぐむこうのドアのおくを、大きな額ぶちや、あるいは等身大の人形のようなものをかついで、えっちらおっちら通りすぎたり……ほら、またたれかが怒鳴りつけられている。

それはいいとして、受付のすぐ周辺にある作品だ。絵画だの彫刻だのが、雑然、乱然とならんでいるのだが、いそがしそうに出入りする先生がたも、それらの作品には一顧もあたえない。まるで路傍の石みたいに完全に無視されている。

「あれ、みんな古垣先生とおんなじで、落っこっちゃった連中なんだな」

そういえば、さっき裏門からみずから大八車に作品をつんでえっちらおっちらとかえっていく長髪の画家のたまごらしいすがたも見受けられた。

白井店員はいささか笑止らしいかんじもしたが、しかし、いまはそんなことをいってる場合ではない。

「ああ、もしもし、受付のひと、だれもいないんですか。こちら、西荻窪の古垣敏雄先生の使いのもんですが……」

　ちょうどそのとき、どういうものか受付がからっぽになっていて、いくら呼んでも叫んでもいっこう応答がなかったので、とうとう業をにやした白井啓吉が、もういちど、

「もしもし、こちら古垣敏雄先生の使いのもんですが……」

　と、やけに大声を張りあげたとき、

「なあんだ、古垣君の使いかい」

　うしろのほうで声がしたので、びっくりして振り返ってみると、長髪にベレー帽をかぶった男が、大きな黒眼鏡のおくからこちらをみている。ほおからあごから鍾馗《しょうき》様みたいにひげをはやした男である。いま裏口からはいってきたばかりらしいのだが、白井啓吉は渡りに舟と、

「ええ、ぼく、古垣先生に頼まれて、落っこっちゃった人形を受け取りにきたんですけど、いくら呼んでも返事がないんで弱ってるんです」

「ああ、運送屋だな。どれどれ、おれが見てやろう。受付番号もってるかい」

「ええ、これなんですけれど……」

「古垣君のはたしか塑像《そぞう》だったね」

「なんだかしりませんが、女が壺《つぼ》かなんか頭のうえにのっけてる石膏人形《せっこうにんぎょう》だって話です。うちの親方が搬入したんですけれど……」

「ああ、そうか。どれどれ」

と、黒眼鏡の男は受付番号をもってそこらにならんでいる作品のあいだを探しながら、

「君は古垣君と懇意なの」

「いいえ、ぼくはつい最近、赤星運送店へきたばかりですから……でも、うちの親方の話によると、あの先生どこへ出しても通ったためしがないんだそうで……」

「あっはっは、古垣君はそんなにあちこちに出品するのかい」

「そうだって話です。ですから、うちの親方なんかもいってます。へたな鉄砲も数撃ちゃ当たるって。あの先生だってそのうちに日の目をみることなきにしもあらずだって」

「あっはっは、そんなこといってると、おとくいを一軒しくじるぜ」

「いやあ、いまのは内緒。だけど、あの先生、ほんとにゲイジュツにいそしんでんのかな。それとも、女のオッパイやおケツが触りたいんであんなしょうばいしてんじゃないかなんて、うちの権ちゃんなんかいってまさあ」

「権ちゃんてだれだい」

「いえ、ぼくの先輩、おなじ赤星運送店の店員ですけれど……古垣先生たら、しょっちゅうモデルと問題をおこして、とうとうこないだ奥さんに逃げられちまったんですって……」

「あっはっは、赤星君、君はけさなにを食ってきたんだい。いやに舌がまわるじゃないか。あっはっは、それにしても、古垣君の作品は……？」

と、黒眼鏡の男はあちこち探していたが、

「ああ、あった、あった。なあんだ、もうこんなところに持ち出してあるじゃないか」

と、探しあてた作品は、裏口のドアのかげの薄暗いところに裸のままで立っていた。

二

それは等身大の塑像で、なるほど髪をうしろへ垂らした裸婦が頭のうえに壺のようなものをささげている。左脚をちょっとまげてはいるものの、ほとんど直立不動の姿勢だから、見上げるばかりの巨大な作品である。

「あれ、古垣先生のつくったものにしちゃ、わりによく出来てるじゃありませんか。ぼく、もっとへたくそなんだと思ってたけど……」

「あっはっは、古垣君にそういっておやり、よろこぶだろうぜ。少なくともひとりは賛美者があらわれたってな」

「だけど、先生、ほんとにこれ、よう出来てると思うんですがね。これでもいけないんですかね」

「ちかごろはね、まっとうな作品はだめなんだとさ。月並みてえわけだな。なにがなんだかわけのわからんのがいいんだよ」

「そうそう、そういえば、絵でもこんな人形みたいなやつでも、わけのわからんのがたくさんありますな。指だけみたいなんがあるかと思うと、目がひとつきゃねえ顔みたいなもんがあったり……あんなの、ぼくなんかにはちっともわかりませんが……」

「あっはっは、赤星君、君の美術批評はいずれまたきくとして、そろそろこいつを運んだらどうだね」

「そうそう。だけど、弱ったな。こんなでっけえもん、ひとりで運べとは殺生ですぜ」

「くるまはもってきてるんだろう」

「へえ。そりゃくるまは持ってきてますが、くるままで運ぶのがたいへんでさあ」

「やれやれ、そですりあうも他生の縁っていうから、それじゃおれが手伝ってやろう」

「先生は古垣先生のお知り合いですか」

「ああ、多少な……」

　どういう知り合いだかわからないが、白井啓吉が中型トラックにつんできた大きな木箱をおろす手伝いからしてくれた。

「これはまたやけに大きな箱をつんできたじゃないか。こんなかへあの塑像をつめこむのかい」

「へえ、古垣先生のご注文だそうで」

「それじゃ、まるでお葬式だね。まるで、これ棺桶《かんおけ》みたいじゃないか」

「縁起のわるいことといわねえでくださいよ」

「あっはっは、お葬式にゃちがいないさ。落選してやみからやみへと葬られる作品だからな。やれやれ、かわいそうに」

白井啓吉があとから述懐するところによると、黒眼鏡の男がそのとき、やれやれ、かわいそうに、とつぶやいた言葉には、いやに実感がこもっていたそうで、それを思いだすたびに、かれはゾーッと全身にあわだつのをおぼえるのである。

それはさておき、そんなむだ口をたたきながら、用意の布で『壺をもつ女』をぐるぐる巻きにすると、棺桶みたいな大きな木箱につめこんで、トラックへつみこんだのが三月十八日の午後一時過ぎ。

「やあ、先生、ありがとうございました。それで、お名前は……？」

「名前なんかどうでもいいよ。鍾馗さんみたいなひげを生やした男といえば、古垣君にもわかるだろうよ」

「ああ、そう。それじゃ先生にそう申し上げておきます」

と、白井啓吉はそのままトラックを運転して上野の美術館をはなれたが、かれはまっすぐに西荻窪へかえったであろうか。

いやいや、そうではなかった。

それから約一時間ののち、丸の内の警視庁へのりつけた白井啓吉は、まるで幽霊に出会ってきた男のように、くちびるまで血の気をうしなった顔色で、

「た、たいへんです。ひ、ひと殺し……」

と、受付にむかってひとこといったきり、まるで骨をぬかれたようにくたくたとその場にへたばってしまった。

三

「あっ、金田一さん、ちょっと」

いましも用件をすませて、警視庁の捜査一課、第五調べ室を出ようとしていた金田一耕助は、卓上電話に出ていた等々力警部から鋭い声で呼びとめられた。

「えっ！」

と、金田一耕助が立ちどまると、等々力警部はなおふたことみこと電話にむかって話していたが、

「よし、いますぐいく」

と、ガチャンと受話器をそこへおくと、

「金田一さん、ムクドリがむこうからとびこんできたらしいですぜ」

「ムクドリがむこうからとびこんできたとは……？」

「トラックが他殺死体らしきものを運びこんできたそうです。いま表にいるそうですから、いってみようじゃありませんか」

「トラックが他殺死体をはこびこんできたあ……？」

金田一耕助がれいによって目をしょぼしょぼさせながら等々力警部のあとについて警視庁の表玄関へ出てみると、車寄せにトラックが一台とまっていて、そのまわりをはや

野次馬がいっぱい取りまいている。

「やあ、警部さん、金田一先生もごいっしょですか。春にさきがけて、とんだ事件がまいこんできましたぜ」

と、野次馬のなかから出てきた顔なじみの新井刑事も、緊張の面持で目を血走らせている。

「新井君、他殺死体らしきものとは……？」

「あれです。金田一先生、いかにもあなたのお好みにかないそうな事件ですぜ」

みると、中型トラックのうえに棺桶みたいな大きな木箱がのっかっている。その木箱はどうしたのか一部分ひどく破損していて、パッキングのあいだから布くずみたいなものがはみ出していた。

金田一耕助が等々力警部のあとについてトラックのうえへのぼってみると、棺桶のあいだからのぞいた布くずがぶきみな粘液でじっとりとぬれている。

等々力警部がその布くずをかきわけたとき、金田一耕助はおもわずぎょっと息をのんだ。

全体からみると、その箱のなかにおさまっているのは等身大の石膏像らしいのだが、木箱が破損したとたんその石膏像の一部がこわれたらしく、その下からのぞいているのは、あきらかに人間……それも、女の肉体の一部分らしかった。

「金田一先生……」

と、等々力警部も息をのむような声で、

「女を石膏づめにしておいたんですね」

金田一耕助が無言のままうなずくのをみて、等々力警部はあたりを見まわした。

「ああ、新井君、このトラックを運転してきたのは……？」

「ええ、むこうにいます。逃げないように望月君に監視してもらっていますが、まるでもうすっかり興奮してしまって……」

「ああ、そう。それじゃ、さっそくこの箱を鑑識のほうへ運んで、よく調べてもらってくれたまえ。いや、そのまえに石膏像の写真をとっておくことを忘れないように。金田一先生、それじゃひとつ、運転手の話をきいてみようじゃありませんか」

ふたりが第五調べ室へかえってくるとまもなく、望月刑事が白井啓吉をつれてきた。新井刑事もいったとおり、まだわかい白井啓吉は思いがけない事件にまきこまれて一種の精神錯乱におちいっているのか、まるでキツネ憑《つ》きみたいな目つきをしている。

等々力警部の質問を待つまでもなく、啓吉はべらべらしゃべりはじめた。

じぶんは西荻窪の駅前にある赤星運送店に勤務している白井啓吉というものであること。きのうおなじ西荻窪の住人、古垣敏雄なる人物から、上野の美術館へ落選作品を受け取りにいくことを依嘱されたこと。そこで、古垣敏雄氏からことづかった木箱をもって、きょう上野の美術館へ出向いていったこと。

「それで、あの人形を受け取って、新宿のガード下までさしかかったんです。そしたら、そのときむこうから大型トラックが猛烈な勢いでやってきたもんですから、それをよけようとしたはずみに、ハンドルをきりそこなって、ガードの壁にトラックをぶっつけたんです。そしたら、あいにく後部の枠《わく》がうまくはまっていなかったとみえて、あの木箱がトラックからすべり落ちましたんで……」

「ふむ、ふむ、なるほど。そのとき、あの箱が破損したんだね」

「へえ、そうなんです。そのとき、ぼく、しまったと思ったんです。こわれもんだから、くれぐれも注意するようにって親方からいわれてたもんですから……それで、箱のこわれめから手をつっこんでなかを調べると、なにやらにちゃっとするもんが手についたでしょう。そいで、へんに思って布をかきのけてみると……」

「ふむ、ふむ。それで、君はまっすぐにここへきたのかね」

「へえ、ぼく、もうすっかりおったまげてしまって……うっかりあんなもん持っていって、どんなめにあうかと思うと怖くなって、それでいろいろ思案のすえ、こっちへやってきたんです」

四

「えっ、なんですって？　ぼくの作った石膏像のなかに女の死体が塗りこめられているんですって？」

と、もうかれこれ午後四時だというのに、窓も雨戸もしめきって、いままで女と寝ていたらしい古垣敏雄は、新井刑事から話をきくといまにも目玉がとびだしそうな顔をして、

「そ、そ、そんなバカな……いえ、あの、それは、たしかにきのう赤星のほうへ、上野へいってぼくの作品を受け取ってくれるように依頼しときましたよ。しかし、そのなかに女の死体が塗りこめられているなんて、そ、そんなバカな……」

古垣敏雄というのは三十七、八、色の青黒い神経質そうな人物で、どんより濁った双のひとみといい、その年ごろに似合わぬ膚の色の悪さといい、どこかに病気でももっているのか、それとも不健全な生活がそうさせるのか、いかにも病的なかんじの強い人物である。

古垣のそばには二十前後のどこかコケティッシュなかんじのするわかい女がついているが、このほうも新井刑事の話をきくと目をまるくして、半信半疑の顔色である。

「いや、とにかく、うそかほんとかわたしといっしょに警視庁まできてくれませんか。そうそう、先生の作品というのは、裸の女が頭のうえに壺をささげているポーズでしたね」

「ええ、それはたしかにそうだが……」

「それで、あの、刑事さん、そのなかに塗りこめられている女って、いったいどんなひとですの」

と、そばから尋ねる女の語気はなんだかこの事件を面白がっているようでもあり、その目は好奇心をかくしきれなかった。

「古垣さん、このご婦人は……？　奥さんですか」

「いや、これは江波ミヨ子といってモデルなんですが……」

「ああ、そう、ところが、江波君、まだ石膏はぜんぶ落としてないんですよ。下半身だけ落として、なかに人間……女がいるにちがいないってことをたしかめて、こちらへお伺いしたんです。上半身は古垣さん立ち会いのうえで……ということになってるんですがね」

「それじゃ、そのなかに女がいるってことはもう間違いがないのね」

と、ミヨ子はいよいよ好奇心がうごくらしく、いやにあどけない口のききかたで、

「ねえ、先生、そんなバカな話ありっこないってことはあたしが保証するわ。だって、あの『壺をもつ女』はあたしがモデルなんですものね。でも、先生、これからちょっといってみない？　刑事さん、あたしがいっちゃいけません？」

「さあ、どうぞ、どうぞ。あんたがモデルだとすると、ちょうどいい証人だから、ぜひいっしょにきてください」

それから約半時間ののち、警視庁へ到着したとき、古垣敏雄と江波ミヨ子も緊張していたが、かれらがくると電話できいて待っていた等々力警部や金田一耕助、その他の係官も、緊張に顔をこわばらせていた。

石膏像のおいてある鑑識のほうへはいっていくと、問題の『壺をもつ女』の下半身は黒い布でおおってあった。

「これなんですがね。これ、たしかにあなたがお作りになったものにちがいないでしょうねえ」

『壺を持つ女』は、頭のうえに壺をのっけて、左手で壺をかかえているが、そのひじのところが少しいたんで、そこからなまなましい人間の膚がのぞいている。

江波ミヨ子は恐れげもなくこの石膏像を見つめていたが、とつぜん、強い声で叫んだ。

「ちがうわ！　これ、先生が作った『壺をもつ女』じゃないわ！」

ミヨ子の声があまり確信にみちていたので、一同はぎょっと顔見合わせたが、

「ちがうって、どこが……？」

と、等々力警部もちょっととまどいした顔色である。

「だって、あたしがモデルになった『壺をもつ女』は、右手で壺をもってたのよう。だのに、これ左手でもってるじゃないの。だけど、ふしぎねえ。そのほかはそっくりだわねえ」

一同はまた顔を見合わせたが、そのとき柿崎捜査一課長がきっぱりといった。

「どうだね。ここで上半身も石膏をとってしまって、ついでになかの女の顔をこのおふたりに見ていただこうじゃないか」

だれもそれに反対するものはなく、あらためて上半身の石膏が落とされていったが、

やがてぶきみな顔があらわれたとき、古垣敏雄も江波ミヨ子もぎょっとしたように両手をかたく握りしめた。

「どうです。古垣さん、あなた、こういう婦人をご存じじゃありませんか」

と、柿崎捜査一課長はふたりの顔色をみくらべながら、

「ああ、おふたりともご存じなんですね。ミヨ子君、これだれ……？」

「せ、先生の奥さん……」

「えっ、古垣先生の奥さん……？」

と、一同はまたぎょっと顔見合わせる。

「そ、そ、そうです、そうです。それ、先月わかれたわたしの妻の和子……」

と、古垣敏雄はまるでのどをしめつけられるような声である。

そのとたん、ミヨ子が気ちがいのような声を立ててわめきはじめた。

「森先生よ、これ。きっと、森先生のしわざよ。あたし、こんなことになるんじゃないかと思ってたのよう。あたし、しらない、あたし、しらないわよう！」

と、まるでこどもがだだをこねるようにじだんだをふんで叫んでいたが、だしぬけにひとみがくるりと回転したかと思うと、

「危ない！」

とさけんでそばへかけよった新井刑事の腕のなかに倒れかかって、そのままぐったりと気をうしなってしまった。

「古垣先生、いまそのひとがいった森先生というのは……？」

「ああ、いや、まさか……」

と、古垣敏雄は額からしたたりおちる汗をぬぐいながら、

「いまのはミヨ子の間違いですよ。森君がまさか……森君がそんな……」

「古垣先生、森先生というのは……？」

と、もういちど等々力警部がおなじことばをくりかえして念をおした。

「はあ、あの……森君というのは……」

と、古垣敏雄はペロリとかわいたくちびるを舌でなめると、

「ぼくの旧友なんですが、先月ぼくが家内の和子をゆずった男なんです」

もうひとつの『壺《つぼ》をもつ女』

一

三月十八日午後六時。

金田一耕助はあんまりうまくない仕出し弁当をたいらげたあと、れいによってれいのごとく、眠そうな目をショボショボさせながら、警視庁の捜査一課、第五調べ室のすみ

にしょんぼりと座っている。

　刑事が出たり入ったり、等々力警部が電話でどなりつけたり、ひとしきり戦場のようなさわぎがあったあとで、いま、警部の機関銃のような質問と、古垣敏雄の妙に煮えきらない応答が、のらりくらりと展開されている。

「すると、その森君……森、なんというんですか」

「森富士郎というんです」

「あなたとの関係は……？」

「関係といいますと……？」

「いや、どういうお付き合いなんです？　いつごろからのお知り合いなんです？」

「ああ、そのこと……」

　と、古垣敏雄は気のない調子で、

「美校以来の付き合いですがね」

「すると、やっぱりあなたとおなじ美術家なんですね」

「ええ、そう」

「それで、あなたが奥さんを譲られたというのは……？」

「先月のことです。先月の終わりでしたね」

「いや、その、譲られたいきさつというのをおききしているんですが……」

「ああ、そのこと……」

と、古垣はあいかわらず生気のない語気で、

「それは、つまり、和子が森君のほうがよくなったからです」

「円満裏に奥さんを譲り渡されたんですか」

「それはもちろん」

「あなたは奥さんに未練はなかったんですか」

「さあ、それは……」

「さあ、それは……とおっしゃるのは、未練があったと解釈してもよろしいか」

「それは、多少は……ね」

「それで、さっきモデルの江波ミヨ子君の口走ったことばをなんと解釈したらいいんでしょうね」

「江波の口走ったことばというと……？」

「ほら、森先生よ、これ、きっと森先生のしわざよ、あたし、こんなことになるんじゃないかと思ってたのよう、あたし、しらない、あたし、しらないわよう……と叫んだことば……」

「それは、おそらく江波のヒステリーの結果でしょう」

「古垣さん」

さっきからじりじりしていた等々力警部は、とつぜん鋭い語気できめつけた。

「あなた、もう少し捜査に協力的な態度をとってくださいませんか。江波ミヨ子はあれ

を森先生のしわざだといっている。しかも、こんなことになるんじゃないかと思ってた……つまり、ああいう悲劇、惨劇を予期していたような口ぶりでしたね。それに、あたし、しらない、しらないわよう……というのは、裏を返せば、じぶんになんらかの責任があるのを回避したいという気持ちのあらわれじゃないでしょうかねえ。いずれにしても、それをあなたがご存じないはずがない。その点、もっとはっきりおっしゃってくださいませんか」

古垣敏雄はしばらくだまっていたのちに、

「江波が手伝ったんですよ」

と、投げ出すような調子である。

「江波が手伝ったあ……？　殺人を……？」

「いやいや、そうじゃない。つまり、その、なんなんです。森が和子を酒で盛りつぶしたんですな。そのうえ、和子を犯したんです。それを江波が手伝ったんです。森の目的をしっていて、和子を盛りつぶすのをね」

等々力警部ははっと金田一耕助と顔見合わせると、しばらく無言のままあいての顔を凝視していたが、

「すると、森富士郎というのは、そういう理不尽な人物なんですか」

「いや、理不尽というのでは……」

「しかし、友人の細君を盛りつぶして犯すというのは……」

「いや、つまり、森というのは英雄なんです。行くとして可ならざるはなき秀才、天才なんですな。欲しいものはなんでも手にいれる。どんな手段をつくしてでも……つまり、ぼくみたいな無能無才の人間からみれば、モラルを超越してる男なんですね」

「それで……奥さんを譲られたんですか。友人にけがされた不潔さゆえに……」

「いや、そうともいえませんね」

「そうともいえないとは……？」

「いや、つまり、女というものはそういう思いきったことをする男が好きになるんです。一種の英雄崇拝主義ですな」

「しかし、ミヨ子君のいった、こんなことになるんじゃないかと思ってたというのは……？」

「さあ、それは……江波にきいてみなければわかりませんが、たぶん長つづきしないいんじゃないかと思ってたんじゃないでしょうか。森というのは英雄ですから、欲するものはなんでも手にいれる。したがって、執着というものが薄い。そこへもってきて、和子がすこしほれすぎたというところじゃないでしょうかねえ」

「すると、やっぱりあなたも森氏のしわざだというお考えなんですね」

「いやいや、ミヨ子がそう考えてるんじゃないかということです。ぼくはいっさい白紙です。あなたがたにいっさいおまかせしますよ」

およそ冷淡なその態度に、等々力警部はあきれかえってあいての顔をにらんでいたが、そこへどやどや入り乱れた足音とともに搬入されたのはもうひとつの『壺をもつ女』である。なるほど、これは右手で壺をもっている。

「警部さん、ありましたよ、美術館にこれが……」

古垣敏雄はちらとその作品に目をやると、

「ああ、それがぼくの作ったケッサクですよ。あっはっは」

と、うつろにかわいた笑い声である。

二

森富士郎。年齢三十六歳。身長五尺四寸弱。体重十四貫。色白で柔和な面持ち。つのぶちの眼鏡をかけ、頭は無造作なオールバック、ただし長髪にはあらず。つねにルパシカ様の特別仕立ての上着を一着……。

と、そういう記事が写真とともに東京都下の各新聞に掲載されたのは、三月二十一日の朝刊以降であった。

ということは森富士郎の失踪《しっそう》が決定的となったことを意味している。

森富士郎は帝都沿線の久我山にアトリエをもっていた。家族は、古垣敏雄から略奪した和子と、池田アイ子というばあやの三人きり。森は、三月十三日の夕方、東京駅からだと称して、池田アイ子に電話をかけてきたきり消息不明になっている。三月十三日というのは、春興美術展の出品作の最後の受付日である。電話の内容は、当分旅行するから家へはかえらないということであったそうな。

和子が久我山の家からみえなくなったのはその前日の三月十二日以来のことだが、彼女がいつ家を出たのか、池田アィ子もしらぬという。

電話の内容ではふたりで旅行するとはいわなかったが、池田アィ子は当然そうであろうときめてかかって、和子の失踪をべつに気にもとめていなかったという。

「先生は……」

と、池田アィ子が出張した刑事にたいして答えたところによると、

「お仕事をするところをひとに見られるのがおきらいなかたですから、あたしはめったにアトリエをのぞいたことはございません。お掃除などもごじぶんでなさいますし……といって、一週間に一度か、十日に一度くらいでございますが……それですから、あのアトリエのなかでどういう作品をおつくりになっていたか存じません」

森が召し使いのアトリエへはいることを好まなかったのは、制作の尊厳をたもとうとしていたこともその理由のひとつであろうが、それとはべつに、女関係のだらしなさ、無軌道さをのぞかれるのを好まなかったということも、重大な理由であるらしい。

アトリエのなかにはカーテンで仕切った閨房《けいぼう》がしつらえてあって、そこにダブル・ベッドがそなえつけられていた。

江波ミヨ子の申し立てによると、和子が酒に盛りつぶされて森に犯されたのもそのダ

ブル・ベッドで、そのときミヨ子はカーテンの外でほかの女と酒をのんでいたという。むろん、カーテンの外にいたふたりの女も、森と情交があったらしい。

「そうですねえ、和子さんとの仲はべつにこれといって……」

と、池田アイ子はあいまいな調子で、

「まあ、可もなし不可もなしといったところでしょうか。いったいに先生というかたは、ご婦人にたいしてとくに執着心というものがおありでないようでした。わたしはあしかけ八年このお宅につかえておりますが、正式に奥さんをおもちになったのは一度きりで、それも半年くらいしかつづきませんでした。ええ、そのとき、このお宅とアトリエをお建てになって、わたしがやとわれてきたんですの。その最初の奥さんでこりごりしたとおっしゃって、二度と結婚しようとはなさいませんでした。ええ、それはときどき奥さんらしきかたがむこうから押しかけていらっしゃいますが、まあ、三月とはつづかないのがふつうでした。先生はご婦人のほうからのぼせていらっしゃると、いやになる……つまり、うるさくなるらしいんです。それは世間さまからみるとずいぶん無軌道とおもわれますでしょうが、先生というかたをよくしってみると、なんだかあたりまえのことのようで……なにしろ、お若いときから天才の評判のたかかったかただそうですから、やはり、こう、孤独なところがおありでしたわねえ」

森富士郎が天才といわれたのは美校在学中以来だそうで、かれは春興美術の重要メンバーであり、彫刻もやれば絵もかいた。また、詩壇でもわかい世代に多くのファンをもっていたという。

さて、問題の『壺をもつ女』だが、受付を調べても、審査員の意見をきいても、おなじような作品が二点も搬入された形跡はなかった。

審査員の先生は七人いたが、そのなかの三人までが、じぶんたちの審査したのはたしかに右手で壺をもっていたと記憶していた。ほかの四人の先生がたは、右手だったか左手だったか記憶がないというのである。そして、古垣敏雄の作品なら、三月十二日、すなわち和子が失踪したとおなじ日に搬入されているのである。

してみると、あの死体のはいっていた問題の『壺をもつ女』は、三月十八日のどさくさまぎれに美術館の裏口からもちこまれたものらしい。しかも、赤星運送店の白井啓吉にあの塑像をさがしだしてわたした鍾馗ひげの人物だが、春興美術の関係者のなかにそのような風貌をもつ人物は見当たらなかった。

いまどき野球の応援団の団長じゃあるまいし、そんなヤボな人物はここのメンバーにはいませんよと、調査にいった係員は協会の幹部に冷笑された。とすると、その怪しげな風貌の男が問題の『壺をもつ女』をあの日のどさくさまぎれにもちこんでおき、それを赤星運送店の店員にわたしたということになりそうだが、それではそいつは何者だろう。

大きな黒眼鏡に鍾馗ひげといえば変装におあつらえむきの小道具だが、それだけに、それはだれにでもあてはまる。白井啓吉の記憶によると、黒眼鏡と鍾馗ひげという以外には、中肉中背で、いたって快活磊落《かいかつらいらく》な話しっぷりというのが印象に残っていた。そして、快活磊落な話しっぷりというのは、森富士郎に共通していた。

しかし、そうかといって、森の写真に黒眼鏡をかけ、鍾馗ひげをはやしてみせても、白井啓吉ははっきりそれとはいいかねた。

「似ているような気もしますが……ほんの五分か十分のことですし、それにそんなに注意して顔を見たわけではありませんから……」

と、責任を回避するような返答だった。

さて、和子の死体だが、解剖の結果、死因は絞殺、そして、絞殺された時日はだいたい三月十二日ごろと推定された。すなわち、彼女は失踪したと信じられているその日あたりに殺害されているのである。

なお、古垣と森の交友は、和子の譲渡事件があったのちも以前とかわらずつづけられており、森はしばしば古垣のアトリエを訪問しているから、古垣敏雄がどのような制作をしていたかよくしっており、またモデルの江波ミヨ子も両者のあいだを往来していたから、彼女の口からも制作の進行状態を森はつねにしりうる便宜をもっていたのである。

三

三月二十五日。

森富士郎の消息はその後も依然としてつかめない。

三月十三日の正午ごろ久我山の家を出て、その夕方池田アイ子に旅行をすると電話をかけてきているが、はたしてその電話のぬしが森じしんであったかどうかも確証はなかった。ごくみじかい電話だったし、それにいやにガアガア雑音がはいっていたので、先生とハッキリいいきる自信はないと、池田アイ子もいっている。

しかし、十八日に上野の美術館へあらわれた鍾馗ひげの男が森富士郎だったとしたら、かれは失踪後数日はまだこの東京にいたわけである。

「やあ、そこへいくの江波ミヨ子さんじゃない？」

西荻窪で省線電車をおりた江波ミヨ子は、だしぬけにうしろから声をかけられてふりかえると、見おぼえのある等々力警部と、もじゃもじゃ頭の和服に袴《はかま》をはいた小男がならんで歩いてくるところだった。声をかけたのはもじゃもじゃ頭の小男のほうで、いやになれなれしくわらっている。等々力警部は平服であった。

「あら、警部さん、このあいだは……」

と、江波ミヨ子は薄気味悪そうに金田一耕助のほうを見ながら、それでも警部にたいしてはあいきょうをわすれない。

「ミヨ子さん、これから古垣先生のところへいくところ……？」

金田一耕助はあいてへの黙殺にたいしていっこう平気で、あいかわらずにこにこ笑っている。

「ええ」

と、あいてが警部といっしょなのであんまり黙殺もできないと思ったのか、無愛想ながらも返事だけはする。

「ミヨ子さん、こないだね、ほら、三月十八日のことさ。あの死骸《しがい》が発見された日ね」

「ええ」

「あの日、あんた何時ごろに古垣さんとこへいったの」

「三時ごろ」

「まえから約束があったの？」

「ええ」

「三時に来るようにって？」

「そう」

「それで、君がいったとき、先生なにをしてた？　寝てたの？」

「ううん、起きてたわ」

「起きて、なにしてた？」

「家具を塗りかえるんだって、ニスを塗ってたわ」

「ニスを塗ってたあ？」

と、金田一耕助は目をまるくして、

「まさか、そんな……あの先生、とても無精ったらしいじゃないか」

「あら、ほんとよ。そりゃ、あの先生、無精もんよ。横のものをたてにするのもきらいな性よ。それだのに、いやに殊勝な心がけを起こしてニス塗りなんかやったもんだから、体中ニス臭くなってたわよ」

「あっはっは、そいつはいい」

と、金田一耕助はどうしたのか、いやにうれしそうに笑っている。

「江波君」

と、こんどは等々力警部が声をかけて、

「森富士郎から連絡はないかね」

「ありません。あのひとどこかで自殺したんじゃないかって、みんなでいってるんです」

「自殺でもしそうな男かね」

「さあ……でも、あんなことやっちまっちゃあねえ」

「ミヨ子さん、森氏はどうしてあんなことやったんでしょうねえ。和子というひとを殺すのはいいとして、それを石膏づめにして以前のだんなさまに送りとどけるなんて……」

「わからないわ。でも、天才は狂人と紙一重というじゃないの」

「そういってしまえばそれまでだが……それはそうと、古垣先生はあの『壺をもつ女』をどうしました」

「いまでもアトリエのすみにかざってあるわ。未練たらしく……あんなものたたきこわしてしまえばいいのに……」

「あっはっは、そんな残酷なことをいっちゃいけません。じぶんの作品に愛着をもつのは芸術家の良心ですからね」

「芸術家の良心かもしれないけれど、いまさらあちこち手を入れるなんておかしくって」

「それ、それ、それこそ芸術家の良心というもんですよ」


それから数分ののち、三人は古垣敏雄の玄関に立っていた。

さすがに古垣も等々力警部の顔を見るとぎょっとしたような顔色だったが、

「ああ、このあいだの警部さんですね。なにかまたご用でも……？」

と、れいによって気のない応対である。

等々力警部はどうあいさつをしようかととまどいしたふうだったが、すかさず横からことばをはさんだのは金田一耕助である。

「いえね、古垣さん」

と、いたってなれなれしい呼びかけかたで、

「きょうはひとつもういちどあなたの傑作を拝見しようと思いましてね」

「わたしの傑作というと……？」

「ほら、あの『壺をもつ女』ですよ」

「『壺をもつ女』がどうかしたというんですか」

「いえさ、『壺をもつ女』のなかに、『壺をもつ男』が失踪してるんじゃないかと思ってね」

これで勝負はきまったのである。

四

「いや、動機は痴情じゃなかったんです」

と、れいによってれいのごとく、金田一耕助の絵解きである。

「それよりももっと高遠なもの、すなわち、芸術家の嫉妬《しっと》だったんですね」

「とすると、森を殺すのが目的だったんですか」

というこの記録の記述者の質問にたいして、

「ええ、そう」

と、金田一耕助はいつもこういうときにみせるゆううつそうな暗い目をして、

「しかし、森を殺したんじゃすぐじぶんに疑いがかかってくる。和子を奪われた直後だけにね。そこで、森が和子を殺して失踪したというふうに見せかけようとしたんですね」

「そして、森の死骸は古垣がつくった『壺をもつ女』のなかにはいっていたんですか」

「ええ、そう」

「だって、それは不可能じゃありませんか」

「どうして？」

「だって、古垣が作品を搬入したのは三月十二日、しかも、その翌日まで森は生きていたじゃありませんか」

「あっはっは」

と、金田一耕助はかわいた笑い声をあげると、

「そこが古垣のつけめなんですよ。三月十八日までは、だれも森のゆくえを追及するものはありませんね。まだ事件が明るみに出ないんだから。だから、死体をじぶんのアトリエの押し入れのなかへかくして平気でいられたんです。ところが、三月十八日に事件が明るみへ出ると同時に、論理的に森の死体のはいっているはずのない『壺をもつ女』がじぶんの手もとにかえってくる。そこで、その晩かえってきた『壺をもつ女』をこわして、それとそっくりおなじ『壺をもつ男』をこさえておいたというわけです」

この事件の記録者は、おもわず大きく目をみはった。

「そうすると、『壺をもつ女』は三つあったというわけですか」

「ええ、そう」

「ところで、鍾馗ひげの男というのは……？」

「もちろん古垣ですよ。三月十八日の午後三時ごろミヨ子が訪ねていったとき、古垣がニスを塗っていたというのが、それを証明してるじゃありませんか」

「というと……？」

「つけひげはニスでつける場合がありますね。だから、ひげをとったあとニスのにおいが残るといけない。どうせミヨ子と接吻《せっぷん》やなんかいろいろとやるでしょうからね。だから、柄にもなくニス塗りに精を出して、体中ニスのにおいだらけにしておいたというわけです」

瞳《ひとみ》の中の女

記憶喪失者

一

やかましいラウドスピーカーの叫び、けたたましい発車のベル。いずこもおなじ喧騒《けんそう》と人間のうずにうずまった中央線吉祥寺駅の北口から、いましもひとりの青年がうしろからの人の波に押し出されるようによろよろ出てきた。ときは入梅をまぢかにひかえた五月も下旬の二十八日、どんよりとくもった午後四時ごろのことである。

午後四時といえばちょうど主婦の買い出しの時刻と学校の退出時間とぶつかっている。戦争中から戦後にかけてめちゃめちゃに人口がふくれあがったわりには町の整備のいきとどいていない吉祥寺駅の北口付近では、道路いっぱいに人の波があふれてうず巻いている。

いま、駅の北口から押し出されるように出てきた青年は、駅前広場の片すみへ身をよけるようにして立ちどまると、茫然《ぼうぜん》たるまなざしでしばらくその雑踏をながめている。

年は二十六、七だろうか。身長五尺六寸くらい、すらりと華奢《きゃしゃ》なからだつきで、グレーの背広にネクタイもきちんと結んでいるが、無帽の頭は電車のなかの混雑でかなり乱れている。色白の、どこか腺病質《せんびょうしつ》らしい容貌《ようぼう》だが、ことに印象的なのはその目つきである。

きっとすわってとがったまなざしは、底に沈痛な光をたたえて、なにものかに憑《つ》かれているのではないかと思われるほど強い決意を秘めている。

二分、三分……。

青年はきっとくちびるをかみしめたまま目のまえの雑踏を見つめていたが、やがて二、三度つよくうなずくと、一歩まえへ踏み出そうとした。

しかし、そこで急に気がついたように立ちどまると、こっそりと盗み見るような目でじぶんの周囲を見まわした。だれかあとをつけてくるものはないかというふうに……。

しかし、青年の周囲には走馬灯のように人のうずがかけめぐるばかりで、だれもとくにかれの挙動に注意を払っている人間はなさそうだった。ただ、ひとり駅の構内で汽車の時間表をながめている男のうしろすがたが、ちょっと青年の目をひいたが……。

ただし、それとてもその男にたいして青年が疑惑の念をいだいたというわけではない。

いまどきちょっと珍しい和服に袴《はかま》といういでたちが、青年の視線のはしをいっしゅんととらえただけのことである。その男と少しはなれたところに、これまたむこうむきに立っている背広すがたの大男のことは、その青年も気づかなかったらしい。

やがて、じぶんの周囲を一瞥《いちべつ》しおわった青年は、やっと安心したのか、ぐいと右肩をいからせると、勇敢に駅前の雑踏のなかへ切りこんでいった。

「金田一先生」

と、和服に袴の金田一耕助のそばへそのときそっとよってきたのは、大男の等々力警部である。等々力警部もきょうはひとめにつかぬ平服である。

「やっこさん、歩きだしましたぜ」

「ああ、そう」

と、にっこりと白い歯を出してわらった金田一耕助は、駅を出ると眼前の雑踏を目でさがしながら、

「ああ、あそこへいきますね。あとをつけていきますか」

「金田一先生はおよしなさい」

「どうして？」

「だって、やっこさん、先生のうしろすがたに目をとめたとき、いっしゅん、おやというような顔をしていましたからね」

「あっはっは、このレッテルはちょっとひとめにつきやすいですかね」

　と、金田一耕助はあらためてじぶんの服装を点検しながら苦笑する。あいかわらずスズメの巣のようなもじゃもじゃ頭である。

「ええ、そう、こんなばあいにはね」

「じゃ、どうしましょう。いっそぼくはさきまわりをしましょうか」

「先生はやっぱり、やっこさん、沢田潔人《きよと》のところへいくとお思いですか」

「たぶん。そこを振り出しにして、あの夜の記憶をたどっていくんじゃないでしょうか」

「ああ、そう。それじゃここでわかれましょう。あっ、やっこさん、こちらを振り返りましたよ」

　しかし、さいわい金田一耕助は等々力警部の大きなからだのかげにかくれていたので、青年の目にはうつらなかったらしい。

「それではのちほど……」

「じゃ、また」

　と、青年のあとを追っかけていく等々力警部のうしろすがたを見送って、金田一耕助は飄々《ひょうひょう》とべつの道を歩きだした。

いま、金田一耕助と等々力警部に尾行されているその青年は、べつに悪人というのではない。むしろ、たいへん気の毒な青年なのである。

二

杉田弘は大学教授杉田直行博士の次男である。一昨々年の春、大学を出ると同時にT新聞社へ入社した。お定まりの警察まわりからはじまって、去年のいまごろは文化部に配属されていた。

ところが、去年の春の三月二十四日、とつぜん世にもいたましい災難が、この善良な杉田弘を見舞ったのである。

その夜、芝公園の付近をパトロール中の山下敬三巡査は、道路上にひとりの男が倒れているのを発見した。

警官はさいしょ酔っぱらいであろうと思って声をかけた。しかし、うつぶせに倒れた男の後頭部にどすぐろい血のかたまりがこびりついているのを懐中電灯の光でみとめると、おどろいてその男を抱きおこした。

その男は死んでいるのではなかった。ただ後頭部を強打されて昏倒《こんとう》しているのであった。山下巡査は通りかかったひとの協力をえて、その男を交番にはこびこんだ。そして、懐中の名刺や記者手帳によって、その男がT新聞社文化部記者、杉田弘であることをしった。

電話によって新聞社と家庭からそれぞれひとが駆けつけてきた。杉田弘はただちに東大の附属病院へかつぎこまれて手当をうけた。病院へかつぎこまれてから四十八時間のちに、杉田弘は意識を回復した。しかし、過去の記憶はいっさいうしなわれたままもどってこなかったのである。

杉田弘は父の直行博士を認識することができなかった。母の秋子もわからなかった。兄の久《ひさし》も妹の尚子《なおこ》もわからなかった。もっと致命的だったのは、婚約者の斎田愛子をさえ識別することができなかった。弘と斎田愛子とは秋に結婚することになっていたのである。

当然、かれの記憶をよびもどすべく、あらゆる努力がはらわれた。それは家族をはじめ斎田愛子の世にもいたましい努力であった。

杉田弘は記憶をうしなったというだけで、白痴になったというわけではない。父がじぶんが父であるといい、母が母であると名乗ると、弘はすなおにうなずくのである。しかし、それは新しくえた知識としてうなずくだけで、当然そこには過去の記憶につながる愛情にかけていた。

後頭部をいったい何者に強打されたのか、そのしゅんかんから杉田弘の過去の記憶は空の空に帰してしまったのである。周囲からよってたかって詰め込む知識は、まるで虚空にむかって文字や文章をかくのもおなじであった。

あらゆる場所、あらゆる知人のもとへつれていって、いついっか、おまえはここでこのひとところいう記念すべきことがあったのだと教えても、弘はただうなずくだけで、それらの事実は脳裏によみがえってこなかった。

こうして、あらゆる記憶をうしなった杉田弘のひとみの中に、ただひとつ、いとも鮮明にきざみこまれているのは、ひとりの女性の面影らしかった。

弘の告白するところによると、目をひらいていても閉じていても、絶えずその女性がじぶんのひとみの中にやきつけられているという。しかも、不思議なことには、その女性というのが、弘の周囲にいるひとたちにとって全然未知の女性らしかった。

弘の描写するところによると、それは三十前後のかなりの美人らしい。イヤリングをつけているのをはっきりおぼえているという。それでいて、弘はその女の服装を描写することができなかった。ただ、顔だけがじつにはっきりといまもなお見えているらしい。

弘の家族や斎田愛子、さては友人たちの努力によって、いろんな女性の写真が弘のまえに持ち出された。しかし、そのどれもが弘のひとみの中にある女性ではなかった。

弘はあらゆることばをついやしてひとみの中に住む女性を描写しようとする。しかし、ことばだけで人間の容貌を完全に描き出すことは困難である。弘はまたペンをとり鉛筆をとって、その女の肖像をえがいてみせようとする。しかし、残念ながら、小学校時代から図画をいちばん苦手とした弘には、女の顔らしいものを描くことだけで精いっぱいだった。

むろん、災難にあった夜、すなわち三月二十四日の夜の弘の行動は綿密に調査されていた。

その夜、かれは吉祥寺に住む沢田潔人という声楽家を訪問している。沢田潔人は当時外遊からかえったばかりで、弘はインタビューをとりにいったのである。沢田潔人ならびにその家人の話によると、弘がそこを出たのは夜の八時ごろのことで、そのときべつにかわったことはなかったという。その夜の弘の消息がわかっているのはそこまでで、それからのち、芝公園のそばの道路で発見されるまでの四時間あまり、かれはいったいどこで過ごしたのか、それが全然わかっていないのである。

芝公園の付近にも、弘が仕事の関係で訪ねていきそうな文化人が二、三住んでいた。げんにそのなかのふたりまで弘をしっていた。しかし、三月二十四日の夜、弘が訪ねてくるという約束はなかったという。

ちなみに、沢田潔人の周囲にも、また芝公園の付近に住む文化人の関係者のなかにも、弘のひとみのなかに住む女はいなかった。

弘の記憶をよびもどそうとしてあらゆる努力がはらわれたのち、かれはとうとう東京郊外にあるK精神病院へ収容された。そこでもK博士のいろんな実験がおこなわれたが、いずれも水泡《すいほう》に帰して、家族や婚約者斎田愛子の悲嘆のうちに、一年二ヵ月という歳月が流れた。

ところが、その弘の記憶が最近忽然《こつぜん》としてよみがえってきたのである。しかも、皮肉な、ことには、それはK博士の治療の結果によってではなく、むしろ病院側の過失が、ううしなわれたかれの記憶をよびもどしたのだ。

五月八日の深夜、K病院のまかない室から発した火は、みるみるうちに全病棟《ぜんびょうとう》をつつんでしまった。

この病院に収容されているのがいずれも精神異常者であることを思えば、この火事がいかに危険なものであったか想像されよう。それにもかかわらず犠牲者のかずが案外少なかったのは、主として弘の英雄的行為の結果であったといわれている。

弘は炎と煙のなかから多くの患者を救出することに成功した。そして、さいごにかれじしんそうとうのヤケドをおって昏倒していたところへ、消防署員によって救出された。数時間の昏睡《こんすい》ののち、家族や斎田愛子にみまもられながら意識を回復したとき、かれはなぜじぶんが精神病院に収容されていたのか、理解することができなかったのである。

三

声楽家沢田潔人の宅は吉祥寺の十一小路にある。ちょうど家並みのはずれにあたっていて、すぐとなりが武蔵野の原始林をおもわせる林になっている。

金田一耕助が袴のすそをたくしあげてその林のなかへもぐりこんだのは、かれこれ午後四時半ごろのこと。案じられた空からは、はたしてポツリポツリと細かな雨が落ちはじめた。

　このへんは吉祥寺のなかでもとくに落ちついた住宅街だから、あたりはしいんと静まりかえって、どこにもひとのすがたは見当たらない。金田一耕助が林のなかの切り株に腰をおろしてゆっくりタバコをくゆらせていると、すぐとなりの沢田家から発声の練習をしているのがきこえてくる。おりおり音程がくるうところをみると、沢田潔人氏ではなく、だれか弟子がきているのだろう。

　金田一耕助がその林へもぐりこんでからものの五分もたたぬうちに、はたして杉田弘がやってきた。弘の目はあいかわらずものに憑かれたようにとがっていて、しかも、その底にはなにかしら燃えるような願望が一種不気味な光をたたえている。

　記憶をとりもどした杉田弘は、どういうわけか災難にあった去年の三月二十四日の夜の出来事に関してがんとして口をわらなかった。また、ひとみの中にやきつけられた女に関しても、言を左右にして語らなかった。ただ、斎田愛子を安心させるために、あとにもさきにも、その夜たったいちど会ったきりの女で、名前もしらねば境遇もしらない女だと、ただそれだけしか語らなかった。しかし、その女のことに触れると弘の顔に深刻な恐怖の色のうかぶのが、斎田愛子を不安にしたのである。

「これはあたしの邪推かもしれませんけれど……」

　と、金田一耕助のアパートへ相談にきた斎田愛子が、不安におもてをくもらせながら語るのである。

「弘さん、去年の三月二十四日の夜、なにかの犯罪にまきこまれたんじゃないかと、そんな気がしてならないんです。あたしどもがひとみの中の女のことを切り出すと、なにかを思い出したらしく、さっと恐怖の色をうかべるんです。そして、看護婦さんにたのんで去年の三月の新聞のとじこみをとりよせ、なにやら熱心に調べていたそうです。ところが、期待したような記事がそこに出ていなかったらしく、ひどく考えこんでしまって、それ以来、ひとみの中の女のことを絶対に口にしなくなってしまいまして……」

「なるほど」

と、金田一耕助はうなずきながら、

「すると、弘君というひとは、去年の三月二十四日の夜、なにかの犯罪にまきこまれたところが、その犯罪にひとみの中の女が関係していたとおっしゃるんですね」

「はあ、なんだかそんな気がつよくして……」

「ところが、その事件は当然新聞に出ていなければならぬはずだと当時の新聞のとじこみを調べてみたところが、案に相違してそういう事実は報道されていなかった。そこで考えこんでいらっしゃるというわけですか」

「はあ。それで、ひょっとすると、起きられるようになったら、じぶんでその事件を調査してみようという気持ちでいるんじゃないかと思うんです。もし、そうだとすると、またあのひとに危険が迫りはしないかとそれが心配で、心配で……」

と、青ざめた愛子は両手のあいだでハンカチをよじきりそうにもんでいる。婚約者が記憶を喪失していた一年間の心労が、ありありとうかがわれるようなしょうすいの色がそこにある。

「ところで、弘君、容態は……？」

「はあ、もう二、三日ですっかり包帯もとれることになっておりますの。思ったよりも軽かったのはよかったのですけれど、さて、包帯がとれたあとが心配で……」

「それはごもっともです」

と、金田一耕助はちょっと考えこんだのち、

「ときに、そのひとみの中の女のことですがね」

「はあ」

「弘君、顔のことだけしかいわなかったそうですね。どういう服装をしていたというようなことは……？」

「はあ、そのことは記憶をとりもどしてからも尋ねてみました。ところが、あのひとのいうのに、服装はぜんぜん見なかった。ただ顔だけしかみなかった……と、そういいながら、とても恐ろしそうに身ぶるいをするんですの」

金田一耕助はまたしばらく考えこんだのち、

「弘君はそうしてインタビューやなんかのために、ときどき夜おそく郊外の文化人やなんかを訪問されるわけですね」

「はあ」

「そういうさい、懐中電灯やなんかお持ちですか」

「はあ。だいたい、杉田のうちというのが小田急沿線の成城にございますの。しかも、ちょっとおくのほうになっておりますし、それにお仕事の関係で夜おそくなることが多うございましょう。ですから、ちょうど万年筆くらいの大きさの懐中電灯をいつも持っているようですけれど……」

「ああ、なるほど」

金田一耕助はそこでまたちょっと考えたのち、

「承知しました。それではこうしましょう。弘君が起きられるようになって、外出でも出来るようになったら、さっそくわたしにしらせてください。弘君はきっと、去年の三月二十四日の夜、災難に遭遇した現場へ出向いていくにちがいないでしょうから」

「はあ、それではなにぶんよろしくお願い申し上げます」

と、こういう応対のあったのが五月二十五日のこと。そして、けさ斎田愛子から連絡があって、医者から外出の許可があったといってきたのである。そこで、金田一耕助が杉田家へ張りこみをかけるつもりでアパートを出ようとしているところへ、平服の等々力警部があそびにきたという寸法である。

弘はいったん沢田家の門のまえまでやってきたが、かくべつそこを訪れようともしなかった。すぐまたくるりときびすをかえすと、もときた道へととってかえす。当然、あとを尾行してきた等々力警部とすれちがったが、べつに気にもとめずにいきすぎた。

等々力警部はそのまま沢田家のまえをとおりすぎると林の中の金田一耕助に気がついて、

「ああ、金田一先生、こんなところにもぐりこんでいたんですか」

「あっはっは。どれ、そろそろはい出しましょう。ところで、やっこさん、どちらへ……？」

「いま、むこうの角を曲がりましたよ。なにやらきょろきょろ探しているようです」

「そう、それじゃわれわれも尾行しようじゃありませんか」

弘は町角までくるごとに立ちどまって、きょろきょろあたりを見まわしていたが、やがてむこうに森が見えてきた。あとでわかったところによると、それは八幡様《はちまんさま》の森らしかったが、その森を背景として、アトリエのような建物が弘の眼前にあらわれた。

と、弘の歩調が急に不安定になってくる。

雨はしだいに本降りになってくるのだが、弘はそれにも気がつかないらしく、いちどそのアトリエのまえを通りすぎてからむこうの町角のポストのそばまでいって立ちどまると、なにやらしばらく思案をしていた。

金田一耕助と等々力警部がこちらからようすをうかがっていると、アトリエのかきねにはツルバラの花がいちめんに紅白の模様をつづっている。しかし、そのかきねのひどい荒れようといい、門から玄関へいたるまでの道が雑草におおわれているところといい、どうやらそのアトリエはいま人が住んでいないのではないかとおもわれる。

とつぜん、等々力警部がうしろからギュッと痛いほど金田一耕助の肩をつかんだ。

「金田一先生、思い出しましたよ」

と、ひくいしゃがれたような声で、

「去年、吉祥寺のアトリエで妙なことがあったんです。わたしの担当ではなかったし、それに結局事件がうやむやになってしまったので、あのアトリエかどうかしりませんが、たしかに去年の三月の下旬でした。それじゃ、あの男、その事件に……」

等々力警部がふかい息をすっているとき、むこうの町角に立っていた弘が、ポケットに両手をつっこんだまま、肩をすくめるようにして、急ぎあしにアトリエのほうへ引きかえしてきた。

アトリエのバラのかきねの内側から、からかさのように枝をひろげたケヤキのしげみが道のうえまで張り出している。雨はいま音を立てて、そのケヤキのこずえに落ちている。

弘は雨宿りをするようにそのしげみの下へかけこんで、さりげないようすであたりを見まわしていたが、やがてカメの子のように首をすくめると、なかばこわれたアトリエの門のなかへ駆けこんだ。そして、玄関に立ってなにやらおとなっていたが、返事がなかったのか裏のほうへまわっていく。

金田一耕助と等々力警部が顔を見合わせているとき、紫色の稲妻がにぶく光って遠くのほうでゴロゴロと雷鳴がきこえたかと思うと、とつぜん、盆をくつがえすような雨が落ちてきた。

アトリエの首

一

「やあ、こりゃたいへんだ」

金田一耕助は和服だけあって、雨にはいつももろいのである。軒下に身をちぢめるようにしても、吹きつけるしぶきと跳ねっかえるどろ水は防ぎきれない。

「金田一先生、こうなったらしかたがない。いっそあのアトリエへ避難しようじゃありませんか」

「そうですねえ。これじゃぬれねずみになってしまう」

金田一耕助は頭にハンカチをひろげてのっけると、袴の股立《ももだ》ちをたかだかととりあげ、カメの子のように首をすくめて走り出す。夕立はいよいよはげしく、路上にはみるみるうちにドスぐろい流れができて、薄白いあぶくを立てながらうず巻いていく。

ふたりがやっとアトリエの玄関の軒の下へかけこんだとき、とつぜん、さっと紫色の稲妻が走ったかと思うと、ほとんど間髪をいれず、ものすごい雷鳴がとどろきわたった。

「ひゃあ！」

と、金田一耕助は首をすくめると、

「だいぶんちかくなってきましたな」

「あっはっは、金田一先生は雷がおきらいですか」

「テンカンを起こすほどじゃありませんが、まあ、好きなほうじゃありませんな」

「そりゃだれだって……」

とつぶやきながら、等々力警部は金田一耕助の腕をにぎって目くばせする。

「ああ、いや……」

と、金田一耕助もうなずいた。

かれも気がついているのである。アトリエのなかをだれかが歩いている気配を……だれかとは、いうまでもなく杉田弘にちがいない。杉田弘がアトリエのなかにいるとすれば、どこかに入りこむすきがあるはずなのだが……。

「警部さん」

と、金田一耕助は目のまえを滝のように落ちる雨のすだれに目をやりながら、

「さっきおっしゃった変なこととは、どんなことなんです。去年の三月吉祥寺のアトリエで起こった事件というのは……？」

「ああ、それ……」

と、等々力警部はちょっと玄関のなかに目をやったが、この大夕立のさなかでは、よ

ほど大きな声を立てないかぎり、会話を立ちぎきされるような心配はないだろう。

「いや、正確な日付はおぼえておりませんがね。たしか三月ごろだったと思う。ある朝、吉祥寺のアトリエのまえの道路に、ひとかたまりの血の滴が落ちていたというんですね。それを牛乳配達夫かなんかが見つけた。しかも、血の跡は点々としてアトリエのなかへつづいている。いや、アトリエのなかへつづいていたのか、アトリエの建っている屋敷のなかへつづいていたのか、そこまでは正確にきいていないんですが……」

「ああ、なるほど、それで……？」

「それで、牛乳配達か新聞配達か、とにかくそれを見つけたのが交番へとどけて出たんですね。そこで警官がかけつけてみると、たしかに血の跡がつづいている。それで、あるじをたたき起こしてたずねてみたところが、ゆうべ自転車でかえってきたところが、表でころんであいにく車輪の針金がいっぽん太腿《ふともも》へつっ立った。それで出血したんだと、包帯でしばった太腿と、針金のいっぽんはずれた車輪を出してみせたというんです」

「なるほど、つじつまがあってますね」

「ええ、そう。しかし、その警官というのがなかなか仕事熱心なやつだったとみえて、その傷口を見せてほしいと要求したんですね。そしたら、しぶしぶあるじというのがそれでも傷口を出してみせた。みると、なるほどケガをしているんです。しかし、それでもその警官がもうひとつ納得のいかなかったのは、どうも路上におちている血痕《けっこん》が多すぎやあしないかということなんですね。そこで、傷口をみせてもらったとき、そっと血のついたガーゼの一片をかくしておいて、路上からしゃくりとった血染めの土といっしょに警視庁の鑑識へおくりとどけてきたんです。それでわたしの耳にはいったというわけですね」

「なるほど、血液型をしらべてほしいというわけですね」

「ええ、そう」

「ところで、その血液型はどうだったんです」

「いや、それがちがってたら事件はもっと進展したんでしょうが、それが一致していたんですね。何型だったか忘れましたが、とにかくおなじ血液型だったので、それきりうやむやになってしまったようです」

「しかし、偶然の一致ということも考えられるわけですね」

「ええ、そう。だから、それほど仕事熱心な警官のことだから、おそらくその当座、問題のアトリエに注目してたんでしょうが、そのご、これといった事件らしいことも耳にしていないところをみると、結局、怪しい聞きこみも、これというたしかな証拠もなかったんでしょうねえ」

ふたりの会話のあいだにも稲妻はさかんに空をひきさきめぐり、雷鳴はおどろおどろとどろきわたる。夕立はいくらか小降りになったようだが、それでもまだなかなかやむけしきはない。

アトリエのなかに耳をすますと、歩きまわる気配は消えてしいんとしている。金田一耕助と等々力警部は、とつぜんふっと不安にとざされた。

「警部さん、うらへまわってみようじゃありませんか」

「ええ、そうしましょう」

滝のように落ちる雨のなかを首をすくめてうらへまわると、アトリエのドアが風のなかにはためいている。なかをのぞくと、そうとう薄暗くはなっているが、それでもぜんぜん見えないということはない。それにもかかわらず、がらんとしたアトリエのなかにひとのすがたは見えなかった。

二

「おや、やっこさんどこへいったろう」

等々力警部はきょろきょろあたりを見まわした。

このアトリエの建っている屋敷はそうとうひろくて、あきらかにまえにはこのアトリエのほかに住宅が建っていたのであろう。それをとりこわしたあとの土台石が草のなかに埋まっている。そのおくにはちょっと武蔵野の原始林をおもわせるような林があり、その林はそのまま八幡様の森につながっているらしい。すなわち、この屋敷はそうとうふところのひろいことを示しているのである。

「警部さん、ちょっとなかへはいってみましょう」

「金田一先生、なにかありますか」

「ほら、あのすみになにか胸像みたいなものがありますよ」

なるほど、アトリエのすみっこに高い台が立っており、そのうえに薄白いものがおいてある。土足のままふたりがなかへ入ると、ぬれたくつ跡が点々とついているのは杉田弘の足跡だろう。その足跡も胸像のまえまでつづいていた。

ふたりがそばへちかよってみると、それは胸像というより女の首だけの像である。石膏《せっこう》像のことだから、年齢などはっきりわかりようもないが、それでも三十前後ではないかとおもわれる。ふくよかなほおをした美人だが、ふたりの目をつよくひいたのは、両の耳にぶらさがっているイヤリングである。そのイヤリングだけが本物だった。

「金田一先生！」

と、等々力警部は息をはずませて、

「杉田弘のひとみの中の女というのは、この胸像じゃないでしょうか」

金田一耕助も無言のままうなずくと、

「あるいはそうかもしれません。しかし、この像がなぜそんなに強く杉田弘君の印象にのこったか……」

金田一耕助は女の首から目をはなすと、あらためてあたりの床を見まわした。

杉田弘はそうとうながくこの像のまえに立ちすくんでいたにちがいない。そこだけぐっしょりぬれている。かれはまだそれほどひどくぬれていなかったはずなのだが……。

「それにしても、やっこさん、どこへおいでなすったかな」

「うらの林へでもいってるんじゃ……」

といいかけて、金田一耕助はおもわずぎょっと息をのんだ。足の下のどこかでバターンととびらのしまるような音がしたからである。

「金田一先生」

と、等々力警部は息をころして、

「どこかに地下室があるんですぜ」

「そうらしいですね。しかし、杉田君はどうしてそれをしっているか……」

「あの晩、ここへ忍びこんだんじゃ……」

「血の跡を見てね」

ふたりはおのずと足音をぬすむ歩調となり、風にあおられているドアのそばまできて外をのぞくと、いましも雑草におおわれた地下の階段からあがってきた杉田弘が、軒下に立っておくの林のほうをみている。雨脚を見はからっているのか、それとも、林のなかになにかとくべつの関心でももっているのか。

夕立雲はもう吉祥寺の空をとおりすぎたのか、名残の雨がおりおりパラつくくらいで、あたりはだいぶん明るさをましてきている。武蔵野の原始林をおもわせる林の緑が鮮やかだった。

杉田弘は地下の階段をおおう軒下から出ると、なにかをさぐるような挙動で林のほうへ歩いていく。ときどき立ちどまって足の下をけってみたり、ズボンのすそのぬれるのも委細かまわず、雑草をかきわけたりするところをみると、弘の関心は地下にあるらしい。

等々力警部はとつぜんぎょっと息をのんで、

「金田一先生、やっこさん、なにか地下に埋められたものをさがしているんですぜ」

「どうもそうらしいですね」

まもなく弘のすがたがみえなくなるのを待って、

「警部さん、あの地下室のなかを調べてみようじゃありませんか」

等々力警部は無言のままうなずくと、みずからさきにアトリエのなかから踏みだした。

その地下室というのは防空壕《ぼうくうごう》として掘られたものらしく、セメントでかためてあることはあるが、かなり粗末なものである。広さはそれでも三畳敷きくらいもあろうか。床にもセメントが塗ってあったらしいが、いまはところどころはげて、ひょろひょろとした草が生えている。

「先生、ここでなにを発見しようとしたのかな」

「去年の三月二十四日の晩、なにかをここで見たんでしょう。それをたしかめてみようとしたんですね」

「ひょっとすると、それは死体でなかったか」

薄暗い地下室のなかでふたりはしばらく顔を見あわせていたが、

「とにかく出ましょう。杉田君が林のなかでなにを発見しようとしているか」

外へ出てみたが、杉田弘のすがたはどこにもみえない。ふたりが足音をしのばせるようにしてさっき杉田のたどっていった道をふんでいくと、まもなく林のおくから土をかくような音がきこえてきた。

「やっこさん、いよいよ掘りはじめましたぜ」

「どうして探しあてたのかな」

土をかく音をめあてに林のおくへ進んでいくと、杉田弘は犬のように四つんばいになり、ひざも胸もどろだらけにして両手で土をかいていた。穴はもうそうとう掘れているようである。

金田一耕助がわざとせき払いをしてみると、弘は顔もあげずに穴を掘りつづけながら、

「失礼ですが、金田一先生じゃありませんか」

と、息をきらしながらもハッキリいったのには、金田一耕助もおどろいた。

「ええ。ぼく、金田一耕助です。しってらしたんですね」

「はあ、斎田君からききました。失礼ですが、お連れのかたは？」

「警視庁の等々力警部ですよ」

「杉田君、いったいなにを掘ってるんですか」

「ああ、警部さん」

と、杉田弘はやっと体をまっすぐになおすと、洋服の腕で額の汗をこすりながら、

「よいところへおいでになりました。ほら、ここに女の死体が埋まっていますよ。草の生えかたがここだけちがっているので見当をつけたんです」

三

「あれは去年の三月二十四日の晩でした」

と、ゆっくりとひとくちにいってから、弘は急によわよわしい微笑をうかべて、

「いや、ぼくの現在の実感からすると、とてもあれが去年の出来事とは思えないんですがね。あっはっは」

と、それでもなにか重荷をおろしたような顔色である。

「すぐこのさきの沢田先生……沢田潔人先生のところへインタビューをちょうだいにあがって、このアトリエのまえをとおりかかったんです。すると、ここに中型のトラックがとまっていて、だれもひとは乗っていなかったんです。ところが、これはほんの偶然だったんですが、ぼくの懐中電灯の光が路上にたまっているドスぐろいものをとらえたのです。ぼくいっしゅんガソリンかなにかだろうといきすぎたのですが、ふとした空想力がぼくの足をひきとめました。二、三歩いきすぎていたのをひきかえして、そっと指でさわってみると、明らかに血ではありませんか」

等々力警部と金田一耕助は無言のままできいているが、それでもおりおりあいてをは

げますようにうなずくことは忘れない。

「ぼくはおどろいて、懐中電灯の光でそこらをさがしてみると、血の跡が点々としてこの家の門のなかへつづいています。だが、そのとたん、この家のおくのほうからひとの足音がきこえてきました。ぼくはあわてて懐中電灯を消すと、むこうのかげへかくれたのです。出てきたのはふたりづれの男でした。ひそひそ話しているところをきくと、日本人ではなく中国人らしかったのです。あるいは朝鮮人だったかもしれません。とにかく、日本語ではなかったのです。ぼくはふたりが自動車にのって立ち去るのを待って、こっそりものかげからはい出しました。そして、点々とつづいている血の跡をつたって、このアトリエの下の地下室へ入っていったんです。そうそう、申しわすれましたが、その当時はアトリエのほかに和洋折衷風の住宅が建っていたんですが、アトリエも住居のほうもまっくらで、だれもいないようでした。それで……」

と、杉田弘はそこでひと息いれると、

「地下室へおりていくと、そこに棺桶《かんおけ》みたいな大きな木箱がおいてあったんです。しかも、その木箱をしらべてみると、一隅《いちぐう》から血がにじみ出ています。ぼくは興奮のために心臓がいまにもやぶけそうな気がしました。さいわいぼくはポケットに小さいながらもナイフをもっていたので、それで棺桶のふたをこじあけました。そして、懐中電灯の光でなかを照らし出したのです。そしたら……」

「そしたら……？」

「懐中電灯の光の輪のなかに、女の顔がうきあがったのです。イヤリングをつけた女の顔が……ぼくはまじろぎもせずにその女の顔を見つめていました。いや、懐中電灯をもった手が凍りついたように女の顔からうごかないのです。いきおい、ぼくは女の顔以外にはなにも見えなかったんです。イヤリングをつけた女の顔以外には……」

「そこをだれかに襲撃されたんですね」

「ええ、そう。後頭部をひどく強打されて、それからあとのことはなにもわからなくなってしまったんです」

「君を襲撃したのをだれだと思うね」

と、これは等々力警部である。

「ええ、それなんです。こんど正気にかえってから、いろいろそのことについて考えてみました。世間にとっては一年ですけれど、ぼくにとってはきのうもおなじことですからね、はっきり記憶にのこっているんです。それで得た結論というのは、ふたりの中国人か朝鮮人は、あのままトラックで立ち去ったんじゃなかったんでしょう。おそらく、ぼくの足音をきくか、懐中電灯の光をみとめて、くらがりのなかからようすをうかがっていたんでしょう。そして、ぼくが血の跡に気がついたらしいのをみて、いったんわざと立ち去るようにみせかけて、ぼくを家の中へおびきよせたんじゃないか。そして、昏倒しているぼくをあのトラックで芝公園のそばまで運んでいったんじゃないかと思うんです」

「なるほど」

　と、金田一耕助はうなずいて、

「それで、あなたはさっきこの女の首をそうとうながいあいだ見つめていたようですが、これが……？」

「ええ、そうです、そうです。ぼくが棺桶のなかで見た女の顔です。そして、そこに使われているイヤリングは、そのとき女の耳にはめていたイヤリングにちがいありません」

四

「結局、この事件は完全には解決されずじまいだったんですよ」

　と、金田一耕助はれいによってこのシリーズの記述者にくらい顔をして語ってきかせた。

「それというのが、そのアトリエの主人であった灰田太三《はいだたぞう》というのがその前年死亡していたこと。それから、その女の正体がモンタージュ写真やなんかで川崎不二子という中国人のめかけであったことはわかったものの、その不二子のだんなであった陳隆芳というのが香港へかえってしまっていてそれきり行方がわからないことなどで、捜査がうまくいかなかったんですね」

「でも、あなたにはなにか考えがあるんでしょう。女を殺したのは陳なんですか、灰田なんですか」

金田一耕助はちょっとの間無言でいたのち、

「いや、無責任な想像でよいのなら話してみましょう。灰田が不二子と通じていたことは事実らしいんです。灰田は麻薬患者で、そういうところから陳とちかづき、陳のめかけと交渉ができたらしいんですね。そこで陳と不二子のあいだにいざこざが起こって、陳が不二子を刺し殺したんでしょう。それを箱につめて灰田のアトリエへ運んできた……」

「そして、杉田弘に見つけられたのち、林の中へ埋めたとおっしゃるんですか」

「いや、それだと、翌日、灰田がケガをしていたことが納得できない。だから、死骸《しがい》をアトリエへのこしておいてかえった。灰田にはそれを訴えて出られないなにかがあったか、それともじぶんに疑いがかかるかもしれぬというところから、林のおくへ埋めたのではないか。そして、そのあとで血の跡に気がついて、死体をいったん埋めただけに、いっそうじぶんにかかる疑いの可能性の強さにおそれをなして、みずから傷つけて警官をあざむいたのではないかと思う……」

「しかし、女の首をつくっておいたのは……？」

「さあ、そればかりはわたしにもわからない。だいいち、生きているうちに作ったのか、死んでから制作したのか……どうもイヤリングがぴったりはまっていたところをみると、死んでから制作したもののように思われるんですが、それではなぜそれだけアトリエにのこっていたのか……」

　金田一耕助は暗い目をしたまま、

「まあ、たいへんあいまいな事件で申し訳ありませんが、ひとつくらいこんな話もいいではありませんか。ああ、そうそう、杉田君は完全に快復したばかりか、この事件では大いにスクープしましたよ」

　と、そこではじめて金田一耕助は、はればれとした笑顔を見せたのである。

檻《おり》の中の女

濃霧の中から聞こえる鈴の音

一

「おや、警部さん、あの音はなんでしょう」

「えっ、なに、金田一さん?」

「ほら、あの、リーン、リーンと鳴る音……あれ、鈴の音じゃありませんか」

「鈴の音……」

と、等々力警部もデッキのうえで首をかしげて、ふかい夜霧の壁のむこうに耳をすました。

それは秋のはじめにはめずらしい霧のふかい晩だった。山の手方面はそれほどでもなかったが、江東方面一帯から隅田川にかけては厚い壁のような霧の層だった。ことに隅田川一帯は、川面《かわも》から立ちのぼる川霧もまじえて、咫尺《しせき》も弁ぜずといってもいいくらいの濃霧の層におそわれた。

その夜、等々力警部は江東方面の川筋にちょっとした捕り物があって、水上署のランチで出かけていった。ちょうど金田一耕助も本庁のほうへ来合わせていたので、警部とともに同行したのだ。

捕り物はヒロポンの密造関係のものだったが、このほうは案外かんたんに片付いたが、さて、そのかえりにぶつかったのがこの霧である。

隅田川を上下する船は、牛の歩みのように徐行しながら、ひっきりなしに霧笛や警笛を鳴らしつづけた。翌朝の新聞を見ると、それでも相当の衝突事故があったということだが……。

霧のなかから浮きあがってくる光が、病める月のようにボーッとにじんでみえたりした。

金田一耕助があの鈴の音をききわけたのは、そうして鳴りつづける警笛の音の切れ目の、ちょっとした静寂の一瞬だった。それはまるで墓場の底からでもきこえてくるように、リーン、リーンといんきにふるえているのである。

等々力警部もやっとその鈴の音をききわけたらしく、

「なるほど、鈴の音らしいですね」

「霧笛のかわりに鳴らしているのかな。それだともっと騒々しく鳴らしたほうが効果的だが……」

「上手のほうからのようですね」

「だんだんこちらのほうへちかづいてきますね」

その鈴をつけた舟も、おりからの濃霧に警戒しているのか、最大限の徐行で川を下っているらしく、ほんの少しずつしかランチのほうへちかよってこない。

ランチはいま駒形橋の下のあたりをほぼ直角に川を横切り、いましも河心にちかいあたりを牛の歩みで徐行していた。

時刻は夜の十二時ちかく……。

霧はますます濃くなるばかりで、金田一耕助や等々力警部をのっけたランチのちかくには一艘《いっそう》の船のけはいもかんじられなかった。

遠くのほうからきこえてくる都電や省線電車のきしる音も、なにかしら別の世界から聞こえてくるようにかんじられる。周囲はただ厚い霧の層と、満々とふくれあがった水ばかり。その水のうえをはうように、
リーン、リーン……。

と、いんきな鈴の音がふるえるようにきこえてくる。

金田一耕助は、しかし、その鈴の音にとくべつふかい意味があろうなどと考えたわけではなかった。かれはむしろ、この濃霧につつまれた隅田川上で鈴の音をきくということに、一種の詩情をかんじていたのだ。

だが……。

その鈴の音がランチとすれすれのところまでちかづいてきたとき、

「やっ！　ありゃなんだ！」

と、水上署員のひとりが叫んだので、思わずそのほうへ目をむけた。

「なに？　なにかあったかい？」

と、等々力警部もちょっと声をとがらせる。

「警部さん、なんだかへんなものが流れてきますぜ」

「なに？　流れてくる……？」

「ええ、ほら、あの鈴の音……船頭のすがたも見えないようですが……」

水上署員のひとりが懐中電灯の光芒《こうぼう》をそのへんなもののほうへむけたが、それはかえって視角を攪乱《かくらん》するばかりだとわかったので、かれはあわててボタンをおして灯を消した。

一同がぐっしょり霧にぬれたデッキに立って、いま懐中電灯の光をむけた方角へさらのようにみはった目をむけていると、やがて、数メートルむこうの水のうえに、あつい霧の層をやぶって、なにやらえたいのしれぬものがおもむろに姿をあらわした。

それは舟のようでもあったが、船頭のすがたは見えなかった。船頭のすがたのかわりに、大きな箱のようなものが見えた。しかし、それは箱でもなさそうだった。

しかも、あの鈴の音はたしかにこのえたいのしれぬ舟のうえからきこえてくるのだ。

リーン……リーン……と、霧にふるえて……。

「おい、だれかその舟に乗っているのか」

こちらから水上署員のひとりが声をかけたが、返事はなくて、返事のかわりにまた、リーン、リーンと鈴の音がきこえた。

「おい、方向転換をして、サーチライトの光であの舟を照らしてみろ！」

等々力警部が大声で怒鳴ると、言下にランチは方向転換をはじめた。

ランチのへさきが舟のほうへむかうと、強いサーチライトの光芒が濃い霧の壁をさっとじょうごがたにつらぬいた。と同時に、一同はおもわずあっと手に汗をにぎった。金田一耕助も一瞬全身に電流を通じられたようにはげしい感動にうたれたのである。

舟そのものはなんのへんてつもないボートだった。どこの貸しボート屋にでもありそうなボートだった。

しかし、そのボートのうえにへんなものがのっかっているのである。それは箱ではなくて檻《おり》だった。太い鉄格子にかこまれた檻なのである。しかも、その檻の中にからだをエビのようにねじまげて、人間が入っているのである。

その人間の身にまとっている長襦袢《ながじゅばん》らしい派手な色彩が、パッと目を射るように霧のなかからうかびあがった。

二

ランチからそのボートに飛びうつって、檻のなかをのぞきこんだとき、等々力警部は思わずうんとくちびるをねじまげた。

檻の中には長襦袢いちまいのわかい女が、膚もあらわに押しこまれているのである。いっしょに乗りこんだ水上署員が照らし出す懐中電灯の光でみると、二十五、六の髪をアップに結った相当の美人であったが、うつくしい顔がどこか内臓の苦痛をうったえるようにゆがんでいる。

「警部さん、し、死んでるんですか」

と、金田一耕助がランチのうえから尋ねると、

「いや、ちょっと……」

と、警部は格子のあいだから手をつっこんで女の膚にふれ、それから女の脈にさわってみたが、よわよわしいながらも脈は正確にうっている。

「しめた！　まだ生きている。おい、木村君」

と、等々力警部は水上署員をふりかえって、

「この檻、開かないかね」

「ええ、ちょっと……」

と、水上署員の木村刑事は檻のあちこちを懐中電灯で調べていたが、すぐ、なんなく格子の一部をうえに引きあげた。

「あっ、警部さん、これ、犬の檻ですぜ。ほら、これ……」

なるほど、木村刑事の照らし出したところをみると、檻の正面に木札がぶらさげてあり、

「猛犬につきご用心」

と書いてある。

「畜生ッ、ひどいことをしやがる。犬の檻に入れて流しやがった」

警部が檻のなかから女の体を引きずり出そうとすると、リーン、リーンとけたたましく鈴の音が鳴りひびいた。それではじめて警部も気がついたのだが、女の体には犬の鎖がまきついており、その鎖のはしが天井にからみついている。そして、その鎖のはしに鈴がぶらさがっているのである。

この鈴が舟の動揺につれて、さっきから、リーン、リーンと鳴りわたっていたのである。

金田一耕助もおもわず目をみはってくちびるをかんだ。

警部が鎖をといて女を檻からひきずり出しているあいだに、ランチのうえでは水上署員が問題のボートをランチのうしろに結わえつけた。

「木村君、君はこのボートに乗っていたまえ。ランチで曳航《えいこう》してやる」

「承知しました」

警部は長襦袢一枚の女を抱いてランチのほうへとびうつると、

「どこかちかくに病院はないか」

「駒形河岸に駒形堂病院という大きな病院がありますよ」

と、ボートのうえから木村刑事が答えた。

「よし、じゃ、そこだ」

ランチはまた霧をついて徐行をはじめる。

金田一耕助は船室のベンチのうえに正体もなく倒れている女のなまめかしい姿態をながめながら、

「警部さん、この女、気絶しているだけなんでしょうか。それとも……」

と、金田一耕助がいいかけたとき、

「あっ、き、金田一さん、こ、これ……」

等々力警部のかすれたような叫び声にはっとふりかえってみると、警部の服のまえになすったような血の跡が……。

金田一耕助はあわてて女の長襦袢を調べてみた。薄暗かったのと、派手な長襦袢の真っ赤な色彩の保護色で、いままで警部も気がつかなかったのだけれど、そこにはかなり多量の血痕《けっこん》が認められた。しかも、ふたりの入念な検査にもかかわらず、女のからだにはどこにも傷はないのである。

金田一耕助と等々力警部は思わずドキッとした目を見交わした。

「金田一さん！」

と、等々力警部はしゃがれた声で、

「これでみると、もうひとつ死骸《しがい》がなきゃならんということになりますね」

金田一耕助もいんきな目をしてうなずいた。

駒形堂病院へかつぎこまれた女は、医者の綿密な診察をうけた結果、たんに気絶しているのではなく、強い毒物の作用によって意識不明になっているのであろうことが判明した。毒物の種類はおそらくストリキニーネであろうといわれる。

「それで、先生、大丈夫ですか、命のほうは……？」

等々力警部が心配そうにまゆをひそめると、

「いままでもっていたところをみると、たぶん大丈夫だろうと思うが……とにかく、吐かせてみましょう」

医者は応急の処置をほどこしながら、

「それにしても、はやく発見されたのがなによりでしたね。このまま数時間放置されたら、手おくれになっていたかもしれませんね」

「このまま数時間ほっといたら、絶対にだめだったでしょうか」

金田一耕助がそばから尋ねた。

「さあ……絶対とはいえないかもしれないが……致死量に足りなかったんでしょうから

……しかし、発見ははやいに越したことはありませんからな」

ということは、この女、あの鈴の音に救われたということになる。もし、あの鈴の音をきかなければ、檻をつんだあのボートはそのまま東京湾へ流れていって、そのあとはどうなったかしれたものではなかったのだ。

金田一耕助はもじゃもじゃ頭をかきまわしながら、黙ってしいんと考えこんだ。

三

金田一耕助はちかごろ緑ガ丘町へ転居して、緑ガ丘荘というかなり高級のアパートに住んでいる。その耕助のもとへ等々力警部から電話がかかってきたのは、その翌日の午後二時ごろのことだった。

「金田一さん、わかりましたよ、ゆうべの一件の犯罪現場が……」

等々力警部の声はかなりはずんでいた。

「あっ、ど、どこですか」

「浅草の今戸河岸です。すぐいらっしゃいませんか。われわれはもうきているんですが……」

「今戸河岸のどのへん？」

等々力警部はかんたんに地理を説明して、

ていますから……」

「とにかく、このへんへいらっしゃればすぐわかりましょう。野次馬がいっぱいたかっ

「じゃ、すぐいきます。おっと、それで、なんといううち……？」

「おお、そうそう、それをいい忘れちゃいけませんな。緒方静子という表札があがっているうちです」

「緒方静子というのがあの女なんですか」

「そうです、そうです。二号さんなんですね、それが……」

「それが？」

「いやいや、とにかく早くいらっしゃい。こいつ、大事件に発展していくかもしれませんよ」

「承知しました。それじゃさっそく出かけましょう」

金田一耕助が今戸河岸へ車で駆けつけたのはそれから一時間ほどのちのことだったが、なるほど、あまり長くさがす必要はなかった。惨劇のあった家のまわりはいっぱいの人だかりだった。

緒方静子と表札のあがっているこの家は、木の香もまだ新しい二階建てで、ちょっと料理屋かお茶屋さんかといったかんじのしゃれた造りの家だった。

玄関であった顔見知りの新井刑事が、

「ああ、金田一先生、いらっしゃい。あなたがいらっしゃるまでといって、現場はその

ままにしてあります。はやくこちらへきてください」

係官がごったがえしている玄関をあがって奥へとおると、

「ああ、金田一さん、こちらへ……」

と、座敷のなかに立っていた数名の係官のなかから等々力警部がふりかえった。

金田一耕助はなにげなく座敷のなかへ入っていったが、ふと足元をみると、

「やっ、こ、これはどうしたんです！」

と、思わず悲鳴にちかい声をあげてとびのいた。

そこに人間の死体がよこたわっていたのなら、それがいかにむごたらしい状態であろうとも、そうまで金田一耕助をおどろかせはしなかったであろう。

金田一耕助が足元に発見したものは、人間ではなく犬だった。子牛ほどもあろうという大きなシェパードの死骸だった。しかも、そのシェパードはからだじゅうに突き傷をうけていて、おびただしい血だまりのなかにぐったりと死体となってよこたわっているのだ。

「これは……」

と、金田一耕助は息をのみ、あらためて座敷のなかを見まわした。

この家は隅田川のすぐ河岸ぶちにたっていて、座敷の外にはまんまんとふくれあがった川の面がひろがっている。その川のうえにも野次馬をのせたボートがうろうろしていた。そのなかには捜査隊の警官たちをのせた舟もまじっていた。

さて、問題の座敷というのは、隅田川を見晴らすいきな好みの八畳で、そこになまめかしい夜具がしいてあり、まくらもふたつころがっていた。まくらもとにはカット・グラスの水びんとコップ、それに灰ざらとライターをのっけた銀盆がおいてあり、銀盆の下にはふたつに折ったひとしめの柔らかい和紙がおいてある。

すべてのたたずまいが男と女が寝ていたらしいことを示しており、げんに座敷のなかには、男の洋服から膚のもの一切、くつ下までそろっているし、寝るまえにぬぎすてたらしい男ものの浴衣なんかも衣桁《いこう》にかかっている。また、あの長襦袢の女の着ていたらしい女の薄物も浴衣といっしょにかかっていたが、それでいて、男のすがたは見えなかった。

あるのは、まくらもとにころがっている巨大なシェパードの死体と、白いシーツのうえに散っている凄惨《せいさん》な血の跡ばかりである。それはちょっとひとくちにはいいにくいほどなまなましくもむごたらしい情景だったが、そこに犬以外の死体の見えないのが妙に空虚なかんじであった。

「男が……きていたんですね」

と、金田一耕助はまくらもとの灰ざらにつっこんである二、三本のピースの吸いがらに目をやりながら、しゃがれた低い声で尋ねた。

「そう、だんながやってきてたんだね」

「そして、そのだんなは……？」

「いや。だから、いまああして水の中を調べているんだが……」

と、等々力警部は縁側のむこうにひろがっている隅田川の川面をあごでしゃくった。

「すると、だんなも殺されているのではないかという見込みなんですね」

「そう。この布団のうえの血は、犬の血ばかりではあるまい」

「犬がなんだってこんなところで……？」

「さあ、それがよくわからない。猛犬につきご用心という札をぶらさげなければならぬほどの犬が、どうしてこうむざむざと殺されたのか……」

金田一耕助はもういちどむごたらしい犬の死体に目を落とすと、思わずゾクリと体をふるわせた。

「それで、だんなというひとはどういう人物なんですか」

「さあ、それなんですよ。ほら、この名刺が洋服のポケットから出てきたんですが、何枚もあるところをみると、これがだんなの名前なんでしょう」

その名刺には、
進藤啓太郎
という名前が刷ってあったが、そこに書かれている肩書きをみて、金田一耕助はおもわず目をみはった。

それは政府のある省の名前だった。そして、その省は戦後たびたび疑獄を起こすので有名になっており、しかも最近も内々で捜査の手がのびていると、いつか等々力警部にきかされたその省の、しかも、いちばん問題になっている係の係長だった。

そこへとなりの部屋から山崎鑑識課員が入ってきた。

「警部さん、寝るまえにむこうの茶の間で、このシューマイをさかなにふたりでビールをのんだらしいんですが、どうもこのシューマイが臭いんです」

「臭いというと……？」

「いいえ、このなかにストリキニーネがしこんであるんじゃないかと……」

「あっ」

「しかも、このシューマイ、新橋の『たから屋』で買ってきたらしいんです。むこうに包装紙がありますがね。とすると、このへんからわざわざ新橋までシューマイを買いにいくはずがありませんから、これは男のほうが持ってきたんじゃありませんか」

金田一耕助はもういちど進藤啓太郎の名刺に目をおとした。

住所を見ると大森である。

のちにわかったところによると、ストリキニーネはたしかにそのシューマイに仕込まれており、しかも、その前日の夕方、新橋の『たから屋』でシューマイを買っていった客のなかに、たしかに進藤啓太郎とおぼしい人物がいるのであった。

しかも、この事件から俄然《がぜん》捜査が発展していったところによると、そこに億にちかい不正事件が発覚し、そのうち数千万円の金の使途が不明になっていた。

その使途は進藤啓太郎以外にはわからないのだが、肝心の進藤の死体はこの後数日たっても発見されなかった。

いっぽう、駒形堂病院へ収容された静子は、三日のちに質問に答えられるまでに快復したが、彼女はただこういうだけである。

「わたしが進藤とあいしったのは一昨年の秋でした。当時、わたしは銀座裏の料理屋で働いていたのです。進藤があの家を建ててわたしをかこってくれたのは、去年の秋のおわりごろでした。あのひとの地位や身分でそんな金のできるはずがありませんから、なにかやってるんだろうとは思いましたが、わたしはわざとしらぬ顔をしていました。なんだか怖いような気がしたので……あの晩、進藤がシューマイをみやげにもってきてくれたので、それをさかなにビールをのんで、あのひとといっしょにお床へ入ったのですが、きゅうに苦しくなって……それきり気がとおくなって、それからあとのことはいっさい存じません」

二重底

一

「ねえ、金田一さん」

そこは警視庁の第五調べ室、等々力警部担当の部屋である。

警部は気むつかしそうな渋面をつくって、

「例の今戸河岸の事件なんですがね、どうも擬装殺人の疑いが濃厚になってきたんですが、金田一さん、あんたのご意見ではいかがですか」

「そうですねえ」

金田一耕助は五本の指でぼんやりともじゃもじゃ頭をかきまわしながら、

「その可能性はたぶんにかんがえられますが、そうすると、進藤啓太郎はまだ生きているとおっしゃるんですね」

「ええ、そう」

と、等々力警部はまじまじと金田一耕助の顔を見ながら、

「しかも、これを最初にサジェストしたのはあなたなんですよ」

「わたしが……？　わたしがなにかいいましたか」

金田一耕助はわざとそらとぼけた。

「ええ、おっしゃいましたよ。あの事件の現場が発見されたその翌日、あなたはここで現場写真を点検しながら皮肉をおっしゃった。大山鳴動してネズミ一匹ということがあるが、この現場は少し深刻すぎる……死体も見つからないのに、流された血が多過ぎる……と、意味ありげにおっしゃった」

「そんなことがありましたかねえ」

と、金田一耕助はなにかほかのことを考えているらしい調子だった。

「ええ、そう、たしかにそうおっしゃいましたよ。それから、あの犬がああむざむざと突き殺されるのはおかしい。犬の死体も解剖してみたらどうかと……」

「そうそう、それはぼくもおぼえていますよ。じっさい、あの猛犬が突き殺されるのはまだしもとして、その騒ぎを近所でしらなかったというのはおかしいですからね」

「そう。それで解剖してみたら、胃の中から少量のストリキニーネと多量の睡眠剤が発見された……」

「そこが意味深長ですね」

と、金田一耕助はにやりと笑った。なんとなく皮肉とあざけりをふくんだ微笑だった。

「そうです、そうです。ストリキニーネで殺してしまうと、突き刺してもそうたくさんは出血しない。そこで、眠らせておいて、まだ生きているとこを突いたんですね」

「しかし、警部さん、それならばなぜストリキニーネを混ぜたのでしょう。なぜ、睡眠剤だけじゃいけなかったのでしょうね」

「それはおそらく……」

と、警部はさぐるように金田一耕助の顔を見まもりながら、

「睡眠剤だけならば、突き刺したとき目をさましてあばれだしては困るというので、ストリキニーネで弱らせておいたのじゃないか。といって、ストリキニーネが過ぎて死んでしまうと心臓の鼓動がとまって、したがって、突いて刺しても出血をうながすところ

る。

「しかし、そんなにまで手数をかけて、なぜあのシェパードを殺す必要があったんでしょう」

「それは、たぶん、あの現場をできるだけ凄惨《せいさん》にいろどっておきたかったのでしょう。あの現場が刺激的であればあるだけ、凶行の印象が強くなる。つまり、擬装殺人とは思えなくなる。そこがやっこさんのねらいじゃなかったか……」

「それで血液の鑑定もおやりになったわけですね」

「もちろん、やりましたよ。ところが、現場に地獄絵巻きをえがいている血液の大部分は犬の血で、人間の血もまじっていたことはいたけれど、それは大した量でもなかったんです」

「血液型は……？」

「血液型はO型でした。そして、これは推定犠牲者の進藤啓太郎の血液型と一致しているんです」

金田一耕助は五本の指でもじゃもじゃ頭をかきまわしながらしばらくぼんやり考えていたが、

「はなはだ微妙なところですね」

金田一耕助はまたにやりとわらった。あいかわらず皮肉とあざけりをこめた微笑であ
が少ない……」

「擬装殺人とするとずいぶん手のこんだいきかたですが、すると、緒方静子という女は、擬装殺人の真実性を強調するために、巻き添えをくってやり玉にあげられたというわけですか」

「まあ、そういうところでしょうねえ。シェパードといい、現場の血潮といい、緒方静子といい、あらゆる点で殺人の真実性を強調しようとしたんでしょう」

「しかし……」

と、金田一耕助は考えぶかい目つきで等々力警部を見やりながら、

「緒方静子という女は大丈夫ですか。擬装殺人だとして、あの女も共犯だというふうには考えられませんか」

「もちろん、その可能性は大いにあります。しかし、男がきて、いっしょにビールをのんで寝床へ入るまでの経過、それから、ストリキニーネの効果があらわれて苦痛をかんじはじめてから失神するまでの症状、それらが医学的にもマッチしているので、まんざらうそをついてるとも思えないんです。もちろん、十分身辺は警戒させてありますがね」

「擬装殺人とすると、進藤啓太郎を探し出すことが第一ですが、汚職のほうはどうなってるんです。いったい、どのくらい穴があいてるんですか」

「正確なことはわからないが、八千万円くらいの公金がめちゃくちゃに消費されていて、そのうちの三千万円のゆくえが完全にわからなくなってるんです」

「つまり、その金を進藤が現金でにぎってるんじゃないかというんですね」

「だいたいその見当なんですがね。だから、いっそう擬装殺人の疑いが濃厚だというわけですね」

「緒方静子にゃほかに男は……？」

「いや、いまのところ以前働いていた銀座裏の料理屋、『花清』というんですが、そこの亭主《ていしゅ》の中村清治というのがちょくちょく出入りをするくらいでほかにこれといって……」

「静子はあの家にいるんですね」

「ええ、いまんところ……あの家は静子の名義になってるんですが、それが汚職による金でできたとははっきり証明できないんですね。進藤啓太郎が出てこないかぎりは……でも、静子はあの家を政府にかえしたいとはいってるんです」

だいたい擬装殺人であろうとは思うものの、金田一耕助はそこに一抹《いちまつ》の不安をかんじずにはいられなかった。なにかしら奥歯にもののはさまったようなもどかしさが、なぜかしらかれの心を重くするのだ。

二

事件発生後、十日とたち、二十日とたっても、進藤啓太郎のゆくえはわからなかった。

といって、進藤啓太郎に符合するような死体発見も、どこからも報告されなかった。

新聞はまたごうごうとして政府を非難する。こういう場合、いつもやっつけられるのは捜査当局である。全国に写真を配布された指名手配人がなかなか発見されぬということは、一種のスリルである。しかも、こんどの場合、三千万円という大金がさらにスリルを盛りあげて、いろんな揣摩臆測《しまおくそく》が連日のように新聞の紙面をにぎわわせて、その刷毛《はけ》ついでにやり玉にあげられるのが捜査当局である。

相当そういうことにはなれっこになっているとはいうものの、等々力警部もいくらか神経衰弱気味になっていた。

ところが、事件発生後、二十日めのことである。捜査がはかどらぬのでいらだちぎみの第五調べ室へ、れいによってれいのごとく、飄々《ひょうひょう》として入ってきたのは金田一耕助である。

「ああ、金田一さん、いらっしゃい」

とはいったものの等々力警部もいそがしかった。ひとしきり部下から報告をきいたり、また別の部下に指令をあたえたり、金田一耕助にかまいつけるひまはなかった。

金田一耕助はそのあいだ部屋のすみに腰をおろして、所在なさそうにタバコを吹かしている。どんな場合でもおよそ退屈ということをしらぬような顔色をしているのがこの男のくせである。いや、これをべつのいいかたで表現すれば、いつも退屈したような顔色をしているのがこの男のくせであるといってもよいかもしれない。

ひとしきり卓上電話の応対をすませた等々力警部は、そこでさっと金田一耕助のほうをふりかえった。

「金田一さん、なにか変わったことがありましたか」

「いや、べつに……」

と、金田一耕助はあいかわらず眠そうな目をしょぼしょぼさせているが、等々力警部はその目を見たとき、思わずはっと緊張した。長年の経験で、等々力警部にはわかるのである。金田一耕助のひとみのなかに一種のかぎろいが揺曳《ようえい》しているのが……そして、そのかぎろいこそ、かれがなにかをかぎつけた証拠であるということを……。

「金田一さん、なにかあったんですね」

と、等々力警部はあいての目のなかをのぞきこみながら言葉をつよめて、

「なにかあったのならいってください。今戸河岸の事件ですか」

「さあ、あの事件にはたして関係があるかどうか……」

「あってもなくってもかまいません。あなたはいったいなにをかぎつけたんですか。それをわたしに教えてください」

「いや、かぎつけたというのじゃなくて、聞き出したんですがね」

「聞き出した……？　なにを聞き出されたんですか」

「米びつのことなんです」

「米びつ……？」

と、等々力警部は思わずまゆをつりあげた。

「金田一さん、それ、なんのことですか」

「いえね、警部さん」

と、金田一耕助はあいかわらずぼんやりとした声で、

「終戦後はいろいろ物資が窮乏したでしょう。ことに米の配給なんかひどかったそうですね、東京あたりは……そこで、どこでも米を買いあさる。買いあさるばかりではなく買いだめる。ところが、米というやつは虫がつきやすい。そこでまあ、いろいろ工夫をして、そこであるところでは鉄の米びつが用意してあったんですな」

「あるところとおっしゃると……？」

「いや、銀座裏の『花清』ですがね」

「『花清』……？　『花清』ってあの『花清』ですか」

と、等々力警部の顔色にはさっと緊張の色がみなぎった。

「ええ、そう、あの『花清』なんです」

「それで、『花清』の米びつがどうかしたというんですか」

「いいえ、それがね、ちかごろになって『花清』の台所からその米びつがなくなったんです。それで、女中のお仲というのが亭主に聞くと、物資も豊富になったし、米の買いだめも必要がなくなったからしまつをしたという返事だったそうです。ところが……」

「ところが……？」

「それから二、三日して、そのお仲が今戸河岸へあそびにいったんですね、緒方静子のところへ……そしたら、『花清』にあったその鉄の米びつが、今戸河岸へきてるんだそうです。お仲がへんに思って静子にきいたら、虫のつきやすい毛のものやなんかを保存するのに便利だから、ほかへ譲るのならじぶんがほしいと譲ってもらったというのです。それがあの霧の夜のまえの日のことだったそうです」

「ふむふむ。それで……？」

「ところが、われわれがあの事件を発見したとき、鉄の米びつなんてどこにもなかったように思うんですが……」

「金田一さん」

と、等々力警部はまゆをひそめて、

「その米びつがどうしたというんです？　そのなかに札束でもかくしておいたと……？」

金田一耕助はペコリとひとつお辞儀をして、

「いや、失礼しました。かんじんなことをいいおとして……問題はその米びつの大きさなんですがね。お仲の説によると、人間ひとりゆうに入るくらいの大きな鉄の米びつだというんですがね」

「人間ひとり入るくらいの鉄の米びつ……？」

等々力警部は張り裂けんばかりに目をみはって金田一耕助をにらみつけると、

「き、金田一さん、そ、それはいったいどういう意味なんです？」

「いえね」

と、金田一耕助はわざと警部の視線から目をそらせて、

「ここにひとり人間がゆくえ不明になっている。その人間は擬装殺人を企ててどこかへ姿をくらましているのかもしれない。しかし、また、いっぽうから考えれば、擬装殺人を企てて姿をくらましているように見せかけて、ほかの人物が殺したのかもしれない。とにかく、ここに人間一匹消えている。しかも、それと同時に、同じ家から人間一匹いれるにたる大きな米びつが消えている。それが単なる暗合かどうか、そこんところを警部さんに研究していただこうと思ってご報告にあがったというわけですがね」

金田一耕助はそれだけいうと、唖然《あぜん》たる顔色の等々力警部をあとにのこして、飄々として部屋から出ていった。

三

捜査当局はあまりにもはやく擬装殺人と見込みをたてすぎたのだ。その結果、死体捜査のほうははやくから打ちきっていた。

ところが、金田一耕助のサジェストによって擬装殺人をよそおった殺人かもしれないという可能性がうきあがってくると、ここにまたあらためて死体捜査が開始されることになった。と同時に、『花清』の亭主の行動についてふかい注意が払われることになっ

てきた。

死体を収容したものが鉄製の米びつだとすると、それは当然、水中へ沈められたと想像される。これには捜査当局も困惑した。隅田川だけでもひろい面積である。ましてや、河口にひろがる東京湾を勘定にいれると、この死体発見はほとんど不可能視されるにいたった。

しかし、天は捜査当局にさいわいしたのだ。それに、あの霧の夜という特殊な条件をともなった晩のできごとであることもよかった。

水上生活者のある家族が、あの晩、勝鬨橋《かちどきばし》より少し下ったところの地点で、なにかを水中に投げこむような物音を聞いたというのを、刑事のひとりが聞きこんだ。それはあの霧のふかい晩のことで、投げこまれたものの形ははっきりわからなかったけれど、大きな箱のように見えたというのである。

そこには勝鬨橋というかっこうの目印があたえられていた。そこで、さっそく水陸両警察が呼応して、水中へ潜水夫をもぐりこませることになった。

幾度かの失敗をくりかえしたのち、潜水夫のひとりがやっと鉄の箱を発見したのは、事件発生以来、じつに三十七日目のことだった。

箱が発見された。これから引き上げ作業にとりかかるからすぐ来るようにとの等々力警部の招きに応じて、金田一耕助が出向いていったのは、水底に箱が発見された翌日のことである。

捜査当局はこのことを極秘に付しておいたはずだのに、はやくも新聞記者の耳に入ったとみえ、金田一耕助が等々力警部とともに水上署のランチで現場へ出向いていったときには、あたりには報道陣がズラリとカメラの放列をしいていた。

いま、水のうえには二艘のモーターボートが、水の上から出ている二本の綱をそれぞれ後尾に結びつけている。このモーターボートが反対の方向へ走ることによって、水底の鉄の箱を引っ張りあげようという寸法なのだ。

「鉄の箱には鉄の鎖ががんじがらめに結わえつけてあったそうですよ」

等々力警部が説明した。

「よほど鉄の鎖の好きなやつですな。緒方静子といい……」

「こうなると、緒方静子は……？」

「もちろん、共犯なんでしょうな。それにしても、大胆な女ですな。ストリキニーネをのんだり、霧の中を流されたり……」

「三千万円という大金の魔力にとりつかれたとでもいうんですかね。とにかく、最近の犯罪はだんだん手がこんでくる傾向がある……」

等々力警部が慨嘆するようにつぶやいたとき、準備万端ととのった。

二艘のモーターボートはいっせいに反対の方角へ走りはじめる。はじめ二本の綱は八の字をさかさにしたかたちで水の中から出ていたが、それがしだいに一の字にちかづいていったかと思うと、やがて、その中心にうきあがってきたのは、大きな鉄の箱だった。

そのとたん、わっと歓声があがり、報道陣のカメラがいっせいにシャッターをきって、この事件のもっとも劇的な瞬間をフィルムにとらえた。

四

「鉄の箱からはやはり進藤啓太郎の死骸が出てきましたよ」

金田一耕助はそういって、いつものようにこのミステリーの記録者なる筆者に語ってくれるのである。

「たとえ鉄の箱に入っていたとはいえ、ながく水中につかっていたものですから、相好はかなり変わっていました。しかし、あらゆる角度から調査された結果、進藤啓太郎にちがいないことが立証されたのです」

「死因はなんでしたか」

と、筆者の質問にたいして、

「ストリキニーネでした」

と、金田一耕助が答えてくれた。

「しかし、それはシューマイに入っていたものではなく、ほかの食べ物のなかに用意されていたのです。ぼくもはじめは、あの血みどろな凄惨きわまりない現場にもかかわらずかんじんの死体が発見されないと聞いたとき、すぐ擬装殺人を連想したんです。しかし、シューマイを買ったのが進藤啓太郎であったと、あまりにもあっけなく立証されたとき、こいつは変だと思ったんですね。進藤が擬装殺人の企画者なら、あくまでもじぶんは犠牲者の立場におくべきで、じぶんが買ってきたとすぐわかるようなシューマイに毒をしこむのは変だと思ったんです」

「犯人はやはり『花清』の亭主と緒方静子でしたか」

「そうです、そうです。『花清』の亭主の中村清治と静子とは、静子が『花清』にいるじぶんから関係があったんですね。『花清』の主人にはむろん女房も子供もありました。年齢は四十前後でしたね」

「それで、三千万円の大金は……？」

「つまり、問題はそれなんです。その大金をげんなまで進藤が静子にあずけたのが運のつきでした。それを横領しようというところから、ふたりのあいだにそういう巧妙な計画がたてられたというわけです。擬装殺人をよそおうた殺人……ちょっと新手でしたね」

「それでふたりはどうしました」

「奥多摩の山中で自殺しましたよ。『花清』が静子を殺しておいて、じぶんもピストルでこめかみをつらぬいたんです。つまり、鉄の箱があがったので、わがこと終われりとばかりに、ふたりで逃避行と出たんですね。それを警官隊に追いつめられて……じつは、そのときぼくも等々力警部とともに警官隊のなかにいたのです。『花清』の主人はヘルメットに土建屋みたいな半ズボン姿で黒眼鏡をかけていました。それが警官隊に追いつめられて、女をこわきにかかえてピストル片手に仁王立ちになっている姿が、いまでも目にうかぶようですよ。女はおびえて男の腕に抱かれたまま、もうはんぶん死んだようになっていました。やがて、男の手にしたピストルが火を噴いて……」

と、そこまで語ると、金田一耕助はいったん口をつぐんだが、

「奥多摩の山々の木々のこずえが、ようやく色づきはじめたころのことでしたね」

と、ポツンとあとへ付け加えた。

赤の中の女

二組みの邂逅《かいこう》

一

「あら！　ちょっと……」

「はあ」

「失礼ですけれど、あなた榊原《さかきばら》さん……榊原史郎さんじゃございません？」

「はあ、あの……ぼく榊原史郎ですけれど、あなた、どなたでいらっしゃいましたかしら」

「あら、お忘れになって？　いつか川奈のゴルフ・リンクで、北里さんにご紹介をいただいた安西恭子でございます」

「ああ、安西恭子さん、あのときドライブをごいっしょした……」

「まあ、うれしい……おぼえていてくださいまして？」

「これはこれはお見それいたしました。その後、お元気でいらっしゃいますか」

「あいかわらず、風来坊みたいな生活をしておりますの。きのうは東、きょうは西……というわけですわね」

「それは、まあ、おうらやましいご身分ですね。さしずめメリー・ウイドーというところですかね」

「あら、憎らしい。あんなことをおっしゃって……それより、ご紹介ねがえません？　そちら奥さままでいらっしゃいましょう」

「はあ、いや、あの、これは失礼いたしました。この春結婚したワイフの恒子《つねこ》です。恒子、こちらはいつかゴルフ・リンクでおちかづきになった安西恭子さん、陽気な寡婦でいらっしゃる」

「はじめまして……あたしいまご紹介いただいた安西恭子でございます。こんごなにぶんよろしく……」

「はあ、あの……はじめまして……」

以上のような会話が、きくともなしに金田一耕助の耳にはいったのは、H海岸の海水浴場、H海岸ホテルのテラスであった。

金田一耕助はそのとき、テラスに張ったビーチ・パラソルの下へ籐《とう》の寝イスをもち出して、うつらうつらと午睡の夢をむさぼろうとしているところへ、以上のような会話が耳にはいってきたのである。

ときは八月五日の午後二時ごろ。海水浴場のもっともたてこむ季節で、しかもその日は土曜日だったから、H海岸ホテルも満員だった。テラスから目をあげて浜辺をみると、キノコのように生えたビーチ・パラソルが色とりどりにうつくしく、波打ちぎわはまるで芋を洗うような混雑である。

この海岸は東西を絶壁にかこまれていて、浜は南へむかって約五町ほどしかない。しかも、絶壁の下には無数の岩が突出しているので、ヨットを走らせるにも水泳にもそうとう危険な個所になっているのだが、そのかわり五町ほどの浜辺は遠浅で、せまいことはせまいけれど、理想的な海水浴場になっていて、近年とみに都会の客を吸引するようになったのである。

金田一耕助は先月の末からこのホテルに滞在しているのだが、ここならあんまり客も来まいと思っていたのに、案に相違の繁栄ぶりにいやきがさして、そろそろ逃げ出そうかと思っていたやさき、きょう東京の等々力警部から電報がきて、この週末を利用してあそびにいくといってきたので、それではもう二日ほど滞在をのばして、等々力警部といっしょに帰京しようと、さっきから警部の到着を心待ちにしているところだった。

「それじゃ、またのちほど……」

「バイバイ……」

と、そういうさっきの会話のつづきを耳にしたので、金田一耕助がそのほうへ目をおとすと、そこは金田一耕助のいるテラスから約一間ほどさがったテラスで、ホテルの外壁ぞいに設けられた階段をつたって、直接浜辺からあがってこれるようになっている。

会話のぬしの三人のうち、この春、結婚したという榊原史郎と妻の恒子はあとにのこって、まだしたのテラスのテーブルについている。ふたりとも水着すがただが、妻の恒子は真っ赤な水着に真っ赤なケープをはおり、しかも真っ赤な大きな麦わら帽子をかぶっているので、うえからではむろん顔はみえない。

この新婚の夫婦と、はからずもここでめぐりあった安西恭子は、階段を五、六段おりたところで、もういちど夫婦のほうをふりかえって手をふったので、わりにはっきり顔が見えたが、このほうも水着すがたで、まるい浮き輪を右手にぶらさげている。

安西恭子の水着は平凡なグリーンだった。

ところが、このとき、金田一耕助が妙に思ったのは、かれのいるテラスの客のひとりが、食いいるように赤い水着の女のすがたを見つめているのに気がついたのである。

それはとしごろ二十三、四のスマートな青年だった。しょうしゃな白麻の服をきて、上品な顔立ちの、いかにもお坊ちゃんお坊ちゃんした青年だったが、胸壁のそばに立って、赤い水着の女を見おろすその目つきには、限りない憎悪の色がうかんでいる。

二

金田一耕助はそっと寝イスから立ちあがった。そのテラスから直接下のテラスへはいけないのである。そこで、いったんホテルを出て、外側の階段をのぼっていくと、うえからふたりづれがおりてきた。ひとりは赤い水着の女である。赤い水着に赤いケープ、しかも、帽子まで真っ赤なので、まるでホオズキの化け物が歩いているようだ。

階段の途中ですれちがうとき、ながし目にふたりをみると、女は五尺そこそこというところだろうか、つばのひろい麦わら帽子をまぶかにかぶっているので、はっきりとはみえなかったが、ちょっとかわいい顔立ちである。としは二十五、六というところか。

女の小柄なのにはんして、男はゆうに五尺七寸はあろう。水泳パンツをはいて、肩にタオルを巻きつけただけの裸体だが、露出した筋骨のたくましさは、金田一耕助のような貧弱なからだをもった男にはうらやましいくらいである。日焼けした顔も男らしくりっぱであった。としは三十二、三というところだろうか。

このふたりづれとすれちがって、金田一耕助が屋上テラスまでのぼってきたときである。

「やあ、恒子さんじゃないか」

という声が階段の下できこえたので、おやと思ってふりかえると、これまた水着の男が、赤い水着の女のまえに立ちはだかっている。

「あら、まあ、永瀬さん」

と、赤い水着の女は息をはずませるような調子で、

「あなた、いっこちらへ……?」

「きのう着いたばかりなんだが、恒子さんもこのホテルに……?」

「ええ、あたしどももゆうべ着いたばかりなんですの。それで、あなたおひとり……?」

「ああ、ぼくはひとり……」

「あんなことをおっしゃって……どなたかいいひととごいっしょなんでしょう」

「いや、ところが、ほんとにひとりなんだ。だけど、恒子さん、紹介しろよ。こちら、だんなさまなんだろう」

「はあ、あの、ほっほっほ、ちょっと、あなたあ」

と、赤い水着の女は甘ったれた声で、

「こちら永瀬重吉さんとおっしゃって、あたしの昔なじみ。ほら、あたしが享楽座にいたじぶんのお知り合いなの。永瀬さん、こちら榊原史郎って詩人なの。まあ、詩人のたまごなのね」

「ああ、そう。ぼく、永瀬です。舞台の背景などかくことをしごととしてるもんですがね。こんごよろしく」

「はあ、いや……」

と、こんどは夫の榊原史郎のほうがいくらかかたくなっている。

「ところで、恒子さん、いつ結婚したの」

「この春……」

「ああ、そう。それじゃまだ新婚ほやほやというところだね。あんまりおじゃまもできないな。あっはっは、これから海……？」

「ええ」

「それじゃ、また」

通せんぼをするように女のまえに立ちはだかっていた男が、ちょっと体をひらいたので、

「じゃ、いずれまた」

と、赤い水着の女は夫と手を組んで、浜のほうへ歩いていく。永瀬重吉はちょっとそのうしろすがたを見送っていたが、やがてこちらのほうへのぼってくる。

金田一耕助はさりげなく階段のそばをはなれて、すぐそばにある空いたテーブルに腰をおろしたが、そのときなにげなくうえのテラスをみると、白麻の青年のすがたはみえなかった。

永瀬もテラスへあがってくると、ほかのテーブルがみんなふさがっているので、しかたなしに金田一耕助のまえへきて座ると、いぶかしそうな目の色で、金田一耕助のもじゃもじゃ頭と、よれよれの白がすりや袴《はかま》をながめていたが、そこへボーイが注文をききにきたので、オレンジ・ジュースをあつらえた。

金田一耕助がそれにならっておなじ品を注文すると、永瀬はまたじろじろとその顔をみて、それから視線をほかへそらせた。

これまた五尺七寸はあろうという筋骨のたくましい男だが、としは榊原より食っているらしく、額がすこしはげあがっている。どことなく狡猾《こうかつ》そうなかんじのする男だ。

それにしても……と、金田一耕助は心のなかでかんがえている。……ここにこの春結婚したばかりの夫婦がきている。夫は詩人のたまごで、妻は享楽座で女優のたまごかなんかだったらしい。ところで、夫は夫で昔なじみの陽気な寡婦に邂逅《かいこう》した。すると、その直後に妻は妻でこれまた旧知の男にめぐりあう。すなわち、ふた組みの邂逅がここにおこなわれたのだが、はたして、これは偶然なのだろうか……。

金田一耕助はなんとなく興味をそそられるものをかんじたが、そのとき、なにげなくうえのテラスに目をやると、また白麻の青年が胸壁のそばに立っていて、焼けつくようなその視線が永瀬の背後にそそがれている。その視線のなかにあるもえるような憎悪と同時に、くらいおびえの影をよみとったとき、金田一耕助は怪しく胸がおどるのをおぼえずにはいられなかった。

ひと組みの新婚夫婦と旧知の男女、それにこの白麻の青年とのあいだに、いったいどのような運命的なつながりがあるのだろうか。

三

永瀬重吉はオレンジ・ジュースをいっぱい飲むと、しばらくなにか考えるふうで、防水布の袋からとりだしたタバコを一本、ゆっくりくゆらせていたが、それを一本吸いおえると、そそくさと階段をおりていった。

　金田一耕助がうえのテラスに目をやると、白麻の青年のすがたはみえないで、大きなビーチ・パラソルだけが二、三本、胸壁のうえからにょっきりと頭をのぞかせていた。

　金田一耕助がテラスから下へ目をやると、永瀬はだれかをさがすようにきょろきょろあたりを見まわしながら歩いていく。そして、その背後からそうとうの間隔をおいてつけていくのは白麻の青年である。

　金田一耕助はそれをみると、おもわずにっこり白い歯をみせて、頭のうえのスズメの巣をやけにもじゃもじゃかきまわした。いま、このH海岸でなんらかのドラマが進行中なのである。それは悲劇であろうか、喜劇であろうか。

　時計をみると、もうそろそろ三時である。

　永瀬と白麻の青年のすがたは、まもなく、おびただしいビーチ・パラソルのむこうにかくれたが、そのかわりに駅のほうから古ぼけたヘルメットをかぶった半ズボンの男がやってくるのに目をとめて、金田一耕助はテラスのうえから手をふった。それをみつけたのか、開襟《かいきん》シャツの等々力警部も、小さいボストンバッグを持ちかえて右手をふった。

「やあ、どうも。この海岸もおもったより混雑しますね」

「ごらんのとおりでね。ぼくもいやになって、そろそろ引き揚げようかと思っていたところへ、電報をちょうだいしたというわけです」

「それじゃ、ご迷惑でしたか」

「とんでもない。友遠方よりきたるですからね。警部さんはいつまで……？」

「はあ、月曜日の午後登庁すればいいようにしておきました」

「ああ、そう。それじゃ、月曜の朝、ぼくもいっしょに東京へかえりましょう。ときに、なにか飲みますか」

「ああ、いや、それよりさっそく海へはいりたいですな。あんたはあんまり日に焼けとらんようだが……」

「あいかわらず、のらりくらりとしているだけですからな。それじゃ、さっそく支度をしてきますから、ここで待っていてください」

それから五時半ごろまで海にいて、海水着のままふたたびテラスへもどってきたふたりが、果汁《かじゅう》でのどをうるおしていると、海岸のほうから榊原史郎と妻の恒子が手を組んでかえってくるのが目についた。恒子はあいかわらず赤い水着に赤いケープをはおって、つばのひろい赤い帽子をかぶっている。

ふたりがホテルのなかへはいっていくのを見送って、金田一耕助は浜のほうを目でさがしたが、永瀬重吉も白麻の青年のすがたもみえなかった。

「金田一先生、だれかしったひとでも……？」

「いやあ、さっき、ちょっとおもしろい寸劇をみたもんですからね」

「寸劇とおっしゃると……？」

「いや、まあ、人生の断片とでもいいますかな。それとも、すれちがい劇とでもいうべきですかね」

と、さっきのふた組みの邂逅と、白麻の青年のあやしい目つきの話を語ってきかせると、

「そいつはちょっとおかしいですね。夫婦づれが夫の昔なじみと出会うというのは、べつにめずらしいことではなさそうですが、その直後にこんどはまた妻が旧知の男に邂逅するというのはね」

「しかしねえ、警部さん、安西恭子という未亡人も、永瀬重吉という背景画家も、どっちもひとりでここへきてるらしいんです。こんなところ、めったにひとりでくるもんじゃないでしょう。ぼくみたいな朴念仁《ぼくねんじん》はべつですが……」

「そして、その白麻の服の青年が、赤い水着の女と永瀬という男をしってるらしいというんですね」

「どうもそうらしいんです。しかし、まあ、あんまり他人の秘事をのぞくのはよしましょう。それより、そろそろ食事のはじまる時間じゃないかな」

金田一耕助はやおらテラスのイスから立ちあがった。

四

食事をおわって七時ごろ、金田一耕助と等々力警部が、ホテルの正面入り口にちかいロビーでタバコをくゆらせていると、とつぜんおくのほうから、けたたましい女の金切り声がきこえてきた。

「しらない！　しらない！　もうかってにして！」

そういう声に、ロビーにいた客がいっせいにそのほうをふりかえると、真っ赤なワンピースをきた女が、ハンカチを目におしあててとびだしてきた。

「恒子！　恒子！　バカ！　バカ！　誤解だよ、誤解だってば！　待たないか」

女のあとを追って出たのは榊原史郎である。ズボンに腕もあらわなアンダー・シャツ一枚、さすがにロビーにいるひとたちの注目をあびて、はっとその場に立ちすくんだ。

そのあいだに、赤いワンピースの恒子は、まるで赤い弾丸のようにロビーをよこぎり、ホテルの正面入り口から外へとびだした。この女、よほど赤い色がすきとみえる。

榊原はロビーのおくに立って、ちょっとちゅうちょをしていたが、やがて舌打ちするような顔色で、こそこそ奥へひきかえしていく。しかし、ものの三分とたたぬあいだに、こんどはワイシャツにネクタイをしめ、上着もきこんでロビーへ出てきた。そして、ホテルの正面入り口を出て、あちこち見まわしているようだったが、さがしにいくのはあきらめたのか、勝手にしやあがれという顔色で、ロビーへかえってきて、イスのひとつに腰をおろすと、そこにある新聞を手にとりあげる。

金田一耕助は等々力警部に目くばせすると、

「ふた組みの邂逅をもった新婚夫婦」

と、ひくい声でささやいた。

「陽気な寡婦があらわれたので、さっそくトラブルがもちあがりましたな」

と、等々力警部がのどのおくでわらった。

金田一耕助はロビーのなかを見まわしたが、永瀬重吉も白麻の青年も、安西恭子という陽気な寡婦のすがたもみえない。

榊原史郎は新聞に目をとおしながらも、気になるようにときどき入り口のほうへ目をやっていたが、七時半ごろホテルのボーイがやってきて、なにやらいうと一通の手紙を渡した。

榊原はふしぎそうな顔をして、封筒の封をきり、なかの便箋《びんせん》に目をおとしたが、そのとたん、大きなおどろきの色がそのおもてを走った。榊原はボーイをつかまえて、なにやらはやくちに尋ねていたが、そこへホテルの入り口からはいってきたのは安西恭子である。

榊原のすがたに目をとめると、

「あら、榊原さん、どうかなすって？」

と、かろやかな足どりでちかづいてくる。このほうはグリーンのワンピースをきているが、その女がそばをとおるとき、金田一耕助はつよい潮のにおいをかいだ。

「ああ、安西さん」

と、榊原はぎょっとしたように便箋を封筒におさめると、そそくさとうちポケットのなかにおさめて、ボーイをその場から立ち去らせた。

「榊原さん、なにをそんなにきょときょとしてらっしゃるの。奥さんはどうなすって？」

「いや、いや」

と、榊原はハンカチを取り出して額の汗をぬぐいながら、

「恒子はちょっと散歩に出かけたんだが……」

「あら、まあ、それであなたはおいてけぼり？　新婚早々、どうなすったのよう」

「いや、いや、いいです。むこうへいってください。あんまりぼくに接近しないで……」

「あら、どうして？　せっかくこうしてお目にかかれたのに、そんなにひどいことをいうもんじゃなくってよ。それにしても、奥さん、どうなすったんでしょうねえ。あら！」

安西恭子はとつぜん気がついたように、

「あら、ごめんなさい。そうでしたの？　あら、ま、ほっほっほ」

安西恭子がはなやかな笑い声をたてたとき、正面入り口からはいってきたのは永瀬重吉である。昼とちがって、これまた白っぽい背広をじょうずに着こなしている。

榊原史郎はそのすがたをみつけると、つかつかそばへちかよっていった。そして、なじるような調子でなにやらふたことみこといいながら、ポケットから取りだしたのはさっきの封筒である。なかみを出してあいてに読ませた。

永瀬もそれに目をとおすと、さっとおどろきの色が顔にはしって、あきれたようにあいてのひとみを見かえしていたが、やがて首をよこにふりながら、にやりとわらうと、便箋を榊原史郎にかえした。そして、そのままロビーをよこぎり、おくの廊下へ消えていった。

金田一耕助は等々力警部に目くばせをして、

「新婚夫婦に邂逅した男と女……」

「それにしても、あの便箋にはなにが書いてあるんだろう。やっこさん、ひどく動揺しているようだが……」

じっさい、榊原はなんどもその便箋を読みかえしてはポケットにしまい、ホテルの入り口までいってはもとの席へもどり、なんだかひどくかんがえこんだふうである。

安西恭子はそれからすこしはなれたところに腰をおろして、これまた気になるように、榊原のすがたとホテルの正面入り口を見くらべている。

赤いワンピースの恒子は、その晩とうとうかえってこなかった。

かえってこないはずである。その翌朝、彼女はH海岸の沖合いで、死体となってうかんでいるのが発見された。

しかも、彼女は溺死《できし》したのではない。のどのあたりに大きな親指の跡がふたつついており、水はのんでいなかったのである。

結婚詐欺

一

所轄警察の捜査主任、浅見警部補のまえに出た榊原史郎は、動転しきった顔色で、目もうわずり、くちびるもわなわなふるえて、はじめのうちは返答さえもろくにできない状態だった。

そこはH海岸ホテルのマネージャーの部屋で、かりにそこを捜査本部とさだめたのである。金田一耕助と等々力警部は、一種の参考人としてこの聞き取りに立ちあった。

窓の外にはけんらんたる海水浴場の歓楽が展開されているのだが、部屋のなかにはおもっくるしい緊張の気がみなぎっている。

「それで、奥さんは恒子さん……榊原恒子さんというんですね」

「はあ……」

「結婚前の名字は?」

「氏家といいました」

「氏家というのがおさとの姓なんですね」

「いえ、そうではなく、さとの姓は山本というんです」

「というと……?」

「いえ、あの、家内はいちど結婚したんです。氏家勝哉《かつや》という男と……ところが、その氏家勝哉というのが昨年の冬死亡したので、そのまま未亡人として氏家姓を名のっていたんです」

「なるほど。それでは、氏家勝哉氏と結婚なさるまえは、山本恒子でいられたんですね」

「ええ、そうです、そうです」

「そのじぶん、なにをしていられたんです。なにかご職業でも……」

「はあ、享楽座という新劇の一座にいたんです。それが、氏家と結婚すると同時に、舞台をひいたんです」

「なるほど。それで、未亡人となられてから、なにかご職業でも……」

「いえ、べつに……氏家が多少の財産をのこしたものですから」

「ああ、なるほど。それで、氏家氏の一周忌のすむのを待って、あなたと結婚なすったわけですね」

「はあ……」

「それでは、ゆうべのことを聞きましょう。奥さんは七時ごろここをとび出していかれたんですね」

「はあ、それが……恒子はへんに誤解したんです。というのは、きのうここで、昔なじみの女のひとに会ったもんですから、なにかそのひととわけでもあるように誤解して……はじめての夫婦げんかがこんな結果になろうとは……」

と、榊原史郎もしだいに落ちついてきたようだが、そのかわり、こんどはひどく沈みこんだ調子になった。

「昔なじみのご婦人とおっしゃるのは……？」

「いや、昔なじみといっても、ゴルフ場でいちど会ったきりのひとで、むこうから声をかけられても、すぐには思い出せなかったくらいですから……」

「お名前は……？」

「安西恭子さんというんです。くわしいことはなんにもしりません。じぶんではメリー・ウイドーといってましたが……」

「ここで会ったということですが、このホテルで会ったんですか」

「はあ……」

「まだこのホテルにいますか」

「さあ、さっきロビーで見かけましたけれど……」

捜査主任が目くばせすると、すぐに私服のひとりが捜査本部をとびだしていった。

「ところで、あなたはこの事件をどうお思いになりますか。奥さんを殺した人物について、なにか心当たりは……？」

「さあ……暴行された形跡があるとすると、このへんのぐれん隊のせいじゃないでしょうか。ほかに心当たりといっては……」

榊原恒子の死体は、検視の結果、絞殺されるまえに犯されたらしい形跡があるのだった。犯行時刻はこのホテルをとび出した直後であろうといわれている。

「警部さん、あなたなにかご質問は……？」

浅見警部補に水をむけられて、

「ああ、そう、それじゃ……」

と、等々力警部はちょっと体をのりだして、

「榊原さんにちょっとお尋ねしたいんですが、ゆうべここのロビーでボーイがあんたになにか手紙のようなものをわたしましたね。あれはだれからきた手紙ですか」

榊原史郎はぎょっとしたように、上着の胸のポケットをおさえた。

「あなた、あの手紙を読んでひどく狼狽《ろうばい》してたようだが……」

「はあ、あの、はあ、あの……」

と、榊原史郎は酸素の欠乏したコイのようにやけに口をパクパクさせながら、

「ぼくにもさっぱりわけがわからんのです。差し出し人の名前もなく……それにこんなバカなことが……だれかのいたずらにきまってるんです」

「失礼ですが、その上着のポケットのなかに持っていらっしゃるとしたら、ちょっと見せていただけませんか」

榊原史郎は上着のポケットを強くおさえて、まるで追いつめられた獣のような目つきで等々力警部の顔をにらんでいたが、やがてむしりとるようにポケットから一通の封筒をとりだした。

二

それはあきらかにこのホテル専用の封筒と便箋だった。なるほど、差し出し人の名前のないのをたしかめて等々力警部はなかの便箋をとりだしたが、みじかいその文章に目を走らせると、おもわず大きくまゆをつりあげた。

「金田一先生、これ……」

金田一耕助もひとめで文章を読みくだすと、ぎょっとしたように目をみはる。それはつぎのような奇怪な警告状だった。

あなたの奥さんは危険です。結婚詐欺の常習犯ではないかと疑われる節があります。なにとぞ身辺をご警戒ください。

浅見警部補もその手紙に目をとおすと、これはというふうに目をみはった。手紙はつぎからつぎへと刑事の手にわたったが、一同のあいだに回覧がおわったとき、そこには当然、息づまるような緊張の気がみなぎった。

「榊原さん、これは……？」

「いや、浅見君、そのまえにボーイを呼んできいたらどうかね。どういう客がこの手紙をことづけたか……」

「ああ、そう」

すぐに刑事のひとりが立ちあがったが、

「ああ、ちょっと、刑事さん」

と、金田一耕助が呼びとめて、

「ついでに宿帳をかりてきてくださいませんか。ひょっとすると、その手紙に符合する筆跡が見つかるかもしれませんから」

「はあ、承知しました」

やがて刑事といっしょにはいってきたのは、たしかにゆうべ榊原に手紙をわたしたボーイである。浅見捜査主任の質問にたいして、

「はあ、その手紙をわたしにことづけたのは、白麻の服をおめしになったお坊ちゃんみたいなかたでした。としは二十三、四でしょうか」

「やっぱりこのホテルの客かね」

「そうだと思いますが、お名前はしかとおぼえておりません」

「君にこの手紙をことづけたのは何時ごろ？」

「きのうの夕方の五時ごろでした。それをわたしにおことづけになると、そのまま外出されたようで、ゆうべはお姿を見かけませんでした」

そのとき、金田一耕助が腕で小突くので、等々力警部がふりかえると、

「ほら、これ……」

と、金田一耕助が指さした宿帳には、「氏家直哉」という文字が、あの警告の手紙とおなじ筆跡でおどっていた。捜査本部にまたひとしきりざわめきが起こったことはいうまでもない。

「それでは榊原さんにお尋ねしますが……」

と、ボーイを去らせたあとで浅見警部補は緊張のために熱い息をはいて、

「奥さんの先夫氏家勝哉さんには、弟さんかなにかありましたか」

「はあ、直哉君という弟がひとりあったそうです。ぼくは会ったことはありませんが……」

「それで、先夫は奥さんにどのくらいの遺産をのこしたんです？」

「さあ……ぼくもくわしいことはしりませんが……小田急沿線の成城にある八十坪ばかりの地所付き家屋……建坪はたしか二十五坪とかいってましたが……それと、なんやかんやで、あわせてせいぜい二、三百万円のものじゃないでしょうか」

「ところで、あなたの財産は……？」

「とんでもない。ぼくは貧乏詩人ですからな。あっはっは」

「しかし、あなた生命保険やなんかは……？」

「あっ！」

とつぜん、榊原史郎はのどのおくでするどく叫ぶと、まるで深淵《しんえん》をのぞくような目つきになって、ぼうぜんと一同を見わたした。

「はいってらっしゃるんですね。いくら……？」

「だって、だって、そんな、そんな……」

「いくらですか、契約額は……？」

「い、一千万円……」

榊原の額にはいっぱい汗がうかんでいる。

「奥さんのおすすめではいったんですか」

「はあ……でも、でも……」

「榊原さん、奥さんも生命保険にはいっていらっしゃいましたか」

「いいえ、恒子ははいりませんでした。恒子のすすめで、ぼくだけ契約したんです。しかし……」

と、榊原がなにかいいかけたとき、とつぜん外のロビーが騒々しくなってきたかとおもうと、マネージャーが満面に朱をそそぎ、それでもできるだけ落ちつこうとするかの

ようにはいってきて、

「浅見さん、またひとり殺されています。永瀬重吉というお客さんが、ごじぶんの部屋のベッドのうえで……」

三

永瀬重吉は、二階の八号室のベッドのうえで、絞殺されているのである。派手なタオルのパジャマをきた両手と両脚が、うんとふんばったまま硬直している。そして、その首には太い組みひもがきつく巻きついている。組みひもはこの部屋のカーテンをしぼるひもだった。

ここで注目すべきは、被害者は絞殺されるさい、そうとう格闘したらしいことである。ベッドのまくらもとに小卓があり、小卓のうえに香水びんがおいてあったのが、格闘のさいひっくりかえったのを、だれかがあやまって踏んだとみえ、マットのうえでびんがこわれて、香水のにおいがこのものすごい惨劇の場を馥郁《ふくいく》としてくるんでいるのである。マットにはじっとり大きく香水のしみができている。

そういえば、絞殺された永瀬重吉のパジャマの上着のすそからパンツの腰のあたりにもじっとりとぬれたあとがあって、そこからも馥郁たる香りがただようている。

「この男、よっぽどおしゃれだったとみえるね。ひとりもののくせに、ベッドのそばに香水の用意をしておくとは……」

等々力警部がつぶやいたが、金田一耕助は四つんばいにならんばかりに上体をかがめて、小卓の下をのぞいてみた。このホテルはどの部屋もリノリューム張りで、絨緞《じゅうたん》は敷いていないのだが、それではあまり殺風景にみえるので、ベッドのまえだけ畳一枚くらいの大きさのグリーンのマットが敷いてあり、そのマットのうえに小卓がおいてあるのだが、だれかが最近その小卓をうごかしたとみえ、マットについた軽い四つのくぼみと、小卓の四本の脚がくいちがっている。

やがて医者がやってきて、検視の結果、犯行はゆうべの深夜二時ごろであろうと断定された。

というと、これはいったいどういうことになるのだろう。被害者はドアにカギをかけないままでねていたのだろうか。いやいや、それは信じられないことである。このように素姓もしれぬ客がいっぱいいたてこんでいるホテルで、カギもかけないでねる客があろうとは信じられない。

とすると、深夜の二時ごろ、被害者みずからカギをひらいてだれかをみちびきいれたことになるが、すると犯人は被害者のしっている人物ということになる。

金田一耕助は窓のそばへよってカーテンを調べた。カーテンをしぼるひもは、窓わくのいっぽうにしっかりと固定されていて、カーテンをひきしぼるとひものはしについている輪を窓わくの飾りくぎにひっかけることになっている。そのカーテンのひもが鋭利な刃物で窓わくから切断されているのである。

金田一耕助はくちびるをつぼめて、ちょっと口笛を吹くまねをした。これはかれがなにか会心の事実に気がついたときにやるくせである。やがて階下の支配人室へかえると、ふたたび榊原の聞き取りがつづけられた。

「あなたはきのう永瀬という男にこの匿名の手紙をみせていたようだが、あれはどういうわけですか」

と、これは等々力警部の質問である。

「はあ、いや、このホテルで恒子のことをしっているものがあるとしたら、あの男しかないと思ったものですから……」

「奥さんと永瀬という男はどういう関係で……?」

「さあ……なんでも、恒子が舞台に立っていたじぶんの知り合いだとか……背景やなんかかく画家だといってましたが……」

「あなたは奥さんがこんなところで昔の知り合いに会ったのを妙に思いませんでしたか」

と、これは金田一耕助の質問である。榊原はふしぎそうに金田一耕助のもじゃもじゃ頭に目をやりながら、

「べつに……恒子は女優なんかしてたもんですから、女としては顔のひろいほうです」

「あなたの部屋は……?　このホテルの……?」

「二階の十二号室です。いちばんはしっこの……」

　さて、榊原史郎についで安西恭子が呼び出されたが、このほうはほとんどなにもきくことはなかった。榊原とは去年、川奈のゴルフ・リンクで会って、十国峠をドライブしたことがあるが、それもふたりきりではなくて、ほかにも五、六人つれがあったくらいだから、とくべつにこれという関係はない。はからずもここで再会したので、なつかしかったから声をかけたまでのことだが、それが奥さんの感情を害したとしたら、まことに申し訳がないと思っていると、神妙に、しかもよどみなく答えた。

「ところで、あなたおひとりのようですね」

　という金田一耕助の質問にたいして、

「はあ。でも、いまに連れがまいりますの」

　と、安西恭子ははじめてあでやかににっこりわらった。

「失礼ですが、どういう関係のかたが……」

「はあ、あの……」

　と、恭子はほおに朱を走らせながら、

「婚約者……と申したらよろしいのでしょうか。この秋、結婚することになってるひとですの」

「ああ、いや、これは失礼いたしました」

　金田一耕助はペコリとひとつ、恭子のまえにもじゃもじゃ頭をさげた。

疑問のひと氏家直哉は、ゆうべ五時ごろホテルを出たきりまだかえっていないというので、金田一耕助は等々力警部とともに浜へ出てみた。

時刻はちょうど十一時、いまがいちばん干潮時とみえ、波打ちぎわははるかかなたに後退している。

四

「金田一さん、いったいどこへいくんですか」

「いやね、きのうの夕方、榊原夫妻はこっちの方角からかえってきましたからね」

まえにもいったように、この浜辺は東西へわたって五町ほどしかない。しかも、ホテルはその中間にあるので、ちょっと歩くと海水浴場を出はずれる。

「警部さん、あんたそのくつとくつ下をぬぎなさい。ぼくも下駄《げた》をぬいではだしになります」

「金田一さん、いったい、ど、どうするんです」

「なあに、ちょっと洞窟《どうくつ》探検といくんです」

金田一耕助は下駄をぶらさげ、袴《はかま》のすそをたかだかとつまみあげると、じゃぶじゃぶと水のなかへはいっていく。

まえにもいったように、そのへんにはいちめんに岩がにょきにょき出ているうえに、絶壁のすそにはあちこち洞窟があいている。洞窟には大きなのもあれば小さいのもあり、高いところにもあり、低いところにもあった。

金田一耕助は水平線をふりかえりながら、じぶんの胸のたかさあたりの洞窟をさがしていたが、どうやら手ごろなのを見つけたらしい。

「警部さん、この洞窟の高さなら、夕方の五時ごろにはまだ水面上に出ているでしょうね」

「金田一先生、それが……?」

「まあ、なかへはいってみましょう」

洞窟へはいあがってみると、なかはカギの手にまがっており、奥へはいると海のほうからみえないようになっている。高さはおとなが背中をまるめて歩けるくらいしかないが、広さは畳二枚しけるくらいあり、しかも海草が女の髪の毛のようにもつれて生えているので、ふかぶかとしたおあつらえむきのベッドができている。

「警部さん」

と、金田一耕助はうすくらがりのなかでにっこり白い歯をだして笑うと、

「水泳のあいまにこういうところでランデブーをたのしむというのはどうです。おや、これはなんだ」

よじれた海草のあいまから金田一耕助が拾いあげたのは、小さなグリーンのハンカチだった。グリーンに白い水玉模様が染めだしてある。

「ほら、ほら、警部さん、やっぱりだれかご婦人がここへきた証拠ですぜ」

「しかし、金田一先生、いかにご婦人でも、水泳中にハンカチはもっておりますまいよ」

「あっはっは、警部さんはいいことをおっしゃる。まさにそのとおり、そのものずばりでさあ」

金田一耕助はその洞窟を出ると、絶壁を見まわしていたが、

「警部さん、こんどはこの絶壁をつたってかえりましょう。二度と足をぬらすのはいやだから」

ちょうどその洞窟の入り口のあたりから小さな道がななめについていて、絶壁につかまりながらそれをつたっていくと、五十メートルほどにしてもとの砂浜へ出ることができた。その絶壁の途中には、まるで軽石のように大小さまざまな穴があいている。

それからふたりがホテルへかえると、いま汽車が着いたところとみえ、氏家直哉ともうひとり、安西恭子の婚約者里見純蔵が到着していた。里見純蔵というのは、中年のでっぷりふとった男である。

五

榊原恒子と永瀬重吉が殺害されたときいて、氏家直哉はぼうぜんたる顔色だった。は

じめのうちはまともに信じられないという顔つきだったが、それがまぎれもない真実だとわかったとき、かれはことの意外に圧倒されてしまったようだ。

「ぼく……ぼく……」

と、浅見警部補の質問にたいして、氏家直哉はまるで嗚咽《おえつ》するような調子で語った。

「兄が冬山で遭難したとき、姉……いや、恒子さんの電報でかけつけたんです。兄は夫婦で、去年の冬、蔵王へスキーにいっていて、そこで兄だけが遭難したんです。しかし、ぼく、そのとき、なんだかたんなる遭難ではなく、遭難をよそおうた他殺じゃないかって、そんな気がしてならなかったんです。つまり、恒子のやつがだれかと共謀して兄をやったんじゃないかって、そんな気がしてならなかったんです。それ以来、ぼくはしじゅう恒子の行動に、注目してきたんですが、ことしの春、恒子は榊原さんと結婚しました。ところが、これはほんとの偶然なんですが、榊原さんが一千万円の生命保険に加入したことをしったんです。そこで、また……と思って、ここまで榊原さんと恒子を尾行してきたんですが、ここではからずも永瀬という男にあって、それこそ天地がひっくりかえるほどびっくりしたんです」

「というのは……？」

「蔵王で兄が遭難したときも、おなじホテルにあの男がひとりで泊まっていたんです」

金田一耕助はまたくちびるをつぼめて口笛を吹くまねをした。それからのっそり立ちあがると、浅見警部補の耳になにやらささやいて、

「警部さん、ちょっと外の空気を吸いに出ようじゃありませんか」

と、啞然《あぜん》たる顔色の捜査主任や刑事たちをあとに残して、金田一耕助は飄々《ひょうひょう》として部屋を出ていく。等々力警部は心得たもので、いそいそとしてそのあとにしたがった。金田一耕助がなにかをつかんだらしいことを、警部はしっているのである。

それからまもなく、浅見警部補の要請で、榊原史郎と安西恭子が捜査本部へ呼びこまれるのを見定めて、金田一耕助と等々力警部は榊原の部屋へはいっていった。むろん、支配人にたのんで、ドアをひらいてもらったのである。

この部屋にもベッドの下にグリーンのマットがしいてあり、マットのうえに小卓がおいてある。マットのうえには四つのかるいくぼみがあったが、ここでも小卓の四本の脚とくいちがっている。

金田一耕助はベッドの下にあるスリッパのうらをしらべたが、そこにキラキラ光るものを認めると、にっこりわらって、それを等々力警部のほうへさしだした。

等々力警部は大きく目をみはって、

「それじゃ、ゆうべ永瀬の部屋へはいっていったのは、榊原史郎だったとおっしゃるんですか」

「いいえ、それはあべこべでしょう。永瀬のほうからここへやってきたんです」

六

「つまりねえ、これは結婚詐欺がかちあったんですよ」

と、金田一耕助はこのシリーズの記録者にむかって、いまにも吹き出しそうな顔色で、つぎのごとく解説するのである。

「恒子のほうでも、永瀬と共謀して、なんらかの方法で榊原を殺そうとしていたんでしょう。保険金を詐取するためにね。ところが、そこを榊原のために一歩先を越されたというわけです」

「しかし、榊原がいつ恒子を……？」

「いや、五時半ごろ榊原といっしょに浜からかえった赤の中の女は恒子じゃなかったんです。恒子はそのじぶん、もうあの洞窟のなかで榊原に絞め殺されていたんです。ランデブーの法悦にひたっている最中にね。そして、その衣装いっさいを身につけてかえってきたのは、共犯者の安西恭子なんです。ああいう混雑したホテルでは、顔より衣装のほうが印象的ですからね。しかし、恒子を以前からしっている人間には、このトリックはききません。永瀬だけが、五時半すぎ榊原といっしょにかえってきたのが恒子でないことをしっていた。しかも、おのれもおなじ種類の犯罪者だけに、榊原のこのトリックを看破して、その後の動静を注目していると、安西恭子が恒子をよそおうて、ハンカチで顔をかくしてホテルをとびだすのをみた。そこで、あとを追っかけて、恭子が恒子の死体に赤いワンピースを着せて海へながすのを目撃したんです。恭子はべつの穴のなかへグリーンのワンピースをかくしておいたんですね」

なるほど、それであの晩、恭子が外からかえってきたとき、強い潮のにおいがしたのである。

「なるほど、それでこんどは永瀬が榊原を恐喝《きょうかつ》しようとしたんですか」

「そうです、そうです。永瀬のほうから榊原にたいして、深夜の会見を申し込んだ。そこで、榊原が恭子に応援を要請したというわけです。永瀬は、あいては榊原ひとりだとばかり思って、ゆだんをしているところを背後から恭子にひもをまきつけられたんですね」

「それで、マットはどうしたんです」

「いや、それは永瀬がもがくはずみに小卓のうえにあった恒子の香水びんがひっくりかえって、永瀬のパジャマをぐっしょりぬらすと同時にマットにこぼれた。これが香水だけに困ったんですね。香水はにおいがあとにのこる。そこで、死体は八号室へはこぶと同時に、ふたつの部屋のマットをとりかえておいたんですが、小卓のサイズがちがっていたところにかれらのミスがのこったわけです」

「結婚詐欺二重奏ですか」

「あっはっは、怖い世の中ですね」

金田一耕助は白い歯を出してわらったが、

「しかし、榊原と恭子をあのままほっとくと、恭子の婚約者、里見純蔵氏なども、将来どうなっていたかわかりませんね」

金田一耕助がくらい顔をしてそうつぶやいたとき、記録者は慄然《りつぜん》として、膚にあわだつのをおぼえずにはいられなかった。

解説

中島河太郎

コナン・ドイルの短篇がシャーロック・ホームズを冠して、冒険・思い出・帰還・最後の挨拶・事件簿の五冊に纏《まと》められていることはよく知られている。

わが金田一耕助の推理譚のうち、中短篇は多種多様の雑誌を飾ったため、ドイルの例ほど手際《てぎわ》よくいかなかった。わずかに「女」シリーズのうち六篇が「金田一耕助事件簿」として纏められ、さらに四篇を加えて「金田一耕助の冒険」と改題刊行された。この角川文庫版は題名こそ「冒険」を踏襲したが、また一篇を追加し、計十一話を収録している。

この「女」シリーズは、昭和三十二、三十三の両年にかけて、「週刊東京」に断続的に発表された。この掲載誌は東京新聞社から発行された週刊誌で、現在はない。当時、著者と島田一男、高木彬光の三氏交替で、一話二回続きの作品を長期間連載した。その際、著者は題名をすべて「――の中の女」で統一している。

私の記録に従えば、この十一話の他に、もっとある。ただし「壺の中の女」と「扉の中の女」は、それぞれ長篇化されて「壺中美人」「扉の影の女」となっている。その他については雑誌発表のままで、単行本に収録されていない。

ここに収められた作品は、連続して書かれただけに、主役が金田一で、等々力警部がワキ役を務め、探偵譚の記録者であるところの著者に向かって、絵解きする形式が多い。しかも金田一は緑ガ丘町の緑ガ丘荘という高級アパートに移ってきてから、まだ間もない時期に遭遇した事件である。

「霧の中の女」は宝飾店で、ストールをまきつけた女が万引を咎《とが》められて、店員を刺し殺したのが発端である。銀座の夜の霧に犯人は溶けこんで、迷宮入りの感が強かったのだが、その折りの贓品《ぞうひん》が思いもよらぬ場所で、思いもよらぬ状態のもとに現われたのだ。

向島の待合で殺された男の枕の下から出たのだが、ここでは被害者のズボンとオーバーと靴が持ち去られているという奇異な状況を呈している。なんにしても第一の事件の犯人である女性は、またもや冷酷無惨な所業をやってのけたことになる。

たまたま駅預かりの荷物の中から、被害者の持ち去られた品が発見され、真相に近づいた金田一は犯人に罠《わな》をかける。霧の夜の生んだ偶然の拾い物が、陰険な策略をめぐらした犯罪を誘発したのだが、異様な犯行状況に的確な判断を下せるのは、まっとうな捜査観念では通用しそうにない。

新しく越した家の庭の隅にある大木の根元が、うつろになっている。そこに詰めこんだセメントから生えていた一筋の毛が端緒となって、ついに死骸が出現するのが「洞の中の女」である。

この一本の毛髪にしても、過失や偶然ではみだしたものではなく、罪に陥《おとしい》れるための計画の一部だったのだから、犯罪もだんだん手がこんできたと金田一を慨歎させるのである。

彼の歎きは「鏡の中の女」ではなお痛切に響く。読唇術を心得ているため、厄介《やっかい》になったことのある女史と同席していた彼は、女史が鏡面に映じた女のことばを読みとって写しとったのを見せられた。それは犯行計画としか思えぬ文句で、事実、そのことば通りの事件が勃発《ぼっぱつ》したのだ。

こうなると銀座のまん中のキャフェで、殺人の相談が行われていたわけで、われわれの周辺は油断も隙《すき》もならない。そう見せかけておいて、ストレス解消のためという、およそ現代的な動機をもち出してアッといわせるのだが、その意外性を効果あらしめるよう、著者の筆づかいは用意周到を極めている。

あの手この手の犯罪の続発に悩まされる金田一が、海岸で寝そべっていた鼻先で、殺人が行われたのだから、地団太《じだんだ》踏んだのも当然であろう。「傘の中の女」はビーチ・パラソルの下で殺された女性を指している。

この地区の巡査の真摯《しんし》さに動かされた彼は、一臂《いっぴ》の力を貸すことにした。事件の要素に偶然性の多すぎることを指摘し、彼自身の目撃した者と、聞かされた甘ったるい声に的確な判断を下して、やっと身近で起こった犯罪を解決し、溜飲《りゅういん》を下げることになる。

あんまり事件が多いので、一般人まで鵜《う》の目鷹《たか》の目になる。「鞄《カバン》の中の女」は自動車のトランクに詰められた裸女の死体と思われたのが、実は彫刻だったという人騒がせまで起こったことで始まる。ところがそれについて金田一へ怪電話があって、二つの女性死体が発見される。彼はテープレコーダーに収めていた怪電話を分析し、自分の不確かな証言を訂正して、新たな視点から再検討を加える。

こういう思考の柔軟性が彼の特色で、彼は決して神がかり的直観探偵ではなかった。あくまでも人間性と論理性に準拠して、推理の無理押しを頑《かたく》なに避けている。

パチンコ屋の看板娘はひどく空想的で、夢見る夢子さんという綽名《あだな》がつけられている。彼女が金田一に依頼したのは、殺害されて迷宮入りとなった姉の事件の捜査であった。ところがこんどは夢子が殺された。しかも金田一名義の呼び出し状を持ったままというのが、「夢の中の女」である。

夢想家だからひとに欺《だま》されやすいと見るのは皮相的で、金田一はかえって普通の人より本能的に警戒心が強いことを指摘し、動機と犯行現場のカムフラージュに言及する。意外な真相に到達するのは無論だが、それが推理の勝利ではなく、経験の勝利だといって、パチンコ屋での発見を語って、警部をうめいて歯ぎしりさせるのだから、金田一もひとが悪い。

「泥の中の女」は死骸に気づいて通報し、巡査を案内してくると、影も形もないという、奇妙な話で始まる。住人の探偵作家は笑いとばして、発見者の錯覚で片づけたが、川を流れていた死体は作家の関係者であった。この作家の割り切れない行動に、強い疑念を抱いた金田一は、新聞を利用して犯人を釣り出す。偶然の齎《もたら》した複雑な謎も、思考の積み重ねが次第に外面をうち崩すことに成功する。

美術館から運びだした石膏像から女性の死体が現われるのが、「柩《ひつぎ》の中の女」である。もちろん本物は別にあるのだが、いったん疑いの晴れたものは、もう疑わないという盲点をついた犯罪も、無精者のふだんに似あわぬ動作で躓《つまず》いてしまったのだ。

記憶を喪失した新聞記者に、強烈なイメージをただ一つだけ与えたのが、「瞳の中の女」である。一年後に正気に戻った記者は、その原因となった事件の探求に賭《か》ける。アウトラインは摑《つか》めるものの、完全に解決されない、曖昧《あいまい》な事件もあってもいいではないかと、金田一探偵譚としては珍しい結末をとっている。

鈴をつけた舟の中の檻《おり》に、閉じこめられていた女性を扱ったのが、「檻の中の女」である。その毒殺は未遂に終わったが、犯行現場では猛犬が殺され、男は失踪して擬装殺人の疑いが濃厚であった。

金田一は耳よりの情報を聞きこんだが、それが果して犯罪と結びつくかどうか分らない。あい変わらず眠そうな目をしょぼしょぼさせているが、等々力はその目を見たとき、思わず緊張した。長年の経験で、彼のひとみのなかに一種のかぎろいが揺曳《ようえい》しているのは、なにかを嗅《か》ぎつけた証拠だと分るのだ。そして珍しく汚職に結びつこうとした事件が、一転して急転直下の解決へ導かれるのである。

金田一と警部が顔を揃《そろ》えると、事件が飛びこんでくる。「赤の中の女」も混雑する海水浴場で、午睡《ごすい》の夢をむさぼろうとしていた金田一が、ふと耳にとめた会話がきっかけになった。新婚の夫婦がそれぞれ知人に出会った挨拶を聞いたのだが、新妻の後ろ姿を憎々しげに見つめる青年が印象に残ったのだ。

週末を利用して警部がやって来ると、やはりただではすまなかった。もと女優の新妻の死体が沖合に浮かび、彼女の知人がホテルで殺されていた。夏の海辺を利用した巧妙なトリックだったが、金田一の慧眼《けいがん》はふとした動作も、ちっぽけな痕跡《こんせき》も見のがさずに、犯罪の絵解きをしてくれるのだ。

これらの十一話は一連のものだけに、いかにも一巻に纏められるにふさわしい。ややふう変わりな探偵の推理を引き出すためには、どういうふうに扱えばいいか、十二分にコツを心得ているワキ役の警部があればこそ、深奥《しんおう》に潜んでいる真実が白日の下にさらされる。女っ気に乏しい金田一にとっては、警部はかけがえのない存在であった。

本書は、昭和五十一年九月に小社より刊行した文庫を改版したものです。なお本文中には、盲、気ちがい、白痴、精神異常者など、今日の人権擁護の見地に照らして使うべきではない語句があります。また、てんかんに関して現在の医療知識の観点から不適切と思われる表現があります。しかしながら、作品全体として差別を助長する意図はなく、執筆当時の時代背景や社会世相、また著者が故人であることを考慮の上、原文のままとしました。

（編集部）

金田一耕助《きんだいちこうすけ》の冒険《ぼうけん》

横溝正史《よこみぞせいし》

昭和51年 9月10日 初版発行
令和4年 6月25日 改版初版発行

発行者●堀内大示

発行●株式会社KADOKAWA
〒102-8177 東京都千代田区富士見2-13-3
電話 0570-002-301（ナビダイヤル）

角川文庫 23221

印刷所●株式会社暁印刷
製本所●本間製本株式会社

表紙画●和田三造

ISBN 978-4-04-112815-2 C0193

角川文庫発刊に際して

角川源義

第二次世界大戦の敗北は、軍事力の敗北であった以上に、私たちの若い文化力の敗退であった。私たちの文化が戦争に対して如何に無力であり、単なるあだ花に過ぎなかったかを、私たちは身を以て体験し痛感した。西洋近代文化の摂取にとって、明治以後八十年の歳月は決して短かすぎたとは言えない。にもかかわらず、近代文化の伝統を確立し、自由な批判と柔軟な良識に富む文化層として自らを形成することに私たちは失敗して来た。そしてこれは、各層への文化の普及滲透を任務とする出版人の責任でもあった。

一九四五年以来、私たちは再び振出しに戻り、第一歩から踏み出すことを余儀なくされた。これは大きな不幸ではあるが、反面、これまでの混沌・未熟・歪曲の中にあった我が国の文化に秩序と確たる基礎を齎らすためには絶好の機会でもある。角川書店は、このような祖国の文化的危機にあたり、微力をも顧みず再建の礎石たるべき抱負と決意とをもって出発したが、ここに創立以来の念願を果すべく角川文庫を発刊する。これまで刊行されたあらゆる全集叢書文庫類の長所と短所とを検討し、古今東西の不朽の典籍を、良心的編集のもとに、廉価に、そして書架にふさわしい美本として、多くのひとびとに提供しようとする。しかし私たちは徒らに百科全書的な知識のジレッタントを作ることを目的とせず、あくまで祖国の文化に秩序と再建への道を示し、この文庫を角川書店の栄ある事業として、今後永久に継続発展せしめ、学芸と教養との殿堂として大成せんことを期したい。多くの読書子の愛情ある忠言と支持とによって、この希望と抱負とを完遂せしめられんことを願う。

一九四九年五月三日